購物狂沙漠大冒險

SHOPAHOLIC
TO THE RESCUE

蘇菲・金索拉
Sophie Kinsella
羅雅萱 譯

shopaholic
購物狂 08

寄信人：dsmeath@locostinternet.com

收信人：麗貝卡・布蘭登

主題：一個「請求」

親愛的布蘭登太太，

好久不見，希望您和您的家人一切都好。

至於我呢，我正在享受退休生活。然而，我卻經常想起在愛德威奇銀行的工作生涯。因此，我決定撰寫自傳或回憶錄，書名暫訂《優良貸款與不良債務：耐心（與失去耐心！）的法爾罕姆區銀行經理見證人生百態》。

我已經寫了兩章，園藝協會其他會員看過之後風評都很好。有些會員還表示：「這可以拍成電視劇！」不過，這我可不好意思自己說！！

我要說的是，布蘭登太太，您一直是我最「精彩」的顧客之一，有您「獨樹一格」的理財方式（我衷心希望也相信隨著年歲的增長您已有所改進）。我們曾經多次針鋒相對，但既然我已經退休，現在我們應該已經建立某種友好關係了吧？

因此，我想請問您，為了我的著作，能否找個您方便的時間接受我的採訪？

誠摯期待您的回答。

祝好。

德瑞克・史密斯

銀行經理（已退休）

寄信人：dsmeath@locostinternet.com

收信人：**麗貝卡・布蘭登**

主題：**回覆**：**回覆**：**一個「請求」**

親愛的布蘭登太太，

我回信表達我的失望。我是以同為專業人士，甚至可以說朋友的角度，以善意為出發點寫信給您。因此，我也希望您以同為專業人士或朋友的態度對待我。

如果您不希望接受採訪，以作為我的回憶錄的寫作題材，那是您的選擇。但是，我覺得很遺憾，您居然會因此再次捏造這樣錯綜複雜的謊言，說您是為了破解祕密而追去拉斯維加斯找您的父親，同時要確認「可憐的唐群沒有被洗腦」。這個藉口一聽就覺得很荒謬。

布蘭登太太，我不知道收過多少封您寫來的信，聲稱您「跌斷腿」、「扁桃腺發炎」或您（其實並不存在）的狗過世了？我以為您已婚為人母之後會成熟一些，可惜令我失望了。

祝好。

德瑞克・史密斯

寄信人：dsmeath@locostinternet.com

收信人：麗貝卡・布蘭登

主題：回覆：回覆：回覆：回覆：一個「請求」

親愛的布蘭登太太，

我必須說，您的上一封信讓我非常震驚，非常感謝您提供的一系列照片。

我看到您站在沙漠的邊緣，也看到您指著露營車和加州地圖的特寫照。另外，我也在照片中看到您的好友克利斯－斯圖亞特夫人。不過，我無法判斷「從她痛苦的表情明顯可看出她先生失蹤了」。

同時，我也要請您澄清一點：您的父親失蹤了，您好友的先生也失蹤了？兩個人是同時消失的嗎？

祝好。

德瑞克・史密斯

寄信人：dsmeath@locostinternet.com

收信人：**麗貝卡・布蘭登**

主題：**回覆**：**回覆**：**回覆**：**回覆**：**回覆**：**回覆**：**一個「請求」**

親愛的布蘭登太太，

天啊！這故事也太離奇了！不好意思，您的來信有點難懂。請問，如果我的理解沒錯的話，以下幾點是否正確？

· 您的父親去洛杉磯找您，是因為他發現多年未見的老友布蘭特・劉易發生了一些事。
· 接著，他說有任務必須離開，只留下一張字條說要去「撥亂反正」。
· 然後他尋求克利斯－斯圖亞特勳爵（也就是唐群）的協助。唐群最近狀況不好，「心理狀態極為脆弱」。
· 他也另外尋求一位名為「布萊斯」的男子的協助。（加州人的名字真奇怪。）
· 您現在要跟著他們三個去拉斯維加斯，因為您擔心布萊斯居心叵測，可能會詐取克利斯－斯圖亞特勳爵的財富。

關於您的問題，我恐怕沒有什麼「了不起的洞見」可以提供給您作為參考，我在銀行任職期間也從未發生過類似的事情。不過，我倒是曾經遇過一名「頗有問題」的顧客拿著一只裝滿二十英鎊鈔票的垃圾袋來存款。當時我是立刻通知相關當局，之後也一定會在我的著作中提這件事！！

預祝您順利找到那三名失蹤的男子。若我能提供任何協助，請隨時通知我。

祝好。

德瑞克・史密斯

「好。」盧克很冷靜地說。「不要緊張。」

不要緊張？他竟然叫我「不要緊張」？不，不對，這一定哪裡有問題。我先生從來不會叫我「不要緊張」。如果他說「不要緊張」，其實真正的意思是：「妳有充分的理由緊張。」

天啊，現在我真的緊張了。

警示燈一直在閃，警笛還在響。我卻只能漫無邊際地亂想著：「被手銬銬住會不會痛？」和「我如果被關起來的話要聯絡誰？」和「囚犯服只有橘色的嗎？」

有一名警察朝我們租的二十六英呎露營車走來（藍色方格花布、花紋沙發和六張床。不過，我覺得說「床」有點誇飾，不如說是「六張隨便擺在木板上的薄床墊」）。這位美國警察好酷，戴著反光墨鏡、肌膚曬得黝黑，看起來很嚇人。我心跳開始加速，不自覺找起可以躲起來的地方。

好吧，也許我是有點反應過度，可是我從小看到警察就緊張。因為我五歲時有一次從漢姆利玩具百貨偷帶走六雙娃娃鞋，卻碰到一名警察迎面走來對我大聲說：「小朋友，妳手上拿著什麼？」把我嚇了一大跳。後來才知道他指的是我手上的氣球。

（我爸媽發現之後把娃娃鞋包好寄回去，附上一封我親筆寫的道歉信。漢姆利玩具百貨的人回信親切地說：「沒關係。」這大概是我第一次發現碰到棘手的狀況時，寫信是脫身的好辦法。）

「盧克！」我急切地低聲說。「快點！要不要賄賂他們？我們手上有多少現金？」

「貝卡。」盧克耐心地安撫。「我說了，不要緊張，他們叫我們靠邊停車一定是有原因的。」

「我們要下車嗎？」蘇西問。

「我覺得最好還是待在車上。」詹妮斯聽起來有點慌亂。「假裝一切正常，沒有什麼好隱瞞的。」

「確實沒有什麼好隱瞞的。」亞里莎聽起來有點惱怒。「拜託大家放輕鬆。」

「他們有槍！」媽焦急地看著窗外。「詹妮斯，他們有槍！」

「珍，妳冷靜一點！」盧克說。「我去問問看。」

他下車之後，我們幾個人不安地彼此互望。我跟著我最好的朋友蘇西、最不好的朋友亞里莎、我女兒米妮、我媽和我媽的好友詹妮斯一起，從洛杉磯開車前往拉斯維加斯。一路上，我們為了冷氣要多冷、座位要怎麼安排和詹妮斯可不可以放古蘇格蘭管樂舒緩她緊張的心情而爭論不休（五票對一票，答案是不行）。這趟旅程才剛開始兩個小時，氣氛就不太好，現在又發生這種事。

我看著員警朝盧克走去，開始說話。

「狗狗！」米妮指著窗外說。「大狗狗！」

另一名員警牽著一隻看起來頗兇惡的警犬朝盧克走來。那隻德國狼犬原本在盧克腳邊嗅，卻突然抬頭對著露營車狂吠。

「天啊！」詹妮斯痛苦地叫了一聲。「我就知道！緝毒組來了！他們一定會嗅出我的貨！」

「妳說什麼？」我轉頭瞪著詹妮斯。詹妮斯是個喜歡插花和用各式庸俗可怕的粉橘色調幫人化妝的中年婦女。「嗅出她的貨」這句話是什麼意思？

「各位，我很抱歉……」她誇張地吞了吞口水。「我身上有禁藥。」

大家瞬間凍住。我的腦袋拒絕同時處理這兩個訊息：詹妮斯？禁藥？

「禁藥？」媽發出一聲驚呼。「詹妮斯，妳在說什麼啊？」

「我用來調時差的。」詹妮斯哀怨地說。「我的醫生都不開給我，我只好自己上網想辦法。橋牌社團的安娜貝爾給我一個網站，但上面有附註說：『某些國家可能禁止使用。』警犬一定是嗅到了，我們一定會被抓去問話——」

一陣狂吠打斷她的話。那幾頭警犬邊吠邊扯項圈，似乎很想朝露營車衝過來，警察不時低頭生氣地瞪著警犬。

「妳帶了禁藥？」蘇西爆怒。「妳為什麼要帶禁藥？」

「詹妮斯，整個行程都會被妳毀了！」媽勃然大怒。「妳怎麼可以帶一級禁藥進美國？」

「應該不是一級啦。」我說，可是媽和詹妮斯已經整個歇斯底里聽不進去了。

「快丟掉！」媽尖聲說。「馬上丟掉！」

「在這裡。」詹妮斯用顫抖的手從皮包裡拿出兩包白色物體。「早知道我就不帶了——」

「這要怎麼處理？」媽質疑。

「一人一包吞下去。」詹妮斯焦急地抽出盒子裡的藥。「只能這麼做了。」
「妳瘋了嗎？」蘇西氣憤地反駁。「我才不吞網路上買的什麼怪藥！」
「詹妮斯，快把藥處理掉。」媽說。「拿去路邊丟掉，我把警察引開。不對，大家一起來把警察引開。快下車，快點！」
「警察一定會發現！」詹妮斯哀嚎。
「不會，他們不會發現。」媽堅決地說。「詹妮斯，聽我說，妳動作快一點警察就不會發現！」
她打開露營車的門，我們全下車，走到烈日下。車子停在高速公路旁，放眼望去兩旁只有雜草叢生的荒漠。
「快去啊！」媽低聲催促詹妮斯。
詹妮斯沿著乾燥的荒地小心翼翼地往前走，媽衝到警察面前，蘇西和亞里莎跟在最後面。
「珍！」盧克看到媽站到他旁邊時嚇了一跳。「妳怎麼下車了？」他瞄了我一眼，意思是妳們這是在幹嘛？我無奈地聳肩回應。
「警官早。」媽對第一個警察說。「相信我女婿已經把整個情況都解釋清楚了，我先生偷偷跑去執行生死攸關的祕密任務。」
「沒有生死攸關啦。」我覺得有必要澄清。
媽每次提「生死攸關」這幾個字時，感覺她的血壓就會上升。我很努力安慰她，可是我覺得她並不想被安慰。

「跟他同行的還有克利斯—斯圖亞特勳爵。」媽接著說。「這位是克利斯—斯圖亞特夫人，他們住在萊瑟比堡，英國前幾名歷史大宅之一。」她驕傲地說。

「這一點也不相干！」蘇西說。

一名警察拿下太陽眼鏡看著蘇西。

「就像《唐頓莊園》那樣嗎？我太太好迷那個英國影集。」

「萊瑟比堡比唐頓莊園有看頭多了。」媽說。「你應該親自來看看。」

我眼角瞄到穿著水藍色兩件式碎花套裝的詹妮斯站在沙漠裡，匆匆忙忙地把所有藥倒在一叢巨大的仙人掌後面，動作好明顯。還好，員警的注意力都被媽吸走了，她正在跟他們詳述爸留下的字條。

「他就留了張字條在枕頭上！」她氣憤地說。「說他只是去一趟『小旅行』，哪有已婚男子這樣說走就走？」

「各位警官。」盧克從剛才就一直想插話。「謝謝你們告訴我車尾燈沒關，我們可以上路了嗎？」

一陣短暫的沉默，兩名員警若有所思地互望。

「不要緊張。」原本正在玩洋娃娃的米妮抬頭說，那個娃娃叫史比奇，是她的最愛。接著又微笑抬頭看著一名員警說：「不要緊張。」

「當然。」他微笑回應。「好可愛的小朋友。親愛的，妳叫什麼名字？」

「警察不會發現。」米妮泰然自若地回答。接著一陣靜默，氣氛緊張。我的胃糾結成一團，不敢看蘇西。

警察臉上的笑容凍結。「妳剛才說什麼？」他問米妮。「親愛的，妳發現了什麼？」

「什麼都沒有！」我尖聲說。「我們剛才在看電視，你也知道小朋友……」

「我來了！」詹妮斯氣喘吁吁出現在我身邊。「解決了。警官您好，有什麼事嗎？」

警察看到我們又多一個人有點困惑。

「這位女士，請問您剛才在哪？」一名員警問。

「我在那株仙人掌後面，內急。」詹妮斯顯然很得意她早就想好要怎麼回答。

「露營車上不是有廁所嗎？」髮色較淡的員警問。

「喔。」詹妮斯愣住。「唉呀，好像有。」她瞬間信心全失、眼神慌亂。「糟糕。嗯……其實……我只是想去走一走。」

髮色較深的員警雙手抱胸。「去仙人掌後面走一走？」

「警察不會發現。」米妮充滿自信地對詹妮斯說，詹妮斯像是被開水燙到的貓一樣嚇了一大跳。

「米妮！親愛的，發現什麼？哈哈哈！」

「可以叫那個小孩閉嘴嗎？」亞里莎怒氣沖沖地低聲說。

「在自然裡散步。」詹妮斯小聲說。「我去欣賞仙人掌。好美的……嗯……刺。」

「好美的刺」？她就只能想出這樣的藉口嗎？我再也不要跟詹妮斯開車出門。她看起來就一副做了壞事的樣子，難怪警察會起疑心。（不過，我承認米妮真的幫了倒忙。）

兩名警官意味深長地看著彼此，隨時可能開口把我們帶回去問話或通知聯邦調查局，我要趕快想個辦法。可是要想什麼辦法呢？快想，快想……

我突然靈光一現。

「警官！」我大喊。「我好高興遇到你們，剛好有件事要找你們幫忙。我有個堂弟很想當警察，很想找實習機會。我可以請他跟你們聯絡嗎？您是卡平斯基警官是嗎……」我拿出手機記下他徽章上的姓名。「他可以跟著你們嗎？」

「小姐，這有正式管道可循。」卡平斯基警官拒絕。「請他上網查。」

「可是有人介紹不是更好嗎？」我故做無辜地眨著眼。「你明天有空嗎？我們可以約個下班後的時間。沒錯！我們可以去管區外等你。」我往前一步，卡平斯基警官後退。「他很聰明健談，你一定會喜歡他。那就約明天好嗎？我帶可頌過去好不好？」

卡平斯基警官似乎完全不知所措。

「你們可以走了。」他低聲說，轉身離開，不到三十秒就和他同事還有警犬上警車開走了。

「幹得好，貝卡！」盧克歡呼。

「親愛的，太棒了！」媽跟著說。

「好險。」詹妮斯渾身顫抖。「太驚險了，我們要再小心一點。」

「妳們這是在做什麼？」盧克一臉困惑。「怎麼大家都下車了？」

「詹妮斯怕被搜出禁藥。」我說，看到他的表情我快笑出來。「等上路我再跟你解釋，走吧！」

02

他們失蹤兩天了。也許你會覺得「那又怎樣？可能只是幾個男人一起出門旅行，放輕鬆等他們滾回來就好？」其實，警方就是這麼說的，可是事情沒有這麼簡單。唐群最近有點崩潰，而且他非常有錢，明顯被布萊斯以「不正當」的方式相中，蘇西擔心他會加入邪教。

這是一種解釋。應該說，有很多不同的解釋。老實說，我偷偷覺得這整段時間，爸和唐群很可能就坐在洛杉磯哪家二十四小時營業的咖啡廳都沒動過，只是我不敢告訴蘇西。蘇西則認為布萊斯在清空唐群的銀行帳戶之後，就把唐群丟下某個峽谷（她不肯承認，不過我知道她就是這麼想）。

我們需要秩序、需要一套計劃，需要那種警探影集裡釐清案情的白板，然後畫箭頭、列出人名清單、貼上爸和唐群的照片（算了，不要好了，這樣看起來就真的很像已經沒命了）。可是我們真的需要規劃一下，不然這趟旅程到現在都還是毫無秩序可言。

今天早上整個就是一團混亂；要打包行李、把蘇西的三個小孩交給他們家保姆艾莉（我們出門的時候她會住在這裡全權主管）。天剛亮，盧克把租來的露營車開回來，我叫醒媽和詹妮斯（她們從英國飛來這裡，才剛睡了幾個小時），大家跳上車，大喊：「前進拉斯維加斯！」

說真的，其實沒有必要租露營車，盧克本來說開兩臺車就夠了。可是我認為我們必須在路上相互討論交流，所以需要一臺露營車載全部的人。而且，美式公路旅行怎麼可以不租露營車呢？沒錯！

上車之後蘇西就一直上網查邪教的資料。我覺得她不應該看，因為她愈看愈擔心（尤其是她找到一則每個人臉都塗成白色還要跟動物結婚的教派）。盧克大部份時間都在跟他的左右手蓋瑞講電話。蓋瑞代盧克出席倫敦的研討會，盧克自己開了一家公關公司，手上有一堆工作，卻排開一切來當露營車的司機，真的好體貼好支持我。若有必要，我絕對也會為他這麼做。

詹妮斯和媽一直在討論各種悲慘的結果，說爸精神崩潰，穿著斗篷在沙漠裡野地求生。（為什麼是斗篷？走墨西哥風嗎？）米妮已經說了「仙人掌，媽咪！仙人掌！」大概三千遍。我默默地坐在那，摸著她的頭髮，任憑思緒遊走。坦白說，都不是什麼有趣的念頭，因為我的心態現在沒有很光明。

我盡量讓自己維持積極樂觀的態度，也很努力讓大家保持愉快的心情，不要一直想著已經發生的事。可是，每次我一卸下心防，愧疚感就會油然而生。因為老實說，之所以會有這趟行程都是因為我，這全都是我的錯。

半個小時後，我們在一家路邊小餐館停下來吃點早餐兼整隊。我帶米妮去上洗手間，花了很長的時間討論各種肥皂，最後米妮決定每個給皂器她都要試試看，過了很久才洗好手。等我們終於回座位時，蘇西獨自站著，正在看一幅復古風的海報，我朝她走去。

「蘇西……」我講了第十億次。「對不起。」

「對不起什麼？」她頭也不抬。

「一切——」我話只說了一半就不知所措、不知如何繼續。蘇西是我認識最久、感情最好的朋友。以前和她相處是世界上最自在的事，現在卻覺得自己好像在舞臺上表演時忘詞，而她卻不打算幫我。

最近這幾個星期，我們倆都住在洛杉磯，問題就發生在這段期間內。不只蘇西和我之間出了問題，各方面也全都出了問題。我昏了頭、走錯路，因為太想成為名人造型師而迷失方向。很難相信，昨晚我還在電影首映會場外走紅毯，心裡卻突然明白，我不想跟那些名人一起坐在電影院裡。那感覺就像置身泡泡中，結果泡泡破了。

盧克懂。昨晚我們長談，把很多事情講清楚，他說我在好萊塢的遭遇很特別。我在不經意之間突然成名、一時昏了頭。他也說家人和朋友會原諒我，不會因此責怪我。

也許盧克原諒我了，可是蘇西沒有。

最糟糕的是，昨晚蘇西站在那拜託我陪她走這一趟，我以為情況會好轉，我答應放下一切陪她來，她哭著說她想我，我大大鬆了一口氣；可是我現在來了，情況又變了，她表現得好像不想要我來、渾身散發出敵意、完全不想跟我講話。

我知道她很擔心唐群，我知道不要對她太要求。只是……真的好難。

「無所謂。」蘇西生硬地說，她看也不看我就走回座位。我跟著她回去時，亞里莎長腿賤人抬起頭，不屑地瞥了我一眼。到現在我還是不敢相信她竟然跟著來了！亞里莎長腿賤人，全世界我最討厭的人，竟然跟著我們來了！

我應該稱呼她亞里莎・梅瑞爾才對。自從她嫁給威爾頓・梅瑞爾之後就冠夫姓。梅瑞爾是知名的瑜珈與療養機構「靜安中心」的創辦人。靜安中心佔地廣大、開了很多課，還有附設禮品店。我以前很愛去，應該說我們都很愛去，直到唐群開始和一名叫布萊斯的老師成天混在一起，說蘇西對他有「不良影響」，然後變得有點奇怪（我應該說更奇怪才對，因為唐群從來就沒有正常過）。

是亞里莎發現他們要去拉斯維加斯，也是亞里莎帶了一整個冰櫃的椰子水上露營車，她是本日英雄。可是我還是對她保有戒心。多年前，我還沒結婚，剛認識她時就非常討厭這個人。後來她曾經試圖破壞我的人生、破壞盧克的人生，一有機會就把我踩在腳下，讓我覺得自己渺小蠢笨。現在又說那些都是過去的事，我們都忘了吧，她已經忘了。很抱歉，我就是沒辦法信任她。

「我剛在想，必須做縝密的規劃。」我儘量讓自己聽起來冷靜理性，從皮包裡拿出筆和筆記本，寫下「計劃」兩個大字，攤開在桌上給大家看。「先整理一下事情經過。」

「妳爸拖了兩個人一起去完成跟他的過去有關的什麼任務。」蘇西說。「可是妳不知道他們去做什麼事，因為妳沒問過他。」然後又用熟悉的眼神瞪我一眼，以示責怪。

「我知道。」我低聲下氣地說。「對不起。」

我應該多跟爸聊聊的。如果時光可以倒流，所有的一切我一定都會有不同的作法。可惜時光無法倒流，我只能盡量彌補。

「我們整理一下已知的事實。」我努力保持樂觀的態度。「葛雷恩・布盧姆伍德在一九七二年來到美國，與三名美國友人——劉易、科瑞和雷蒙一起旅行。這是他們當年的旅行路線。」我大動作翻開爸的地圖。「證物一。」

這不知道是我們第幾次一起看這張地圖。這只是一張陳舊泛黃、很陽春的公路路線圖，上面用紅筆畫出的路線其實幫不上什麼忙，可是為了保險起見，我們還是一直盯著這張地圖看。爸和唐群失蹤後，我翻過他的房間，除了一本舊雜誌之外就只找到這張地圖。

「所以他們可能走這條路線。」蘇西還在看。「洛杉磯……拉斯維加斯……你們看，還去大峽谷……」

「可是他們也可能沒有走這條路線。」我連忙說，以免蘇西又說爸和唐群已經被丟到大峽谷谷底，要馬上搭直昇機過去。

「妳爸是那種喜歡重走舊路線的人嗎？」亞里莎說。「我的意思是，他是那種懷古的人嗎？」

懷古？什麼是懷古？這是什麼意思？

「嗯。」我假咳。「有時候，可能吧。」

亞里莎老是問我這些很難回答的問題，然後就得意地默默眨著眼，彷彿在說：妳聽不懂對不對？

而且她那種平靜溫和的口氣聽得我毛骨悚然。她現在跟在倫敦當強勢公關女的風格完全不一樣：改穿瑜珈褲、綁馬尾，言詞間穿插著新時代的用語，不過還是跟以前一樣自以為高人一等。

「有時候他會走以前的路線，有時候不會。」我隨口說。「看情況。」

「貝卡，妳不可能只知道這些。」蘇西不耐地說。「妳再說一次拖車區的事情，說不定妳漏了什麼。」

我乖乖地重述，「爸要我去找他老友劉易，後來我順著地址去了，發現是個拖車區，劉易因為積欠房租，不久前才被強迫遷出。」

我一開口就覺得全身發燙，喝了口水。我就是在這裡搞砸的，爸一直要我去找劉易，我卻一直拖，因為……因為生活太新鮮有趣，爸交代的事情感覺很無聊。如果我早一點處理、早一點到那裡，也許爸就可以在劉易被迫遷出之前找到他，也許劉易不會就這樣消失，也許一切都會不一樣。

「爸不相信。」我繼續說。「他以為劉易會很有錢。」

「為什麼？」蘇西質問。「為什麼他覺得劉易會很有錢？他們不是多少年沒見了嗎？三十還是四十年？」

「不知道，可是他以為劉易會住豪宅。」

「所以妳爸就飛來洛杉磯找劉易？」

「對。應該是在拖車區見了面，把什麼事情『講清楚』。」

「然後是劉易的女兒麗貝卡告訴妳這件事。」她頓了一下。

我們倆都靜了下來，這是故事最怪的部份；我再次回想當時的情景，看到劉易的女兒站在拖車門口，身上散發的敵意就像烈日曝曬下的柏油路散發的熱氣。我困惑地看著她，心想：我有哪裡得罪過妳嗎？還有那最致命的一句：「我們全都叫麗貝卡。」到現在我還是不知道她說「全」是什麼意思，她顯然也不打算告訴我。

「她還說了什麼？」蘇西不耐地問。

「沒有了！她說：『如果妳不知道，我也不會告訴妳。』」

「真是幫了大忙。」蘇西翻白眼。

「是啊！我不知道為什麼，她對我好像很不友善。」

我沒說她還說我的聲音「嬌滴滴」，最後一句對我說的話是：「公主大小姐，妳可以滾了！」

「她都沒有提到科瑞嗎？」蘇西拿筆敲桌子。

「沒有。」

「可是科瑞住在拉斯維加斯，所以妳爸有可能去找他。」

「我也這麼覺得。」

「妳也這麼覺得？」蘇西突然爆怒。「貝卡，我們需要確切的事實！」

蘇西期待我有所有問題的答案，可是媽和我連科瑞和雷蒙姓什麼都不知道，更別提其他的細節。媽說，爸只有在回憶當年那段旅行時才會提到他們，他也只有每年耶誕節提那麼一次，然後她從來就沒有專心聽。（她還說她已經聽過死亡谷的熱氣流幾百遍了，當時他們為什麼不找間有游泳池的旅館住？）

我上網搜尋了「科瑞　拉斯維加斯」、「科瑞　葛雷恩・布盧姆伍德」和「科瑞　劉易」

還有我能想到的各種組合。問題是拉斯維加斯有好多個科瑞。

「好。」亞里莎剛講完電話。「好，感謝。」

亞里莎到處打電話問布萊斯有沒有提過如果來拉斯維加斯會住哪？可是到目前為止都沒有人知道。

「沒消息？」

「沒有。」她深深嘆氣。「蘇西，我覺得自己讓妳失望了。」

「妳沒有讓我失望！」蘇西馬上說，同時握住亞里莎的手。「妳最好了。」

兩個人都不理我。也許我們該休息一下，我勉強露出親切的笑容說：「我去走走伸展一下，聽說後面有個農場，可以幫我點一份楓糖格子鬆餅和草莓奶昔嗎？還有一份美式鬆餅給米妮。親愛的，我們走吧。」一牽起米妮的小手，我的心情馬上好轉，至少米妮對我的愛毫無保留。

（或至少在她十三歲前我不准她穿超短迷你裙去上學然後變成她全世界最討厭的人為止。）

（天啊，再過十一年她就十三歲了！為什麼她不能永遠停在兩歲半？）

03

我走到餐館後面，看到媽和詹妮斯從洗手間出來。詹妮斯頭上戴著白色太陽眼鏡，米妮一看到就倒抽一口氣。

「我喜歡！」她小心翼翼地指著太陽眼鏡說。「拜託？」

「親愛的！」詹妮斯說。「妳想要嗎？」

「詹妮斯！」我驚慌地看著詹妮斯把太陽眼鏡拿給米妮。「不可以！」

「沒關係。」詹妮斯笑。「我有幾百副。」

米妮戴上超大白色太陽眼鏡真的很可愛，可是我不能讓她這樣蒙混過關。

「米妮。」我口氣嚴厲地說。「妳沒有說謝謝，而且也不可以這樣跟人家要東西，妳這樣詹妮斯怎麼辦？她就沒有太陽眼鏡戴了！」

太陽眼鏡從米妮的鼻樑上滑下來，她伸手扶著，若有所思。

「謝謝。」過了一會兒她說。「謝謝張妮斯。」（她還不太會發「詹」的音）。接著又伸手拿下頭髮上的粉紅棉布髮夾給詹妮斯。「蝴蝶結給妳。」

「親愛的，」我忍不住笑出聲。「詹妮斯不戴髮夾啦。」

「亂講！」詹妮斯說。「好漂亮啊米妮，謝謝妳！」

髮夾別在她灰白的頭髮上，看起來很不搭，可是我心裡卻一陣感動。我認識詹妮斯一輩子了，她有點瘋瘋的，可是一聽到消息就陪媽飛來洛杉磯，一直拿她插花課的趣事娛樂大家，有她在氣氛很愉快。（當然，不包括她處理非法藥物的時候。）

「詹妮斯，謝謝妳走這一趟。」我心血來潮地緊抱著她，說緊抱有點難，因為被她肚子上隆起的「防搶腰包」擋住了。她和媽身上綁了一模一樣的腰包，好像在告訴扒手：現鈔都在這兒。不過我沒有跟媽這麼說，她的煩惱已經夠多了。

「媽……」我轉身抱住她。「不要擔心，我相信爸不會有事。」她肩膀僵硬，沒有回應我。「貝卡，說是這麼說。」她聽起來很焦躁。「可是到我這年紀，不想要有這些謎團和祕密。」

「我知道。」我安慰她。

「妳知道嗎，妳爸並不想取麗貝卡這個名字，是我喜歡。」

「我知道。」我再次說。

這段對話已經重複了大概二十遍。我一看到媽就馬上問她：「為什麼把我取名為麗貝卡？」

「妳知道，就是那本書。」媽說，「達夫妮・杜穆里埃[1]的那本。」

「我知道。」我耐心點頭。

「妳爸不喜歡，他說要叫漢麗塔。」媽的臉開始顫抖。

「漢麗塔。」我皺起鼻子。一點也不像我。

1　Daphne du Maurier，英國小說家。

「可是他為什麼不想叫妳麗貝卡呢？」媽的音調急速提高。

除了媽煩躁地撥著珍珠項鍊的聲音外，一片靜默。看著她焦慮顫抖的手指，我心一揪。這條珍珠項鍊是爸送她的禮物，是一八九五年的古董，我陪她一起去挑的，當時她好興奮、好開心。爸每年都會領到一筆獎金，每次他都會拿這筆獎金買東西送我們。

坦白說，我爸真的很厲害。雖然他已經退休了，只偶爾兼做保險諮詢，但還是可以領到豐厚的酬勞。盧克說他一定是有什麼很專門的知識才能收這麼高的費用，可是爸很謙虛，從來不自誇，每次都拿來買東西送我們、一起去倫敦吃午餐慶祝。我爸就是這種人，很慷慨、很珍惜、愛護他的家人。最近發生的事情一點都不像他的作風。

我輕輕把媽的手從珍珠項鍊上移開。

「這樣會把項鍊弄壞。」我說。「媽，拜託妳冷靜一點。」

「珍，走吧。」詹妮斯牽著媽的手安撫。「我們坐下來吃點東西。妳知道嗎，這裡的咖啡可以『無限續杯』。」她把媽帶走。「只要妳想喝，他們就會拿著咖啡壺來一直幫妳倒！無限續杯！這個制度真好，比那些什麼拿鐵卡布奇諾好太多……」

她和媽離開，我抓著米妮的手繼續往餐館後面走。雖然太陽很大，但一走到戶外我心情就好多了。我需要離開一下，大家都好緊張、脾氣好差；我很想坐下來好好跟蘇西談一談，可是亞里莎在就沒辦法——

哇！

我停下腳步。後面的「農場」有三隻渾身髒兮兮的山羊，我卻只看到「當地手工藝展」的標示牌。不然去買點東西好了，讓自己心情好一點，順便支持當地經濟。好，就這麼辦。

這裡有六個販售手工藝品和服飾的攤位。一名穿著高跟麂皮靴的骨感女孩拎著一籃子的項鍊對老闆驚呼：「我好喜歡！剛好在這裡一次買完耶誕禮物！」

我靠過去看，一名頭髮花白的老太太從某個攤位後面冒出來，嚇了我一跳。她本人看起來就像個手工藝品：棕色的膚色佈滿皺紋，好像刻劃著木紋的古木或手工剝製的獸皮。她戴著皮帽，繫繩綁在下巴處，嘴裡缺了顆牙，格子花呢裙看起來有一百年的歷史。

「來度假嗎？」她問我，我正在瀏覽皮革包。

「算是……也不是。」我老實說。「我們這趟其實是來找人的，想知道他們在哪裡。」

「追捕。」她淡淡點頭表示理解。「我爺爺以前是賞金獵人。」

賞金獵人？我從來沒聽過這麼酷的東西。當賞金獵人一定很棒！我忍不住想像如果我有名片，我的名片會是什麼模樣？角落最好還要印上小小的牛仔帽：

麗貝卡．布蘭登

賞金獵人

「那我應該也算賞金獵人的一種。」我淡淡地說。「就某個形式來說。」

應該可以這麼說吧？畢竟我也在找人不是嗎？這樣我也算是賞金獵人吧？「妳有什麼建議嗎？」我又問。

「多著。」她聲音粗啞。「我爺爺以前常說：『不要想打敗他們，找到人就好。』」

「『不要想打敗他們，找到人就好』？」我覆述。「這是什麼意思？」

「意思就是要放聰明、不要追著移動的目標，找人要從他們的家人朋友下手。」她突然拿出一塊深咖啡色的皮革。「要不要帶個手工縫製的皮套？。」

皮套？

這是……手槍皮套嗎？

「喔。」我尷尬地說。「好！槍套耶，哇！真的……嗯……很漂亮。只是有個小問題……」我侷促地咳了下。「我沒有槍。」

「妳沒有武器？」這消息似乎讓她很錯愕。

我覺得自己很沒用。我從來沒拿過槍，更沒想過要擁有手槍。也許我應該抱持更開放的心胸，畢竟美國西部不就是這樣嗎？牛仔帽、牛仔靴，還有自己的配槍。說不定美西的女孩子出門都會打量彼此的配槍，就像我出門都打量別人的愛馬仕包一樣。

「我現在沒有，剛好沒帶在身上。」我改口。「等我帶了再來買槍套。」

我邊走邊想，是不是應該趕快去上射擊課、申請槍枝持有執照，然後買支手槍呢？要買格洛克[2]還是什麼史密斯威森[3]才好？不知道哪個品牌比較時尚？應該要有本槍枝界的《時尚》雜誌介紹一下才對。

我走到下一個攤位，剛才那名骨感女正在填滿她的第二個籃子。

「嗨。」她親切地抬頭瞥了我一眼。「這些披肩打五折。」

「有些打二五折。」攤位老闆娘插嘴說。她灰白的頭髮用緞帶梳成辮子，看起來好好看。「我在大清倉。」

「哇！」我拿起一條披肩攤開來看。好軟的羊毛，還有美麗的小鳥刺繡圖，好划算。

「我各買兩條給我媽和自己。」骨感女孩很健談。「建議妳看皮帶。」她指著隔壁攤位說。「皮帶永遠不嫌多。」

「真的。」我同意。「皮帶是必備品。」

「是吧？」她熱情地點頭。「麻煩再給我一個籃子好嗎？」她對老闆娘說。「妳收美國運通卡嗎？」

老闆娘拿出信用卡機時，我又挑了兩條披肩。可是，好奇怪，也許是我剛好沒有買披肩的心情或什麼的，雖然我看得出來這些披肩有多漂亮，可是卻不想買。感覺好像看著一整個推車的美味點心卻沒有胃口。

我轉去賣皮帶的攤位看。

2　Glock，奧地利槍枝品牌。
3　Smith & Wesson，美國軍械製造商。

這些皮帶做工真的很不錯，釦環精美而且有份量、顏色也好看，完全挑不出缺點，只是我就是不想買。很奇怪，光想到買東西這件事就覺得反胃。

骨感女已經裝滿五籃子的商品，正在她的Michael Kors包裡翻找。「那張卡應該可以的。」她焦急地說。「我換另一張試試看……可惡！」她的皮包掉到地上，她彎下腰去撿東西。我正準備幫她時聽到有人叫我。

「貝卡！」我轉頭一看，蘇西從小餐館後門探出頭來。「餐點來了——」她話只說了一半，目光掃過那五個籃子。「真是妳的標準作風！又在買東西。除了買東西，妳還有可能在做什麼？」

她的口氣好苛刻，聽得我臉頰一熱，可是我只是默默地瞪回去，因為說什麼都沒用，不管我做什麼，蘇西都堅持要挑出毛病。她回到小餐館裡，我鬆一口氣。

「走吧，米妮。」我盡量用輕鬆的口氣說。「來去吃點早餐，妳可以喝奶昔。」

「奶昔！」米妮開心地大喊。「牛的奶。」她告訴我。「是巧克力牛嗎？」

「不是，今天是草莓牛。」我邊搔她的下巴邊說。

是，我知道總有一天我們得糾正米妮對牛的看法，只是我現在還不忍心這麼做；她太可愛了，竟然真的以為有巧克力牛、香草牛和草莓牛。

「是一頭非常美味的草莓牛。」我聽到盧克的聲音，抬頭一看，他正從小餐館走過來。「餐點來了。」他對我眨眨眼。

「謝謝，我們正要回去。」

「盪高高？」米妮滿懷期待地皺著臉。盧克笑了。

「那就來吧，小香腸。」

我們倆牽起米妮騰空擺盪，走了幾分鐘。

「還好嗎？」盧克越過米妮的頭問我。「妳在車上好安靜。」

「喔。」我慌了一下，他竟然會發現。「我只是在思考。」

其實不完全是，我安靜是因為沒有人可以說話；蘇西和亞里莎兩人一組密不可分，媽和詹妮斯一組，我只有米妮，可是她卻目不轉睛地盯著iPad看迪士尼電影《曼哈頓奇緣》。

我不是沒有努力過。從洛杉磯出發後，我在蘇西旁邊坐下想抱她，可是她卻全身僵硬地阻止我。我覺得自己好蠢，匆匆回到位置上假裝看風景。

可是我暫時不想說這些，不想拿我的問題煩盧克。他這麼支持我，我不能把這些蠢問題丟給他、造成他的負擔。我應該扮演好妻子的角色，謹言慎行。「謝謝你跑這一趟。」我說。「謝謝你為我做的這些。我知道你真的很忙。」

「我怎麼可能讓妳獨自和蘇西開車闖進沙漠。」他笑了笑。

是蘇西提議衝來拉斯維加斯的，她和亞里莎都堅信她們馬上就能追上布萊斯，可是我們都到半路了還沒找到人；沒訂飯店、沒有計劃，什麼都沒有……

相信我，我很支持這種說走就走的方式，可是就連我都覺得這次有點太瘋狂，只是我不想說，以免觸怒蘇西。一想到蘇西我就覺得很沒力，突然間就藏不住心裡的話。謹言慎行的事以後再說。

「盧克，我覺得我快失去她了。」我脫口而出。「她都不看我，也不跟我說話……」
「誰？蘇西嗎？」盧克微微苦著臉。「我有發現。」
「我不能失去蘇西。」我的聲音有些顫抖。「不能，她是我的凌晨三點好友。」
「什麼友？」盧克一臉困惑。
「就是凌晨三點遇到困難時可以打電話求助、二話不說馬上衝來的朋友。譬如詹妮斯是媽的凌晨三點好友，蓋瑞是你的凌晨三點好友……」
「我懂妳的意思了。」盧克點頭。
蓋瑞是世界上最有情有義的傢伙，而且他對盧克非常好，如果盧克凌晨三點有難，他絕對會第一時間衝來，盧克也會為他這麼做。我一直以為我和蘇西也會這樣永遠不變。
「如果我現在半夜三點有難，可能不敢打給蘇西。」我難過地看著盧克。「她可能會叫我滾。」
「亂講。」盧克堅定地說。「蘇西還是很愛妳。」
「現在沒有了。」我搖頭。「我不怪她，這整件事都是我的錯……」
「這不是妳的錯。」盧克意外地笑了笑。「妳怎麼會這麼說？」
我驚訝地看著他，他怎麼會這樣問？
「這當然是我的錯！如果我照原訂計劃早一點去找劉易，我們就不用跑這一趟了。」
「貝卡，這不全是妳的錯。」盧克語氣堅定地反駁我。「妳也不知道如果妳早一點去找劉易會有什麼結果，而且唐群和妳爸都是成年人了，妳不要怪自己，好嗎？」

我知道他在說什麼，可是他錯了，他不明白。

「總之，」我重重嘆口氣。「蘇西現在只理亞里莎。」

「妳知道亞里莎只是想刺激妳嗎？」盧克說。他肯定的口氣讓我驚訝地抬起頭。

「你確定？」

「很明顯。那女人滿嘴屁話，哪有『懷古』這種說法。」

「真的嗎？」我心情好轉。「我還以為我太笨了。」

「笨？妳怎麼會笨。」盧克鬆開米妮的手，把我拉過去，看著我的眼睛。「妳停車技術真的很差，但是貝卡，妳絕對不笨，不要被那壞心眼的女人影響。」

「你知道我怎麼想的嗎？」我壓低音量，可是其實旁邊沒人。「我覺得亞里莎在打什麼壞主意。」

「譬如？」

「我還不知道，」我坦白說。「可是我會去查。」

盧克挑眉。「我只能說妳要小心，蘇西現在很敏感。」

「我知道，你不用告訴我。」

盧克緊緊抱著我一分鐘，我讓自己放鬆，其實我真的很累。

「走吧，我們進去吧。」他最後說。「對了，我覺得詹妮斯被耍了。」我們朝餐館走去時他說。「我看了那些藥片的成分，其實就是阿斯匹靈的拉丁文藥名。」

「真的嗎？」想到詹妮斯慌慌張張地把藥灑在沙漠的模樣就好想笑。「不要告訴她。」

我們回到餐館時，桌上已經擺滿了餐點，可是除了正在大口吃炒蛋的詹妮斯，好像沒有人在吃：媽用力攪著咖啡、蘇西正在咬大拇指（她只要壓力大就會這樣）、亞里莎正在把綠色的粉末倒進杯子裡，大概是什麼噁心的健康食品。

「嗨，大家。」我坐了下來。「東西好吃嗎？」

「我們正在思考。」蘇西咆哮。「大家都沒有認真想。」

亞里莎在蘇西耳邊低聲不知說了什麼，蘇西點點頭，兩人側眼看了我一下。有一瞬間，我突然覺得自己好像回到學生時代，那些討厭的女孩老對我的運動服指指點點（大家都換了新款的運動服很久了，我媽卻要我繼續穿舊款，她覺得買新的很浪費。我不怪她，可是每一次上體育課我都會被嘲笑）。

不過，我現在是大人了，有事情要做、不可以因此難過。我咬了一口格子鬆餅，再次把爸的地圖拿過來看，看到上面的線條在我眼裡都糊成了一片。剛才那名睿智的老女人說的話在我耳邊迴盪：找人要從他們的家人朋友下手。

不管到底有什麼祕密，結果都還是跟他們四個人有關，那就回歸根本：科瑞在拉斯維加斯，這是我們現在最重要的線索，所以要聰明一點、把他找出來。可是要怎麼找？

我堅定地告訴自己，我一定掌握了什麼自己沒想到的線索，一定有。只要我努力想，一定想得出來。我緊閉雙眼回想過去的景象：耶誕節，我坐在家中的火爐旁，懷裡傳來橘子巧克力的味道。爸在茶几上攤開他的舊地圖緬懷多年前的美國之旅。我彷彿又聽到他回憶當年行程片段的聲音。

「……火勢一發不可收拾。我告訴妳啊，那可不是一件小事……」

「……有句話說：『固執得像頭驢子。』我知道為什麼了，因為那頭可惡的驢子怎麼樣都不肯下峽谷……」

「……我們常喝著當地啤酒坐到半夜……」

「……劉易和科瑞腦袋都很好，都是理科畢業生……」

「……常討論他們的論點，把他們的想法記下來……」

「……科瑞有的是錢，他家裡有錢……」

「……沒有什麼比得上在野外露營看日出……」

「……都是因為雷蒙不肯放棄，害車子差點摔下山谷……」

「……科瑞就會在那邊素描，他很會畫畫，簡直十項全能……」

等等。

科瑞很會畫畫。我怎麼忘了這句！他還說過科瑞畫了什麼，是什麼呢？到底是什麼……？

我有一個特點：我很擅長操控自己的腦袋。只要我想，就能忘記信用卡帳單的事、也可以忘記爭吵，幾乎在任何情況下都能看到好的一面。現在我要我的腦袋好好回想，探進腦子裡陳舊、向來懶得清理的洞穴裡回想。我知道一定還有什麼……我就是知道……

對了！

「……他的畫都會有一隻老鷹，就像是一種標記……」

我眼睛頓時張大，老鷹。我就知道有什麼！雖然不是什麼很重要的線索，但總是個開始，是吧？

我迅速拿出手機上網搜尋「畫家　科瑞　老鷹　拉斯維加斯」。這裡收訊不太好，我不耐地戳著鍵盤，一邊絞盡腦汁看有沒有更多線索？畫家科瑞、有錢人科瑞、理科畢業生科瑞。還有什麼線索？

「我剛才打完最後一通電話。」亞里莎放下手機抬頭說。「沒有消息，蘇西……」她拉長臉。「我們可能要回洛杉磯，從長計議。」

「放棄？」蘇西的臉垮了下來，我心一驚，我們一時衝動就戲劇化地衝來沙漠，如果現在放棄打道回府，我覺得蘇西真的會崩潰。

「還不要放棄。」我盡量用正面積極的口氣說。「我相信只要繼續想一定能想出辦法——」

「真的嗎，貝卡？」蘇西憤恨地說。「妳說得倒好聽，可是妳幫上了什麼忙？沒有！妳現在在幹嘛？」她氣沖沖地指著我的手機說。「網購嗎？」

「我沒有！」我反駁。「我在找資料。」

「找什麼資料？」

可惡的螢幕，竟然當了。我不耐地再次用力按「輸入」鍵。

「盧克，你一定有辦法！」媽插嘴說。「你不是認識英國首相嗎？他能不能幫忙？」

「首相？」盧克聽起來好震驚。

我的手機螢幕上突然冒出網路搜尋的結果，我順著看下去，心情雀躍。是他！是那次跟爸一起旅行的科瑞！

當地畫家科瑞．安德魯斯……老鷹標記……在拉斯維加斯藝廊展出……

應該就是他吧？

我迅速輸入「科瑞．安德魯斯」，屏息等待結果。沒多久就出現一整頁的搜尋結果：有維基百科、商業報導、房地產新聞、一家名為「火光創新」的公司……全都是同一個人。我找到拉斯維加斯的科瑞．安德魯斯了！

「或你認識的那個英國央行的傢伙。」媽繼續追問。

「妳是說央行總裁嗎？」盧克頓了一下才說。

「對，就是他！打個電話給他！」

看到盧克的表情我差點笑出來，我媽真的會要他動員英國內閣所有閣員過來找爸。

「可能有困難。」盧克客氣地說，接著轉頭問亞里莎。「妳真的沒有其他消息了嗎？」

「沒有。」亞里莎嘆氣。「我們已經走投無路了。」

「我有線索。」我緊張地說，每個人都轉頭看我。

「真的有？」蘇西狐疑地說。

「我找到那次跟爸一起旅行的科瑞了，他叫科瑞．安德魯斯。媽，就是他對不對？」

「科瑞．安德魯斯。」媽蹙眉。「好像是姓安德魯斯沒錯……」她鬆開眉頭。「貝卡，好像被妳說中了！科瑞．安德魯斯，你爸老說他是有錢人，他也是畫家對不對？」

「沒錯！而且他就住在拉斯維加斯，我找到他的地址了。」

「貝卡，親愛的，幹得好！」詹妮斯說。我忍不住有些得意。

「妳怎麼找到的？」亞里莎似乎很不滿。

「嗯……就……從不同的角度思考。」我把手機拿給盧克。「這是他的郵遞區號，我們走吧！」

寄信人：wunderwood@iafro.com

收信人：麗貝卡・布蘭登

主題：回覆：應徵賞金獵人

親愛的布蘭登太太，

感謝您的來信。如果您有意加入「國際追查逃犯特務協會」，請填寫附件並附上九十五美元的會員費寄回給我們。您將收到會員證及其他協會網站上所提及之會員福利。

關於您的問題，我們的回答是，協會並沒有發行「賞金獵人」徽章或其他「賞金獵人配件」。

協會有學徒方案，但是很遺憾地，我們並未開設「如何找出失蹤父親」或「如何與其他賞金獵人保持友誼」等主題課程。

祝妳順利。

韋特・安德伍德

會員經理
國際追查逃犯特務協會

04

我們朝科瑞在拉斯維加斯的住址前進，車上的氣氛低迷；媽和詹妮斯不說話，蘇西和亞里莎坐在我對面低聲交談，我邊陪米妮玩貼紙邊想布萊斯的事。

他的全名叫布萊斯・派瑞，是（應說曾是）靜安中心個人成長的指導員。我在靜安中心上課時常遇到他。我覺得很奇怪，為什麼唐群會被他迷惑？為什麼爸會邀他同行？為什麼他們倆會信任他？我覺得自己猜的應該沒錯：因為布萊斯真的長得很帥。

這跟同性戀什麼的沒有關係，只是人長得好看就是比較有說服力，尤其是看起來堅毅有力、有點鬍渣、眼神深邃的男人，一看就會被他迷住，不管對方說什麼都相信。例如，如果我明天遇到威爾・史密斯，然後他說他正被貪污的政府官員追捕，需要我的幫忙，我一定二話不說就相信他。

布萊斯也是一樣。他的眼睛可以迷惑人、讓人膝蓋發軟。他說話的樣子令人著迷，忍不住心想：*你說得對！沒錯就是這樣！*就算他只是說瑜珈課的時間也一樣。

蘇西肯定有感受到布萊斯的魅力，我知道她有，每個人都有。唐群認識布萊斯之前剛好狀況不太好：跟家人起衝突、事業受挫，整個人消沉……此時布萊斯帶著他的沙灘排球出現，親切的閒聊加上他的個人魅力，也難怪唐群會被他迷惑。

另一方面，也難怪布萊斯會想要唐群的錢。像唐群這麼富有的人，每個人都想要他的錢。

可憐的唐群，他有很多錢和大豪宅，可是我不覺得他很快樂——

「大概再二十分鐘就到了。」盧克打斷我的思緒，嚇了我一跳。大家都嚇了一跳。

「二十分鐘？」

「這麼快？」

「可是我們都還沒到拉斯維加斯！」

「這是拉斯維加斯另一邊。」盧克瞇起眼看著衛星導航說。「很多高爾夫球場，看起來像是住宅區。」

「高爾夫球場！」詹妮斯興奮地大喊。「說不定葛雷恩和他朋友就在這裡打高爾夫？珍，妳說有沒有可能？」

「他是很喜歡打高爾夫球。」媽的口氣有些遲疑。「蘇西，唐群會打高爾夫球嗎？」

「會一點。」蘇西的口氣也不太確定。

「那就對了。」詹妮斯拍手。「他們來打球的！」

打球？

每個人面面相覷。爸會跑來這裡打高爾夫球嗎？我們像瘋子一樣衝進沙漠，結果會不會看到他穿著格紋長襪在第十八洞揮桿，問唐群這球打得好不好？

「布萊斯會打高爾夫嗎？」蘇西問亞里莎。

「我不知道。」亞里莎說。「不太可能。不過我們還沒到，猜這些也沒用。」

這話說得很合理可是也很潑冷水，原本興奮的心情都被澆熄了。我們默默坐著，直到盧克把車轉進一條兩旁矗立著豪宅的寬廣道路說：「到了。」

我們看向窗外，全都愣住了。我以為拉斯維加斯只有閃耀的霓虹燈、飯店和賭場，以為每個人都住旅館，可是這裡當然也有住宅，只是這些不只是住宅，根本就是皇宮了：每棟房子都佔地廣闊，到處是高聳的棕櫚樹和寬敞的入口，彷彿在說：「我住在這裡而且身份不凡。」

我們停在二三五號門口，默默地望著眼前的建築。這是附近最大的一棟房子：灰色外觀、四座有如公主城堡的高塔環伺在側，彷彿童話故事裡的長髮公主隨時會從樓上的窗戶探出頭來。

「妳再說一次這個科瑞是做哪一行的？」盧克說。

「他有一家科技公司。」我說。「註冊很多專利、名下還有很多房地產、從事多種行業。」

「哪種專利？」

「我不知道！」我說。「全都是些科學什麼東西的看不懂。」

我查看網路搜尋結果，唸了幾個出來。「科瑞．安德魯斯，電機工程師協會榮譽會員……科瑞．安德魯斯卸下火光創新公司董事長一職……科瑞．安德魯斯日益壯大的房地產王國……等一下，這是幾年前《拉斯維加斯先驅報》寫的：科瑞．安德魯在東方文華飯店與親友歡慶五十歲生日。」我驚愕地抬起頭。「五十歲生日？他不是跟我爸同年紀嗎？」

「可惡。」盧克熄火。「我們跑錯地方找錯人了嗎？」

「我不知道。」我困惑地說。「可是他確實是那個畫裡都有老鷹標記的科瑞。」

「會不會有其他同名的人也這麼做？」蘇西猜測。

大家默默思考這個猜測的可能性。

「要找出答案只有一個辦法。」盧克最後說。他跳下車，按下對講機說話，沒多久又走回露營車上，大門柵欄開啟。

「他們怎麼說？」詹妮斯興奮地問。

「他們以為我們是來參加派對的。」盧克說。「我沒有反駁。」

我們沿著車道往前開，一名穿著灰色麻質西裝的男子指引我們把露營車開到一棟看起來像停機棚的建築物旁邊。這地方真的好大，到處都是參天大樹和巨大的盆栽植物。從我們停車的地方可清楚看到網球場，隱藏式的音響正在播放爵士音樂。其他賓客都開光鮮的敞篷車，大部份都是客製化車牌；有一臺車的車牌是「達樂34」，另一臺則有「克莉絲朵」的字樣，還有一臺虎紋烤漆加長型禮車。

「老虎車！」米妮開心地驚呼。「媽咪，老虎車！」

「好漂亮，親愛的。」我忍著笑意。「那現在去哪？」我轉頭問其他人。「我們這算是不請自來。」

「我這輩子還沒來過這種地方。」蘇西張大眼睛說。

「蘇西，妳在蘇格蘭有一座城堡。」我指出。

「是沒錯，可是不是像這樣。」她反駁。「這簡直是迪士尼城堡！妳看，屋頂還有直昇機停機坪！」

那名身穿灰色麻質西裝的男子走過來，狐疑地打量著我們。

「你們是來參加佩登的派對嗎？」他問。「請教幾位大名？」

我承認我們看起來不像派對賓客，連個禮物都沒有帶給佩登（誰知道佩登是誰）。

「我們不在名單上。」盧克平和地說。「可是我們有急事要找科瑞・安德魯斯。」

「攸關生死。」媽急忙插進來說。

「我們大老遠從歐克索鎮過來。」詹妮斯說。「英國南部的歐克索鎮。」

「我們來找我爸。」我解釋。

「還有我先生。」蘇西推開眾人擠到前面。「我先生失蹤了，也許科瑞有什麼線索。」

灰色麻質西裝先生一臉茫然。

「安德魯斯先生現在恐怕有點忙。」他退後幾步遠離蘇西。「麻煩幾位留下資料，我會轉交給——」

「可是我們現在就要見他！」媽急切地說。

「一下就好。」盧克說。

「我要搭老虎車！」米妮跟著熱切地說。

「我們不會造成您的困擾。」媽眼巴巴地補上一句。「拜託你——」

「麻煩你把這交給安德魯斯先生。」我們身後傳來一股低沉的嗓音。轉頭一看，只見亞里莎遞出靜安中心的名片，上頭有靜安中心鮮明閃亮的標記和幾句話。

對方接過去默默看完，表情一變。

「好。」他說。「我會轉告安德魯斯先生你們來了。」

他離開。我們全看著亞里莎，她那副明明很得意卻又裝低調的模樣真令人討厭。

「妳寫了什麼？」我質問。

「幾句我覺得可能有幫助的話。」她說。

媽和詹妮斯正高聲交換意見說「亞里莎・梅瑞爾」這幾個字簡直就是美國的皇室，不知道她在靜安中心結識多少名人？可是這女孩人好口風又緊，一定不會講名人八卦。

人好口風緊？我不是反覆跟我媽說過很多遍亞里莎長腿賤人過去的事蹟了嗎——

算了，隨便她。

沒多久剛才那名穿灰色麻質西裝的男子又出現，默默帶著我們朝屋子走去，只有盧克留在車上跟蓋瑞講電話（大會晚宴上發生一件大八卦，事情牽涉到一名層級較低的政府官員）。偌大的鑲嵌大門讓人以為隨時都會放下吊橋讓我們走過去，結果卻要繞過這屋子／城堡／豪宅，沿著像英國漢普頓宮的迷宮花園裡修剪整齊的樹籬列隊前進，出去是一片寬闊的草坪，草坪上有宏偉的充氣城堡、佈滿食物的大桌、大概五百多名到處亂跑的小朋友和寫著「佩登五歲生日快樂！」的橫幅。

原來佩登就是她——不過我其實看不出來誰是佩登，因為這裡每一名小女孩都穿著閃亮的公主裝。不過，誰是科瑞倒是很明顯，從灰色麻質西裝男子朝他走去及指著我們說話的謙恭模樣就看得出來。
這個科瑞外表非常搶眼：壯碩的身材、古銅色的肌膚、一頭濃密的黑髮和看起來像是有修過的眉毛。他看起來比爸年輕好多，站在他身邊的那位應該是科瑞的太太，看到她我只有想到一個形容詞：「冰晶閃亮」。一頭閃亮的金髮、閃亮的上衣、壓紋牛仔褲、水鑽涼鞋、N個戒指和手環、頭戴鑲鑽飾品的髮夾；基本上看起來就像全身上下都灑滿了亮片。極低胸的上衣裹住古銅色的大胸，不是我在說，以小孩生日派對這樣的場合來說，她的上衣領口真的很低。
最後，科瑞終於朝我們走來。大家面面相覷，事先沒有說好誰要開口或要說什麼，照例又是亞里莎最先開口。
「安德魯斯先生。」她說。「我是亞里莎・梅瑞爾。」
「梅瑞爾太太。」科瑞握住她的手。「很榮幸您能光臨寒舍，有什麼事需要我幫忙的嗎？」
近看發現他其實沒有那麼年輕，看起來太過緊繃，有種整型整過頭的感覺。我困惑了，這到底是不是爸認識的那個科瑞？我張嘴正準備詢問時，他太太站到他身邊。如果幫她換上棉質洋裝、擦去亮晶晶的眼影，她看起來可能只有二十三歲，說不定她真的只有二十三歲。
「親愛的？」她問科瑞。「怎麼了？」
「我不知道。」他笑了笑。「這是怎麼了？這位是亞里莎・梅瑞爾。」他對他太太說。
「她是靜安中心的老闆娘，這是我太太辛蒂。」
辛蒂倒抽一口氣，瞪大眼睛看著亞里莎。「妳是靜安中心的老闆娘？你們中心好有啟發性！我有買DVD、我朋友有去你們的療癒中心……有什麼事需要我們幫忙嗎？」

「我們在找我父親。」我衝出來說。「他的名字是葛雷恩‧布盧姆伍德。你們好像是舊識。除非……」我猶豫了一下。「除非有另一個科瑞‧安德魯斯的畫家也會在畫作上放老鷹標記。」

辛蒂大笑。「寶貝，這世上只有一個科瑞‧安德魯斯，對吧？」

「太好了！」我心情一振。「你在一九七二年跟我爸一起公路旅行，你們四個一起。」我突然覺得自己好像說錯話了。科瑞的表情雖然沒變，可是我看得出來，他的眼裡閃過一抹敵意。

「一九七二年？」辛蒂皺眉。「那時候科瑞還太小，不可能去公路旅行！親愛的，一九七二年你才幾歲？」

「不好意思，我幫不了你們。」科瑞口氣緊繃。「我們先告退了。」

他一轉身我就看到他耳朵後面隱約的疤痕。難怪，這跟他的面子有關，難怪他不承認認識我爸。辛蒂衝去扶起一名跌倒的小朋友，科瑞還來不及離開就被我媽一把抓住。

「我先生失蹤了！」她誇張地大喊。「你是我們唯一的希望！」

「對不起，可是你一定就是那個科瑞。」我口氣堅定。「我知道你就是，我爸有來這裡嗎？他有沒有跟你聯絡？」

「我們的對話已經結束。」他瞪著我說。

「你有跟劉易或雷蒙聯絡嗎？」我追問。「你知不知道劉易住在拖車裡？我爸說他要『撥亂反正』，你知道是什麼事情嗎？」

「請離開我家。」科瑞冷冷地說。「這是我女兒的生日派對，很遺憾我幫不了妳。」

「至少可以告訴我們雷蒙姓什麼嗎？」

「雷蒙・厄爾？」辛蒂歡快地走回來說。「我只聽過科瑞提過一個雷蒙。」

我看向科瑞，他看起來好生氣。

「辛蒂，不要跟這些人說話。」他氣憤地說。「他們要走了，妳回去派對。」

「辛蒂，雷蒙住在哪裡？」我連忙問。「是新墨西哥州的阿布奎基嗎？還是聖地牙哥？還是……威斯康辛州的密爾瓦基？」

我只是亂槍打鳥，希望可以刺激她回應，結果真的有效。

「不對，他不是住在亞歷桑納州的土桑市嗎？」她不確定地瞥了科瑞一眼。「不過他好像怪怪的，是不是啊，親愛的？完全與世隔絕？我聽過你跟……」但看到科瑞的表情，她嚇得沒有把話說完。

「所以你有跟他聯絡！」我的怒火瞬間上升，所以我們的方向確實沒錯，可是如果這個整型臉白癡不肯幫忙的話，這條路又會再次堵住。「科瑞，一九七二年發生什麼事？為什麼我爸要跑這一趟？當年到底發生什麼事？」

「請離開我家。」科瑞轉身說。「我要叫警衛了，這是私人生日派對。」

「我叫麗貝卡！」我在他身後大喊。「這名字對你有什麼意義？」

「啊！」辛蒂驚呼。「親愛的，跟你大女兒同名！」

科瑞轉身，用非常奇怪的表情望著我。每個人都屏息以待、沒有人說話。怎麼會這樣？他也有一名叫麗貝卡的女兒？

他再次轉身大步走回派對現場。

「很高興認識你們！」辛蒂不安地說。「離開時請挑份禮物袋給你們家小朋友帶回去。」

「不行啦！」我連忙說。「這些都是給妳客人的。」

「我們準備太多了。沒關係，妳就拿吧。」她踩著高跟鞋匆匆跟著科瑞離開，腳步有些踉蹌。我聽到她疑惑地問：「寶貝，怎麼了？」

沒多久穿灰色亞麻西裝的男子帶著兩名不是穿亞麻西裝、理平頭、穿牛仔褲、面無表情的傢伙從屋子另一角拐過來；就是那種會把人揍到腦袋開花還一副「我只是聽命行事」的傢伙。

我猜的啦。

「嗯，我們走吧。」我不安地說。

「天啊。」詹妮斯吞了吞口水。「這幾個人看起來有點可怕。」

「惡霸！」媽氣憤地說。我突然很怕她會拿出鎮上老太太團體自衛課的招式跟他們對抗。

「媽，我們該走了。」趁她還沒想到這個餿主意之前快離開。

「我覺得我們該走了。」亞里莎附議。「該知道的都知道了。」

「謝謝！」我對著理平頭的傢伙大喊。「我們正準備離開！很棒的派對，我拿個禮物袋就走……」

我帶著米妮走向擺滿超大禮物袋的桌子時，辛蒂端著一杯調酒再次出現。看到我們朝禮物袋桌走去，她連忙朝我們走來。

「真不好意思。」她著急地說。「我先生對不熟的人比較不客氣，我都要常跟他說：『親愛的！放輕鬆，不要生氣！』」她拿起一個用紫色緞帶綁著的禮物袋，往裡面看了看。「這裡面有個芭蕾娃娃。」她遞給米妮。「親愛的，妳喜歡芭蕾舞者嗎？？」

「禮物蛋！」米妮興奮地大叫。「謝謝妮……派堆……很好玩。」她小心翼翼地補上。「謝謝妮。」

「妳好可愛。」辛蒂對她笑。「妳的口音真好聽！」

「很棒的派對。」我客氣地說。

「我先生很慷慨。」辛蒂認真地說。「我們很幸運，可是我們也很感恩，不會把這當成理所當然。」她朝禮物桌點點頭。「每送出一份禮物就會送出另一份給弱勢兒童。」

「哇！」我眨眨眼。「這個想法好棒。」

「我喜歡這樣的作法，我並不是生來就過這種生活。」她張開手指著他們家城堡說。「我想教佩登，時時謹記其他不如我們幸運的人。」

「妳這麼做很棒。」我表示欽佩，我想辛蒂並不如表面那麼膚淺。

「科瑞有自己的慈善基金會。」她補充。「他是世界上最慷慨、最大方的人，總是為別人著想。」她眼眶濕潤。「妳剛和他見面時應該有發現。」

「呃……對！」我騙她。「很高興認識妳。」

「我也是！小心肝，拜拜！」她捏米妮的臉頰。「祝你們好運。」

「對了，還有一件事。」我們轉身離開時我故作輕鬆地說。「我剛在想……妳知道科瑞的大女兒為什麼叫麗貝卡嗎？」

「這個嘛，」辛蒂一臉尷尬。「我也不知道，他們其實不太聯絡，我從來沒見過她，其實有點可惜。」

「喔。」我想了一下。

「我剛才不應該提她的，科瑞不喜歡提他的過去，他說講以前的事會帶來壞運氣。我曾經想請她來一起過感恩節，可是……」她似乎有些氣餒，隨後又愉快地說，「總之，我給你們帶些點心上路好嗎？」

他們送的禮物袋慷慨得不像話。

半個小時後，我們再次停在某家美式小餐館用午餐、重整隊伍。米妮拆開禮物袋，我們全目瞪口呆地看著：除了芭蕾舞者娃娃之外，還有DKNY的手錶、Versace兒童連帽外套和兩張太陽馬戲團的票。蘇西特別震驚，因為她很不喜歡禮物袋這種東西，覺得很俗氣、很普通（她沒有用這兩個字，但她說的時候會扭手指，所以我知道。她幫小孩辦生日派對時，送給來參加的小朋友的禮物袋是氣球加一大塊用烘焙紙包好的自製太妃糖）。

米妮從禮物袋裡拿出一只美麗的粉紅色Kate Spade手拿包，媽和詹妮斯則拿手機上網查「拉斯維加斯房地產價格」，看科瑞的豪宅值多少錢。我趕快把Kate Spade包收好，等米妮大到可以用再說（在這之前，我可能借用個一兩次）。

「他的錢到底都怎麼來的？」詹妮斯問。「天啊，這一間要一千六百萬美金！」

「房地產。」媽含糊地說。

「不是，他是專利起家。」我表示。「科學發明什麼的。聽說他發明了一種特別的彈簧。」

這是我從網路搜尋結果的第三頁看到的，是《華爾街日報》對科瑞的介紹。據說那彈簧是他發明的第一樣物品，現在還在幫他賺錢。不過彈簧要怎麼創新發明啊？不就是彎曲的鐵絲

05

嗎？

「貝卡，我以前就跟妳說理科要好好學……」媽說。「詹妮斯，妳看，這房子有兩個游泳池。」

「也太高調了。」詹妮斯不以為然地靠過去看。「可是視野真好……」

「我不知道他怎麼有辦法隱瞞他的年紀？」我插嘴說。「科瑞應該跟爸年紀差不多，可是我在網路上找不到任何可以推翻所謂『五十歲生日派對』的證據。現在都什麼年代了，怎麼可能竄改年齡？不是有Google嗎？」

「他可能在Google出現之前就開始隱瞞了。」詹妮斯明智地說。「跟那個瑪喬莉・威莉絲一樣。妳記得嗎，珍？她每隔一年就自動減一歲。」

「喔，那個瑪喬莉！」媽憤慨地叫嚷。「她至少過了兩次三十四歲生日，說不定三次。親愛的，就是這樣，要改真實年齡就要早點改、慢慢改。」

「沒錯！」詹妮斯點頭。「貝卡，現在就開始的話，很容易減個十歲沒問題。」

我要這麼做嗎？我沒想過要減齡這件事。假裝比自己實際年齡老不是比較好嗎？然後大家就會說，「哇！妳九十三歲了？看起來好年輕！」其實我才七十……

盧克示意我過去，打斷了我的思緒。他站在窗邊，表情有點奇怪。

「嗨。」我朝他走去。「怎麼了？」他沒有回答，直接把手機拿給我聽。

「貝卡，」爸的聲音毫無預警地就這麼傳入我耳裡。「妳媽飛去洛杉磯是怎麼一回事？」

是爸的聲音。是我爸！他還活著！我快暈了，但同時我也好想大聲歡呼。

「爸？」我不敢呼吸。「天啊，是你嗎？」

我眼眶盈滿淚水，自己都沒發現原來我那麼擔心、那麼內疚、想像過那麼多可怕的畫面。

「我剛聽到手機上有一個含糊不清的語音留言。」爸說。「我剛才跟盧克說了，叫妳媽不要來好嗎？叫她留在英國。」

他這是在開玩笑嗎？他都不知道我們有多擔心嗎？

「可是她已經來了！詹妮斯也來了！爸，我們很擔心你！」我脫口說出。「也擔心唐群，擔心——」

「我們沒事。」爸不耐地說。「拜託，請妳媽不要煩惱，我過幾天就回去了。」

「你們在哪？要做什麼？」

「這不重要。」爸直接回。「只是朋友之間的一點小事，不需要多少時間就能解決，麻煩妳應付一下妳媽。」

「可是我們跟來了！」

「拜託不要跟著我！」爸聽起來好生氣。「太誇張了！我就不能自己處理一點私事，妳們一定要這樣跟著嗎？」

「可是你沒有告訴媽你要做什麼！就這樣消失了！」

「我有留字條給妳。」爸不耐煩了。「妳知道我沒事，這樣還不夠嗎？」

「爸，拜託你現在跟她說一下好嗎？我把電話拿給她——」

「不用。」他打斷我的話。「貝卡，我正要做一件很重要的事，需要專心，我現在沒辦法處理妳媽對我歇斯底里發飆一個小時。」

「她哪有——」我才開口就止住。我很不想承認，可是他說的沒錯。如果媽拿到電話會一直唸到手機沒電為止。

「帶妳媽回洛杉磯。」爸說。「去做美容……和那個什麼？冷靜一點。」

「你要我們怎麼冷靜？」我也生氣了。「你什麼都不說，而且我們知道布萊斯想洗腦唐群……對了，唐群還好嗎？」

爸大笑一聲。「布萊斯沒有要洗腦誰。這個年輕人很幫忙，對這裡很熟，幫了我很多，也很照顧唐群。他們經常長談，聊很多事情。」

照顧他？長談？聊很多事情？聽起來不怎麼妙。

「唐群在嗎？」

「他在。妳要跟他講嗎？」

什麼？我不可置信地看著手機。另一端傳來一陣腳步聲，接著是唐群熟悉的尖細嗓音，「嗯，喂？貝卡嗎？」

「唐群！」我大大鬆了一口氣。「嗨！我去找蘇西——」

「不用了……不要麻煩。」他說。「告訴她我沒事就好。」

「可是她好擔心！我們全都好擔心。你知道布萊斯想對你洗腦嗎？唐群，他很危險，他想要你的錢。你沒有給他錢吧？千萬不要。」

「他當然想要我的錢。」唐群一副理所當然的口氣，害我不知道怎麼回答。「每五分鐘就問一次，而且一點都不委婉。不過，我不會給他錢。」

「太好了！」我鬆一口氣。「千萬不要。」

「貝卡，我沒那麼蠢。」

「喔。」我不知道怎麼回。

「遇到像布萊斯這樣的人就要長點心眼。」

「對。」

我現在很困惑，唐群聽起來好鎮定，我還以為他精神崩潰了。那在洛杉磯那一幕又是怎麼一回事？我還記得他坐在我們家餐桌上，怒瞪著我們每個人，說蘇西的負面思考阻礙他的事情。

「貝卡，我要掛了。」唐群說。「我把電話還給妳爸。」

「不，不要掛！」我大喊，可是已經來不及了。

「貝卡？」另一頭再次傳來爸的聲音，我迅速吸口氣。

「爸，請你聽我說。我不知道你們要做什麼，如果你不想要我知道也沒關係，可是你不能就這樣丟下媽。你們在拉斯維加斯附近嗎？如果你真的愛我們，請你抽時間跟我們在拉斯維加斯碰個面、見個幾分鐘，讓我們知道你沒事。之後你想做什麼就去沒關係。拜託你，爸，拜託。」

一陣沉默，我隔著手機也可以感受到他的不情願。

「我離你們很遠。」他最後說。

「那我們去找你！給我地址！」
「不行。」爸說。「不要過來。」
又是一陣沉默，我不敢呼吸。
我爸其實是個非常理性的人，他以前在保險業工作，我相信他會講理。
「好吧。」他最後說。「明天早上跟你們一起簡單吃個早餐，讓你們放心回洛杉磯，不要來吵我。可是不可以問問題。」
「好。」我連忙說。「不問你問題。」
「約哪裡？」
「呃……」
我對拉斯維加斯不熟。基本上我對這城市的認識來自電影《瞞天過海》，我反覆看了幾百遍。
「那約百樂宮酒店。」我說。「早上九點到百樂宮吃早餐。」
「好，到時見。」
我原本不打算再問其他問題，因為他明顯不想讓我知道，可是我還是忍不住脫口而出：
「爸，當年你為什麼不想把我取名為『麗貝卡』？」
又是一陣不安的沉默。我不敢呼吸，我知道他還在線上，電話還沒掛，只是不說話……
然後他就掛了電話。
我馬上按下回撥，卻直接進入語音信箱，打給唐群也是一樣，他們都關機了。

「幹得好！」我抬頭時，盧克說。「妳應該去當人質談判專家的！我沒聽錯吧？妳是不是跟那幾個逃跑的傢伙約好共進早餐？」

「顯然是的。」我對他眨眼，心裡卻有點茫然。我那麼擔心那麼緊張，結果爸和唐群都沒事，沒有被丟進山谷裡。

「貝卡，放輕鬆！」盧克把手放在我肩上。「這是好消息！找到他們了！」

「沒錯！」我臉上展露笑容。「找到了！找到他們了。我去跟媽和蘇西說！」

真是的，我以為傳遞壞消息的人才會被刁難，我以為媽和蘇西會高興得大呼小叫說我好棒，竟然能把爸逼去拉斯維加斯一起吃早餐，我還以為大家會抱在一起歡呼。我一定是腦袋有問題。

媽和蘇西聽到自己親愛的另一半還好好活著並沒有比較開心，只有稍微高興了一下，蘇西鬆口氣說：「感謝老天爺。」然後又繼續抱怨。

媽的臺詞是：「我老公為什麼不相信我？」但至少還有對話，有詹妮斯在一旁反覆說：「我知道。」、「妳說的沒錯。」和「珍，親愛的，吃顆巧克力豆。」媽的基本論點是：任何一個有事情瞞著太太的先生都有問題。然後他是大人了，他以為自己是誰？光頭警探柯傑克嗎？

（其實我不知道這跟柯傑克有什麼關係？也不太確定柯傑克是誰？好像是某個電視影集的

主角[4]。）

蘇西則抱怨：「唐群為什麼不跟我講電話？」她一直打給唐群，大概打了九十五次，每次都佔線中，然後不滿地瞪我一眼，好像這全都是我的錯。我們逐漸接近拉斯維加斯市區，她咬著手指呆望著窗外。

「蘇西？」我小心翼翼地開口。

「什麼事？」她不耐煩地轉頭，彷彿我打斷了她做什麼很重要的事情。

「唐群沒事，真是好消息！」

蘇西一臉茫然，似乎聽不懂我在說什麼。

「我的意思是妳不用擔心了。」我繼續說。「妳可以放心了。」

蘇西臉上浮現一抹痛苦，彷彿我怎麼會蠢到不明白真相。

「除非我親眼見到他，否則沒看到他之前，我都不能放心。」她堅持。「我還是覺得，他被布萊斯不知道用了什麼辦法操控了。」

「我聽起來還好。」我好意安撫她。「如果他真的被洗腦了，就不會答應跟我們一起吃早餐吧？這不是好消息嗎？」

「貝卡，妳不懂。」蘇西咬牙切齒地說。亞里莎馬上伸手按住蘇西的手，彷彿她懂，因為她和蘇西的情誼比跟我更好。

我心一沉，抱起米妮求安慰。

4 一九七〇年代美國警匪動作影集的主角。

「不要擔心？」媽正兇惡地低聲對詹妮斯說。「我就要讓葛雷恩擔心。我有瞞過他什麼事嗎？」

「那我家車庫裡的日光浴床怎麼說？」詹妮斯指出。

「詹妮斯，那不一樣。」媽惡狠狠地反駁。「葛雷恩現在的表現有鬼。」

「他平常的確不是這樣的。」詹妮斯憂愁地附和。她說的沒錯，我爸媽平時也不是沒有爭執過，可是我印象中他從來沒有這麼神祕過，尤其還是對媽。

「我們去拉斯維加斯要住哪？」我連忙改變話題。「不能睡露營車吧？」

「不會。」正在開車的盧克說。「我把露營車停好就去找飯店。」

儘管發生這麼多事情，我心裡還是有一絲期待。我從來沒來過拉斯維加斯，或許現在知道爸和唐群平安無事後，可以稍微放鬆了？

「珍，妳要放輕鬆一點。」詹妮斯似乎知道我在想什麼，「要不要去做美容護膚？」

「這裡是不是有一家飯店有馬戲團？」媽的情緒似乎稍微平復。「我想看馬戲團。」

「還是威尼斯酒店？」我提議。「可以搭貢多拉船。」

「還有一家埃及式……」詹妮斯正在查手機。「米高梅酒店……然後再去凱薩皇宮。貝卡，那裡很適合逛街。」

「艾爾頓・強還在拉斯維加斯嗎？」媽突然插進來問。

「艾爾頓・強？」蘇西尖聲打斷我們的對話，把我們全嚇了一大跳。「貢多拉船？妳們怎麼可以有辦法討論艾爾頓・強、貢多拉船和凱薩皇宮？我們不是來度假，更不是來享受的！」

她用憤恨的眼神瞪著我們每個人，大家傻眼愣住。

「好。」我小心翼翼地說。「先找間飯店，之後再說。」

「最好不是那些討厭的主題式酒店。」亞里莎撇嘴不屑地說。「我覺得我們應該找一家普通的飯店，例如保守的商務旅館之類的。」

我驚訝地看著她。在拉斯維加斯住保守的商務旅館？什麼啊？首先，我媽現在壓力很大，需要找事情分散她的注意力，怎麼可以坐在無聊的商務房裡看投影機設備；再來，我想帶米妮去玩，這是她應得的。

「哪裡有房間就住哪！」我連忙說。「我來打電話問問看。」

「對不起。」我再次向蘇西道歉。「我知道妳想住商務旅館。」

蘇西質疑地看了我一眼，我馬上裝出愧疚的表情，其實心裡正在歡呼天啊啊啊啊！

我們站在威尼斯酒店大廳，我沒看過這麼誇張的地方！頭上有個華麗精緻的巨大圓頂，旁邊掛滿看起來像是威尼斯大師級畫家的作品（好吧是有點庸俗），噴泉裡有一尊精美的金色地球儀，一名圍著紅領巾的男子正在拉手風琴，感覺好像不用離開酒店大廳就已經進入觀光景點。

原本在櫃臺辦住房登記的盧克走回來。「好了。」他揮著一疊房間鑰匙說。「房間沒有連號，但至少有房間。今天剛好有促銷活動，拿到免費贈品。」他揮著另外一隻手。「有免費的籌碼可以去賭場玩。」

圓形的籌碼像糖果一樣捲成一筒，看起來好可愛，只可惜上頭沒有印「愛心」之類的字眼。如果我開一家賭場，我一定會在籌碼上印「祝好運！」或「再來一次！」之類的字句。

「免費籌碼？果然。」亞里莎噘嘴表示厭惡。「我的送妳。」

拜託，這是拉斯維加斯，來這裡一定要賭博的啊！我從來沒賭過，不過我想應該很容易學。

「我們規劃一下。」盧克說，他帶著我們走向媽和詹妮斯。她們牽著米妮癱坐在行李箱上。

「我喜歡。」米妮伸出圓胖的小手討賭場籌碼。「給我娃娃盤，拜託？」

好可愛，她以為這是娃娃用的盤子。

「親愛的，這些給妳。」我從盧克手中拿起一片籌碼給她。「妳可以拿著娃娃盤，但是不可以放進嘴巴喔。」

我抬起頭，卻看到蘇西錯愕的目光。「妳拿賭博籌碼給米妮玩？」

什麼啊？

「呃……米妮並不知道那是什麼。」我小心翼翼地說。「她把這當成娃娃用的盤子。」

「無法苟同。」蘇西搖搖頭，彷彿我違反了什麼基本的為人父母法則，她瞄了亞里莎一眼，後者也是一臉不認同。

「這只是一片塑膠！」我難以置信地說。「沒錯，這在賭場裡是籌碼，可是在米妮手上只是個玩具盤！難道妳以為我會讓她賭博嗎？」

我現在一點都不懂蘇西在想什麼了。我驚訝地發現自己眼淚飆了出來，只好趕快轉身離開。她怎麼可以這樣？不肯正眼看我、也不跟我開玩笑。

我難過地心想，一定是亞里莎。蘇西被亞里莎長腿賤人影響了！亞里莎向來沒有幽默感，可是至少我們都知道這一點、知道她是什麼樣的人，也都很討厭她。她現在裝出一副親切友善的模樣，完全把蘇西騙過去，可是內心還是一樣，冷漠、一本正經、挑剔，現在還帶壞了我最好的朋友。

我沉浸在自怨自艾的思緒裡，過了一會兒才意識到手機剛發出收到簡訊的嗶聲。

在路上！！！今天晚上到拉斯維加斯！！！丹尼

是丹尼！我瞬間感覺鬆一口氣。丹尼一定有辦法讓我再次大笑，丹尼可以扭轉一切。丹尼・可維茲是知名的服裝設計師，也是我好友。他超有義氣，一聽到蘇西有難馬上答應盡一切代價帶全體員工飛來這裡。他也很喜歡唐群，自然也想幫忙（其實他超迷戀唐群，不過這件事就不用在蘇西面前提了）。

「丹尼快到了！」我告訴蘇西。「我們可以見個面、吃個飯、放輕鬆……」

我盡一切可能想提振蘇西的心情，可是徒勞無功，就像想軟化磚牆一樣困難。

「貝卡，我沒辦法放鬆。」她激憤地說。「我需要看到唐群本人、我需要知道他已經遠離那個……傢伙。」

「蘇西，聽我說。」我輕聲說。「我知道妳還是很擔心，可是妳可以試著轉移注意力。我要帶米妮去鯊魚水族館，妳要不要一起來？」

「不用了。」蘇西搖搖頭。

「可是妳總要有點事做——」

「我有事做。亞里莎和我要去找瑜珈教室，然後回幾封信、早點上床睡覺。」

我看著她，無法掩飾我的驚訝。回信？早點睡？

「可是我們在拉斯維加斯！我們可以去百樂宮酒店看噴泉，然後去喝一杯……」看到蘇西嚴厲的表情，我沒把話說完。

「我對吸引觀光客的噱頭沒興趣。」她不屑地說，亞里莎點頭表示同意。

我心裡很受傷。她什麼時候變成這樣的？以前我們一起去西班牙塞爾維亞時，她對吸引觀光客的噱頭非常有興趣，還買了佛朗明哥舞裙、一起穿去吃晚餐，一有機會就互相用西班牙文開心地歡呼大叫：「歐雷[5]！」不停地大笑，那是我這輩子過得最開心的一晚。現在回想，當時其實是蘇西提議穿佛朗明哥舞裙的，她還買了一把綁緞帶的吉他。這不是觀光客的行為是什麼？

「蘇西，至少去百樂宮酒店看噴泉。」我哀求。「這不是觀光客做的事，這是經典。妳記得我們第一次去看《瞞天過海》，那時候就約好有一天要來拉斯維加斯嗎？」

5 olé，西班牙文，意為「好極了」。

蘇西漠然地聳肩，看著手機，彷彿對我說的話一點興趣都沒有，我的眼淚又快掉下來了。

「好吧，算了，祝妳有個美好的一夜。」

「妳還記得明天早上九點要跟唐群還有妳爸吃早餐吧？」蘇西用指責的眼神看著我。

「當然記得！」

「所以妳不會喝免費調酒喝到三更半夜、在賭桌上喝醉睡著吧？」

「不會！」我氣得反駁。「我才不會！我早上八點半就會精神抖擻地坐在這裡。」

「那到時見。」

蘇西和亞里莎沿著看起來好像西斯汀禮拜堂的走廊離開。我難過地望著她的背影，隨後才又轉回去找其他人。

「你會陪我一起去看噴泉吧？」我拜託盧克。「媽，妳呢？詹妮斯也來？」

「當然要去！」媽不知道趁盧克登記住房時從哪裡找到一杯調酒，現在正大口喝著。「妳不能阻止我！親愛的，我要開心地玩、痛快地玩。」

「什麼意思？」我困惑地問。

「既然妳爸可以拋下一切去尋歡作樂，我當然也可以！如果妳爸可以這樣揮霍家裡的積蓄，我當然也可以！」

自從有了爸的消息後，媽就有一點瘋狂。她現在邊灌調酒邊說，看起來更像個瘋子。

「我不覺得爸有揮霍家裡的積蓄。」我謹慎地說。

「我們怎麼知道他在做什麼？」媽反駁。「這麼多年來，我一直稱職地扮演妻子的角色，煮飯做家事、專心聽他說的每一句話……」

這根本就是亂講。媽哪有這麼專心聽爸說話，也很常買瑪莎百貨的外食。

「結果現在卻發現他有祕密瞞著我！」媽接著說。「謊言與欺瞞！」

「媽，他只是出門一趟，又不是世界末日……」

「謊言與欺瞞！」媽不理我。「詹妮斯，要不要去玩吃角子老虎？我想去。」

「我們馬上回來。」詹妮斯氣喘吁吁地跟著媽穿過飯店大廳。

好，我覺得我應該要盯著媽。

「米妮，我們去看大魚好不好？」我轉身抱住她。她真的很棒，整天都乖乖坐在露營車上，應該帶她去找些好玩的。

「魚魚！」米妮張嘴像魚一樣大口吸氣。

飯店給盧克的房客資料夾裡，有一本小小的旅遊指南。我驚訝地看著「十大兒童景點」的說明。這裡什麼都有！有巴黎的艾菲爾鐵塔、紐約的摩天大廈和埃及的金字塔，還有海豚和馬戲團表演。好像有人把全世界壓縮成一條街，順帶剔除了無聊的部分。

「親愛的，來吧！」我伸出手。不管怎麼樣，我至少能讓米妮玩得開心。

06

兩個小時後，我的腦袋充斥著燈光、音樂、車流聲和嗶嗶聲，好像不管走到哪都有樂隊現場大聲演奏，唯一的樂器卻是吃角子老虎機器，然後樂曲也只有一首：嗶—嗶—嗶嗶嗶，永無止盡的嗶聲，偶爾停下來吐錢時就變成打擊樂。

這樣的喧鬧聲讓我頭痛，可是我不在意，因為我們玩得很開心。我們搭威尼斯酒店門房代訂的豪華禮車，沿著拉斯維加斯大道前進、進出不同的飯店，感覺好像環遊世界。米妮晚上還吃了「巴黎烤雞」（其實就是雞柳條）。

最後回到威尼斯酒店，這裡感覺比起剛才去的幾個地方平靜，而且正常多了（說是「正常」，但其實這裡的天空、雲朵、運河和聖馬可廣場都是假的）。盧克去會議中心回堆積如山的信件，媽和詹妮斯帶米妮去看貢多拉船，我在商場閒晃，這裡的店家稱作「商舖」。（為什麼要叫「商舖」？這種用詞不是很舊嗎？而且這裡不是在義大利嗎？）

這裡有很多「商舖」，從名牌商品到藝廊到紀念品店，應有盡有，以商場來說算不錯。我沿著商店街閒逛，氣溫恰到好處，藍色的假天空飄著雲朵。一名身穿絲絨戲裝的歌唱家漫步唱著優美的詠嘆調。我走進亞曼尼看到一件灰色的喀什米爾羊毛外套，心想盧克穿起來一定很好看。（可是要八百美元，所以我遲疑了，至少要先讓他試穿。）這裡很棒，我應該要玩得很開心才對。可是坦白說，並沒有。

我一直想到蘇西的表情，心好痛。是她拜託我一起走這一趟，是她握著我的手說：「我需要妳。」可是現在卻不想跟我說話，好奇怪。

我去度蜜月時，曾經失去過蘇西一次。可是這次不一樣，那次是逐漸疏遠，這次比較像是她刻意地切割。

我晃進紀念品店，在購物籃裡裝了不少東西，可是心情卻很沉重。貝卡，不要想了，我迫切地告訴自己，要把注意力放在紀念品上。我拿了拉斯維加斯天際線的雪景玻璃球、幾個美元造型的冰箱磁鐵、還有一疊上面寫著「來賭城盡情狂歡」的T恤。我拿起一個鞋子造型的菸灰缸，想著我認識的人當中有人抽菸嗎……

可是那些念頭還是不斷地浮現；我們多年的友誼就這麼散了嗎？經歷過那麼多之後……真的就這樣結束了嗎？我不知道哪裡出了問題？我知道自己在洛杉磯的表現並不好，可是我真的有做得這麼差嗎？

有一排用骰子做成的首飾，我難過地隨手拿起兩條骰子項鍊放進購物籃，也許媽和詹妮斯會喜歡，以前我一定會買兩條一模一樣的：一條給蘇西、一條自用，還會覺得這樣很好笑，可是現在我不敢這麼做。

我該怎麼辦？我能怎麼辦？

我的雙腳帶著我在店裡逛，一直重複經過剛才看過的商品。我不能再這樣了。貝卡，專心一點，我不能就這麼一直漫無目的地徘徊，等一下買完就去看媽，問她貢多拉船好不好玩。

店裡生意很好，有三排等著結帳的隊伍。等我終於到隊伍前方時，一名穿著亮片短上衣的美麗店員對我微笑。

「嗨！今天逛得愉快嗎？」

「嗯。」我說。「呃……是，很棒，謝謝妳。」

「麻煩妳幫我們做個滿意度評分好嗎？」她拿起商品一一結帳，同時遞給我一張小卡片，上頭寫著：

> 我今天的購物體驗：
>
> □**很棒**（我們聽了好高興！）
>
> □**還好**（糟糕，為什麼呢？）
>
> □**很差**（很遺憾聽到您這麼說，請告訴我們問題出在哪裡！）

我接過她給我的筆，看著卡片。我應該選「很棒」，因為店本身沒有什麼問題，我想買的都有買到，沒有什麼好抱怨的。快點，勾「很棒」啊！

可是不知道為什麼……我就是勾不下去，我沒有很棒的感覺。

「一共六十三塊九十二分。」我拿錢給店員時，她好奇地看著我。「妳還好嗎？」

「嗯……我不知道。」淚水突然盈滿眼眶，讓我十分驚恐。「我不知道要勾哪一個？我應該要選「很棒」，可是我就是勾不下去；我跟我最要好的朋友吵架了，滿腦子都是這件事，無法思考其他的事情，所以一點也沒有『很棒』的感覺，連逛街都沒興趣。」我難過地看著她。
「對不起，我不該再佔用妳的時間了。」
我伸手準備拿收據，可是她沒有給我，卻擔心地看著我。我看看她的名牌，她叫西蒙。
「那妳喜歡妳買的東西嗎？」她打開購物袋給我看，我有點茫然地看著成堆的商品。
「我不知道。」我沮喪地說。「我連自己為什麼買這些東西都不知道，本來是要送人的紀念品。」
「好……」
「可是我根本不知道我買了什麼、要送給誰？我應該要有意識的消費才對，我前陣子在靜安中心上過這門課。」
「靜安中心！」她眼睛一亮。「我也有上那門課。」
「真的？」我看著她。
「我上網路課程。」她微微臉紅。「去中心上課太貴，正好他們推出一個應用程式，所以我就……當時我有控制支出方面的問題。妳可以想像，在這裡工作難免……」她指著商場說。
「後來問題解決了。」
「哇！」我眨眼。「那妳知道我的意思。」
「『冷靜而有意識的消費。』」她覆述。
「沒錯！」我點頭表示認同。「我還把那句話裱框起來！」
「『妳為什麼買東西？』」

「對！」

「妳需要這個東西嗎？」

「沒錯！有一次上課從頭到尾都在討論這個問題——」

「不是。」西蒙正眼看著我。「我在問妳問題，妳需要這個東西嗎？還是妳只是想安慰自己？」她拿出購物袋裡的雪景玻璃球，在我面前舉起。「妳需要這個東西嗎？」她追問。

「嗯。」我有些失措。「我不知道。當然是不需要，誰會需要這種東西？我想送給……我也不知道，送我先生好了。」

「很好！這會帶給他持久的快樂與滿足嗎？」

我想像盧克搖玻璃球看雪花飄飄的模樣，他大概就搖那麼一次吧。

「不知道。」我稍微遲疑後說。「可能會吧？」

「可能會？」她搖頭。「只有可能會嗎？妳把這東西放進購物籃時在想什麼？」

我不知所措地看著她，我沒有想就直接丟進購物籃。

「我應該沒有需要。」我咬唇。「其實也不想要。」

「那就不要買，要我幫妳退貨嗎？」

「麻煩妳。」我輕聲道謝。

「這些T恤。」西蒙從購物袋裡拿出我剛買的衣服。「妳要送誰？真的適合那些人嗎？」

我茫然地看著T恤，我還沒想到要送誰，只是因為剛好在紀念品店就買了幾件當紀念品。

看到我的表情，西蒙搖搖頭。「退貨？」她直接問。

「麻煩妳。」我拿出骰子項鍊。「這些也退。我不知道我在想什麼，就算送給我媽和她朋友，她們也只會戴個五秒就拿下來，然後被丟在家裡某個角落，三年後被捐到二手店義賣，但還是沒人要買。」

「天啊，妳說的沒錯！」我背後傳來一個沙啞的聲音。我轉身一看，一名中年婦女從購物籃裡拿出六條骰子項鍊。「我本來想送給幾個朋友，可是她們根本不會戴，對不對？」

「不會。」我搖頭。

「我要退貨。」隔壁排一名身穿牛仔裝的婦女聽完我們的對話後，轉身對幫她結帳的紅髮店員說，「對不起。我不知道自己在做什麼，剛買了一堆垃圾。」她從購物袋拿出一頂鑲了亮片的拉斯維加斯棒球帽。「我繼女才不會戴這個。」

「妳要退貨？」紅髮店員一臉不滿。「妳才剛結完帳。」

「她也退啊。」牛仔裝女指著我說。「她全退。」

「沒有全退。」我連忙說。「我只是想冷靜而有意識的消費。」

紅髮店員惡狠狠地瞪了我一眼。「請不要這樣。」

「我好喜歡這句。」牛仔裝女刻意用強調的語氣，「冷靜而有意識的消費。好吧，還有什麼是我不需要的？」她從購物袋裡翻出一個印有拉斯維加斯字樣的隨身酒壺，接著又拿出一條印有美元標誌的浴巾。「這個，還有這個，這些都要退。」

我看到最遠端的隊伍中有另一名婦女正在思考。「等等，」她對店員說，「那個拉斯維加斯的閃光標牌好像沒有需要，我可以退貨嗎？」

「停！」紅髮店員似乎愈來愈慌亂。「不可以再退了！」

「妳不能拒絕客戶退貨！」牛仔裝女抗議。「這個我也要退。」她把閃亮的粉紅色相簿放在櫃臺上。「別傻了，我哪可能裝相簿。」

「這些我都不想要了。」遠處排隊的婦女把袋子裡的商品全倒到櫃臺上。「我是因為太無聊才買東西。」

「我也是！」

我看到其他隊伍裡的婦女在聽到之後紛紛低頭挑出購物籃裡的商品，好像都被不買東西的風潮傳染了。

「發生什麼事？」一名身穿褲裝的女子大步朝結帳臺走來，氣沖沖地質問店員。「為什麼大家都把購物籃裡的東西拿出來？」

「顧客都在退貨！」紅髮店員說。「大家都瘋了！都是她害的。」她惡毒地看著我，指著我說。

「我不是故意的！」我連忙說。「我只是要想清楚再買，只買我有需要的東西。」

「只買有需要的東西？」穿褲裝的女子一副聽到什麼非常難聽的話的表情。「小姐，麻煩妳快點結帳，盡快離開我們店裡好嗎？」

真是的，我又不可能一個人擊垮資本主義什麼的，那個穿褲裝的店經理押著我離開時竟然在我旁邊憤怒地說：「妳不知道日本現在是什麼情況嗎？難道妳希望我們這裡也一樣？」

情況變得有點失控，害我覺得很不好意思。大家都把購物籃裡的商品拿出來放回架上，到處問陌生人：「我們為什麼要買東西？」和「你需要這個東西嗎？」店員們匆忙跑來跑去大喊：「大家都喜歡買紀念品！」或「這個半價！買三個吧！」

可是，這不是我的錯吧？我只是說沒有人會戴骰子項鍊而已。

最後我只買了一個小拼圖給米妮。我買的時候沒有很興奮，而是有另一種滿足感；我簽帳（七・三二美元）時覺得心靈很平靜、有力量，還在滿意度評分表上勾選「很棒」。

可是我沿著商店街走回去時，心情又開始低落。我拿出手機傳簡訊給盧克。

你在哪？

他馬上回覆。

還在會議中心，還有幾封信要回。妳在哪？

光是跟他聯絡，我沉重的心情就為之好轉。我寫道：

我在商店街。盧克，妳覺得蘇西跟我還會是朋友嗎？我知道我們在洛杉磯時處得不好，可

是我現在努力彌補，她卻視而不見，只在乎亞里莎一個人，而且

糟糕，超過字數了。反正他知道我的意思。

我按下「送出」後突然想到：一下子說這麼多可能不太好，因為盧克不擅長回應焦慮的訊息。事實上，我私心覺得每次我發很長的簡訊給他時，他都沒有看。果然，沒多久我的手機就發出收到訊息的嗶聲：

親愛的，妳需要其他事情轉移妳的注意力。我馬上好，等一下帶妳去賭場。我出發前傳簡訊給妳，米妮請妳媽顧，我都安排好了。愛妳。

哇！去賭博！我一陣興奮可是也有點害怕。除了買樂透之外，我這輩子還沒賭過。以前家裡會一起看全國馬賽，可是那是爸喜歡，都是他下注，我從來沒進過投注站，連撲克牌都沒玩過。

不過，我倒是看過很多龐德的〇〇七電影。其實，看電影可以學到很多，譬如不露出任何表情，只在喝調酒時挑眉等等，這些我都會，只是不太知道怎麼賭。

我在一家咖啡店停下來買杯拿鐵時，看到隔壁桌有一名綁著淺金色馬尾的女子，年約五十多歲，黑色牛仔外套上鑲著水鑽，正在手機上玩撲克牌遊戲。她桌上有一個大碗，裡面裝滿了吃角子老虎機專用的硬幣，身上的T恤寫著「二〇〇八年洛克威賭城之夜」。

她一定知道怎麼賭，應該也會給新手一些指點吧？我等她玩到一半停下來時走過去。
「不好意思。」我客氣地說。「我想請問妳有沒有什麼賭博方面的建議？」
「啊？」她抬起頭，對我眨眼。天啊，她的眼皮上有美元圖案。怎麼弄上去的？
「呃……」我盡量不要一直看著她的眼睛。「我來這裡玩，但沒賭過，不太確定怎麼做？」
她瞪著我，似乎懷疑我耍她。
「妳人在拉斯維加斯卻沒賭過？」她最後說。
「我才剛到。」我解釋。「等一下要去賭場，可是我不知道要賭什麼或從哪裡開始，所以才想請問妳，可不可以給我一點建議？」
「妳要我的建議？」她的目光依然牢牢地落在我身上，眼睛眨也不眨。我發現她眼裡佈滿血絲。老實說，雖然她的妝很濃、衣服上還有亮片，可是看起來氣色並不好。
「還是妳有什麼推薦的書？」我突然想到。
她不理我，彷彿我的問題太蠢她不想回答。繼續低頭看她的撲克牌遊戲。不知道她看到什麼，臉色頓時一沉。
「告訴妳。」她說。「我的建議是不要賭。救救妳自己，不要賭。」
「喔。」我不安地說。「嗯，我只是想賭個輪盤或什麼的……」
「每個人一開始都是這麼說，妳是容易成癮的那型嗎？」
「嗯……」我頓了一下，想完全誠實地面對自己。我是容易成癮的類型嗎？可能有一點。
「我是很喜歡買東西。」我坦承。「以前曾經買太多東西、辦了太多張信用卡，後來有點無法收拾，不過現在好很多。」

她冷冷一笑。

「妳以為買東西很糟糕嗎？等妳開始賭就知道了。籌碼握在手裡的那種觸感、那種快感、那種刺激，就像安非他命，只要吸過一次就完了，妳會成為它的奴隸，然後妳的人生開始急轉直下，開始有警察介入。」

我呆住了，愣愣地看著她。其實她近看有點恐怖：臉部肌肉僵硬、接髮痕跡明顯。她用力按手機，螢幕上出現另一種撲克牌遊戲。

「好！」我愉快地說，一邊逐漸後退。「總之還是謝謝妳……」

「安非他命。」那女人口氣惡毒地又說了一次，佈滿血絲的眼睛定定地看著我。「記住，那是安非他命。」

「安非他命。」我點頭。「好，再見！」

安非他命？

天啊，那我還要踏進賭場嗎？這是不是個非常糟糕的主意？

快一個小時後，雖然我已經和媽、詹妮斯還有米妮搭了一趟貢多拉船，心裡還是很不安。媽和詹妮斯再去喝一杯被媽取名為「鬼鬼祟祟」的調酒，米妮和我回到樓上的房間。米妮正在玩開商店的遊戲，我一邊陪她玩一邊化妝，同時擔心會淪入賭癮的漩渦。

我真的會馬上被吸引住嗎？第一次賭輪盤就上癮？我突然想像起自己趴在賭桌上，頭髮亂七八糟、眼神渾沌地看著盧克喃喃自語說「我一定會贏、我一定會贏」的可怕模樣。他在一旁想把我拉走，媽則在後面默默流淚。也許我不應該進賭場，可能真的很危險。我最好還是待在房間裡。

「再買！」米妮拿起房間迷你吧上的最後一包洋芋片放在面前。「媽咪，買東西，買！」

「好。」我清醒過來，連忙趁她還來不及把洋芋片壓碎前把東西拿走。如果壓碎了我們就得付錢買。

為人父母都是從經驗中學教訓。我今天學到寶貴的一課是：不要在米妮面前提「迷你吧」這幾個字。她以為「迷你吧」就是「米妮吧」的意思，是專屬於她的冰櫃，裡面全都是要給她的好東西。我沒辦法跟她解釋，最後只好讓她把東西全拿出來，在地毯上排滿了飲料瓶和包裝袋，之後我們再放回去就好。（如果是電子感應式的可能會有問題，然後盧克會打電話去櫃臺說清楚，這種事是他的專長。）

我已經向米妮「買了」一瓶氣泡水和一條瑞士三角巧克力，現在則指著一瓶柳橙汁。

「可以給我一瓶柳橙汁嗎？」我邊刷睫毛膏邊說，伸手準備接飲料瓶，米妮卻堅定地握住我的手。

「不可以。」她嚴厲地說。「妳要等，我們沒有錢。」

我驚訝地眨眼。她這是學誰？喔。

糟糕，好像是學我。

這讓我看起來好像是個惡毒又惡劣的媽媽，可是我們出去買東西時，我只能用這種方法對付她。

米妮的言詞表達能力最近突飛猛進，這當然是好消息，沒有父母不希望聽到小孩表達自己的心聲。只是有個小問題，就是米妮的心聲絕大部分都是說她想要什麼。

她以前的名言是：「我的！！！」現在不會這樣大喊，改成：「我喜歡這個東西。」我們去逛超市時，她會一直說：「媽咪，我喜歡這個，喜歡。」愈講愈認真，好像想說服我信什麼新的宗教。

而且她喜歡的都不是什麼正常的東西，而是拿拖把、冷凍食品袋和日用品。上一次我們去買東西時，她一直跟我說：「我喜歡這個，拜託。」我一直點頭，之後再把東西放回架上她拿不到的地方。最後她突然失控，用非常絕望的語氣大喊：「我要買東西！」附近的顧客聽了都開始大笑。聽到其他人的笑聲，她停下來對眾人微笑，結果大家笑得更大聲。

（有時候我懷疑我在她這個年紀時是不是也這樣？我一定要問我媽。）

（再仔細想想，也許我並不是那麼想知道。）

所以我改變策略，現在帶米妮出門買東西時會說我們沒有錢，她大概可以理解，只是她會跟陌生人搭訕，用非常可憐的口氣說：「我們沒有錢。」有時候很尷尬。

她現在在對她的娃娃史比奇大聲說：「放—回—去！」她沒收放在娃娃手裡的一包花生，生氣地看著史比奇說：「這—不是—你的東西。」

天啊，我講話是這個樣子嗎？

「對史比奇講話不要這麼兇。」我說，「要像這樣。」

我拎起史比奇，抱在懷裡，卻被米妮搶回去，表示這是她的。「史比奇在哭。」她說，「史比奇要……吃糖糖。」

她眼裡閃過一抹賊光，我忍不住想笑。

「我們沒有糖糖。」我一本正經地告訴她。

「這不是糖糖？」她狐疑地拿起瑞士三角巧克力。

「不是，那是大人的東西，很無聊。」我告訴她。「沒有糖糖。」

米妮看著那條巧克力，我看得出來她的小腦袋正在努力思索。她沒吃過瑞士三角巧克力，只能說她猜得好。

「不是糖糖。」我一板一眼地重申。「改天再買糖糖，現在是收東西時間。」

我看得出來，米妮不再那麼堅持那是巧克力。她以為自己什麼都知道，但畢竟她也才兩歲半。

「謝謝！」我俐落地從她手裡拿走巧克力。「請妳數有幾瓶飲料好嗎？」

這招很聰明。米妮很喜歡數數，可是每次都少數「四」這個數字。我們終於把飲料都放回冰箱，正準備收點心零食時，門打開，媽回來了，後面跟著詹妮斯。兩個人滿臉通紅。詹妮斯頭上有一頂塑膠皇冠，媽手上有一整杯的零錢。

「嗨！」我說。「調酒好喝嗎？」

「我贏了三十多美金！」媽有些得意地說，「我要證明給妳爸看。」
這話沒道理，這能向爸證明什麼？不過她現在心情很差，我就不要再質疑她了。
「好棒！」我說。「詹妮斯，妳的皇冠好漂亮。」
「免費的喔。」詹妮斯急切地說。「晚上有跳舞比賽，這是宣傳贈品。」
「我們趁妳跟盧克出去的時候休息一下，晚上再出去玩。」媽揮著手上的零錢杯。「親愛的，妳有假睫毛借我嗎？」
「嗯……有。」我有點驚訝。「媽，我從來不知道妳會戴假睫毛。」
「來拉斯維加斯就是要盡情玩，玩過就忘。」她意有所指地看我一眼。
玩過就忘？她是指假睫毛還是別的事情？我正在想怎麼委婉地問她還好嗎？沒有神經錯亂吧？此時我的手機突然傳出收到簡訊的聲音。
「是丹尼！」我興高采烈地說。「他到了！在樓下。」
「如果妳好了就去樓下找他吧！」媽說。「我們會幫米妮洗好澡、送上床睡覺。是吧，詹妮斯？」
「當然！」詹妮斯說。「親愛的小米妮一點都不麻煩。」
「妳確定嗎？」我皺眉。「我可以自己——」
「貝卡，不要開玩笑了！」媽說。「我現在見到孫女的時間已經夠少了。米妮，來坐外婆腿上。」她伸手抱住向她奔去的米妮。「我們先講個故事、玩個遊戲，然後……」她眼睛一亮。「我知道了！再一起吃好吃的瑞士三角巧克力！」

07

我在布瓊餐廳的一角找到丹尼。布瓊是那種會鋪亞麻布桌巾的高級法式餐廳。他坐在角落，一身深古銅色的肌膚（一定是人工曬出來的），穿著寶藍色短夾克，身邊坐著一名皮膚白皙、一頭閃亮金髮、只塗了深紫色口紅的女孩。

「丹尼！」我衝過去抱住瘦削的他。「天啊！你還活著！」

自從丹尼加入橫跨格陵蘭冰原的慈善健行活動，我就沒有見過他。後來他因為腳趾刮傷還是什麼的被直昇機送出來，轉去邁阿密休養。

「勉勉強強。」丹尼說。「命懸一線。」

才不是。我有跟他的經理人聯絡，所以我知道真相，可是經理人說丹尼認為自己差點就死了，叫我不要反駁他。

「好可憐。」我說。「一定很可怕！冰天雪地的，還有……呃……還有野狼對不對？」

「惡夢一場！」丹尼激動地說。「貝卡，妳知道嗎，我在遺囑裡留了一堆東西給妳，妳差這麼一點就領到了。」

「真的嗎？」我忍不住好奇。「你有留東西給我？像是什麼？」

「一些衣服。」丹尼說。「我的Eames椅[6]和一片森林。」

6．Eames為北歐知名的設計師椅。

「一片森林？」我張大嘴巴看著他。

「我在蒙大拿州買了一片森林，抵稅用。想說米妮可以去玩什麼的——」他話說到一半停了下來。「對了，這是烏拉。」

「嗨，烏拉，妳好！」我親切地揮手，烏拉卻不安地眨眼，小聲打個招呼又低頭工作。她正在素描本上作畫，我瞥了一眼，發現她在畫桌上插花的特寫。

「我請烏拉來幫我找靈感。」丹尼用鄭重的口吻說。「她那本已經畫完了。」他指著烏拉的素描本表示。「我的新系列作品將以拉斯維加斯為靈感。」

「你不是說要以北極的因紐特人為靈感？」我反問。

上一次跟丹尼聯絡時他還在講獸骨、因紐特人的手工藝品和一望無際的冰原，計劃以男版寬褲裙的形式呈現。

「因紐特混拉斯維加斯。」丹尼毫不遲疑地說。「對了，妳開賭了嗎？」

「我不敢。」我抖了幾下。「有個女的剛才告訴我，賭博就像吸食安非他命，只要一碰就會無法自拔。」

我原本希望他會說「亂講」，可是他卻嚴肅地點頭表示認同。

「很有可能。我同學坦妮雅打了一個晚上的線上撲克牌之後，整個人就變了，很悲慘的故事。」

「她現在在哪？」我害怕地問。「她……死了嗎？」

「差不多。」他點頭。「在阿拉斯加。」

「在阿拉斯加哪是死了？」我忿忿不平地說。

「她在油井公司工作。」丹尼喝了一大口酒。「其實很有成就，好像負責整間公司的營運，可是在這之前她曾經染上賭癮。」

「所以這根本不是什麼悲慘的故事。」我氣憤地說。「她成了油井公司的高階主管。」

「妳知道在油井公司當高階主管是什麼感覺嗎？」丹尼問我。「妳有沒有看過那地方的樣子？」

我老忘記丹尼多擅長激怒人。

「總之，」我的口氣有些嚴厲。「這些都不是重點，重點是——」

「我知道重點是什麼！」丹尼得意地打斷我的話，「我動作比妳快了差不多十步。我做了傳單、手冊，還做了筆和T恤……」

「T恤？」我看著他。

丹尼脫下夾克，露出裡面的T恤，上頭印了唐群的半身圖，是一張之前他接受時尚媒體採訪時拍的黑白照片。照片裡的唐群上半身全裸、身上纏繞著繩索，望著鏡頭的眼裡充滿了感情。照片拍得很好，可是我看了心裡很驚慌，因為蘇西很討厭這張照片，覺得唐群被拍得像同志超模（坦白說，真的很像）。她如果看到這張照片印在T恤上一定會不高興。

T恤下方印了「我失蹤了」幾個字和蘇西的手機號碼。

「我印了一堆。」丹尼驕傲地說。「凱西和喬許正在凱薩皇宮酒店發傳單。」

「凱西和喬許是誰？」

「我的助理。我們的計劃是先散佈他的照片，這是尋找失蹤人口的第一原則。我的公關正在聯絡新聞頻道、有人在聯絡牛奶公司[7]……」

「等等，」我突然意會過來。「他們正在發唐群的照片？」

「在整個市區到處發。」丹尼自豪地說。「我們印了一萬張。」

「可是我們找到他了！」

「什麼？」丹尼難得嚇了一跳。

「算是。」我改口。「我們有跟他講到話，明天早上約好去百樂宮酒店一起吃早餐。」

「百樂宮？」丹尼一臉不滿。「真的嗎？他不是被綁架和洗腦了？」

「蘇西是這麼認為，沒見到他本人之前她都沒辦法放鬆……傳單給我看看 」我連忙說。「丹尼，你真的很厲害，太強了，蘇西一定會很感謝你。」

「我做了三種版本。」丹尼聽了心情好轉。「烏拉，傳單呢？」

烏拉匆匆從大皮革包裡拿出三張傳單遞過來。每張都有唐群精美的黑白照，看起來很像憂鬱的男同志色情明星，全都是同一組造型。有一張上面跟T恤一樣寫「我失蹤了」了幾個大字，有一張寫「這是哪裡？」還有一張寫「來找我」，全都附上蘇西的電話號碼。

「酷吧？」

「呃……」我清了清喉嚨。「酷！超棒！」

這絕對不能讓蘇西看到。

7 為協尋失蹤人口，美國會把失蹤者的照片印在牛奶盒上。

「我覺得傳單可能不用全發完。」我謹慎地說。「不需要把一萬張全發出去。」

「那剩下的要怎麼辦？」丹尼只煩惱了一下，皺起的眉頭就又鬆開。「我知道——裝置藝術展！我可以根據這次的經驗創作新系列！」他面露喜色。「沒錯！誘捕、綁架、束縛、灰暗、極黑、還有戴手銬的模特兒。烏拉！」他大叫。「記一下：『手鐐、腳銬、麻布袋、皮帶。』」想了一下又加上一句。「『熱褲』。」

「你不是說新系列要結合拉斯維加斯和因紐特人？」

「好吧，那就再下一個。」他態度從容地說。「蘇西呢？」

「喔。」我的心情馬上變差。「她跟亞里莎在一起。你還記得亞里莎長腿賤人嗎？她嫁給威爾頓・梅瑞爾，後來——」

「貝卡，我知道亞里莎・梅瑞爾是誰。」丹尼打斷我的話。「她很有名，《建築文摘》大篇幅介紹過她家。」

「不用提醒我。」我消沉地說。「丹尼，情況很糟，她把蘇西搶走了，她們倆一天到晚都在一起，蘇西完全失去幽默感，這全都是亞里莎害的——」我停下來揉鼻子。「我不知道該怎麼辦。」

「嗯。」他想了一下才又冷靜地聳聳肩說，「人會變、友誼會變，如果妳愛蘇西就放手讓她離開。」

「讓她離開？」我不知所措地看著他，他怎麼可以說這種話？

「人會變、生活會變……人生就是這樣，或許這是天意。」

我低頭看著桌巾，難過地任思緒飛轉。老天爺不可能要我把蘇西讓給亞里莎長腿賤人，不可能。

「對了，亞里莎現在怎麼樣？」丹尼問。「還是那麼貼心？那麼努力破壞別人的婚姻嗎？」

我鬆一口氣，至少丹尼知道亞里莎的真面目。

「她假裝自己已改過自新。」我黯然說。「可是我不相信，她一定有什麼目的。」

「真的嗎？」丹尼精神一振。「譬如什麼？」

「我還不知道。」我老實說。「不過她向來有她的盤算。盯著她。」

「收到。」他點頭。

「不過你今晚不會見到她。」我聳著肩沮喪地說。「到拉斯維加斯之後，我跟唐群還有我爸都有說到話。知道他們平安無事，我們應該要一起慶祝的，可是你知道嗎？亞里莎和蘇西卻不想玩，說要早點睡。」

「我要玩。」丹尼伸出手，用他乾燥溫暖的手指握著我的手。「貝卡，不要愁眉苦臉。想做什麼？去賭場？」

「我跟盧克約在這裡。」我說。「不過我有點……有點怕怕的。」

「為什麼？」

他都沒在聽嗎？

「因為！」我焦躁地擺手說。「賭癮就像安非他命！」

「妳不會當真了吧？」丹尼大笑。「貝卡，賭博很好玩。」

「你不懂！我就是那種容易上癮的人！我整個人生可能因此染上各種惡習、依賴成癮！你想幫我卻幫不了！」

我見過毒癮的紀錄片，知道情況大概是什麼樣。上一刻還在說：「我吸一口就好。」下一刻就頂著一頭亂髮出庭爭取小孩的監護權。

「放輕鬆。」丹尼示意服務生來結帳。「我們下場去賭吧！如果妳開始出現上癮的徵兆，我保證會馬上把妳拖走。」

「就算我對你噴口水、罵髒話，說我再也不管家人朋友也一樣嗎？」我擔憂地說。

「一樣。走吧！看能不能把盧克的錢都輸光——開玩笑的啦！」看到我的表情他才又說，「真的是開玩笑。」

到賭場只需要幾分鐘的時間，我們進場時我深呼吸一口氣。終於正式走進拉斯維加斯、走進這個城市的心臟了。我朝四周看，光鮮亮麗的穿著、花紋地毯和霓虹燈讓我眼花繚亂，每個人看起來好像都閃閃發亮，鑲鑽的手錶在燈光下閃爍。

「妳換籌碼了嗎？」丹尼問我。我拿出飯店送的籌碼，盧克的也給我了，所以我有很多賭金。

「大概有五十美元。」我算了算。

「才五十美元？」丹尼瞪大眼睛看著我。「連下賭注都不夠，至少要三百。」

「我才不要花三百美元！」我驚恐地說。天啊，賭博還真貴。三百美元可以買一條很漂亮的裙子了。

「我之前換了五百。」丹尼眼神發亮地說。「我要去賭了。」

「五百？」我張大嘴巴看著他。

「我可以賺十倍回來，妳等著看，我今晚手氣不錯。」他對雙手吹氣。「幸運之手。」他歡欣的笑容感染了我。我們手上拿著籌碼，轉身看著賭場時，我忍不住雀躍的心情，同時也很害怕。我從來沒來過這種地方，連空氣都染上賭博的氣味。沿路穿過賭桌都能感受到高度緊張的氣氛、聞著他人呼出的賭氣，感覺很像在特賣會場外排隊。周遭傳來賭客輸贏的驚嘆聲和歡呼聲，搭配籌碼的撞擊聲，還有穿著清涼的女侍者托盤裡酒杯的輕敲聲，背景音樂更是吃角子老虎機器不停歇地發出的嗶嗶聲。

「要賭什麼？」我問「輪盤嗎？」

「二十一點。」丹尼口氣堅定地說，帶我走向一張大桌。

這一切看起來好成熟、好嚴肅、好真實。我們坐進兩張空椅時，沒有人抬頭打招呼，感覺很像進酒吧，只是這個吧臺用布料包住，而且不倒飲料。莊家正在發撲克牌，桌上另有兩名年長男性和一名身穿燕尾服、頭戴亮片紳士帽，看起來脾氣很不好的女子。

「我不會玩！」我慌忙低聲對丹尼說。

我只大概知道怎麼玩，應該跟比大小很像吧？我每年耶誕節都和我爸媽玩比大小，不知道拉斯維加斯有沒有什麼特殊規定？

「很簡單。」丹尼說。「下個二十塊的賭注。」他拿走我手上的籌碼，放在桌上的圓圈裡。莊家看起來像是個日本女孩，看到我下注沒有什麼反應，等大家都下注之後就發牌。

我拿到一張紅心六和一張黑桃六。

「換。」我大聲說，大家都看著我。

「不要說『換』。」丹尼看我手上的牌。「妳要分牌。」

我不知道這是什麼意思，不過我相信他。

「好。」我大膽地說，「分牌。」

「不用說出來！」丹尼低聲說。「其他籌碼放這。」他指著桌上說。「然後用手比V字。」

「好。」我跟著他的指示做，突然覺得自己好酷好專業。莊家把我的兩張牌分開，再發牌給我。

「我懂了！」看到她發給我梅花八和紅心十，我大喊。「我現在有兩疊！我贏定了！」

我看著桌上其他人玩，其實很有趣。

「貝卡，換妳了。」丹尼低聲說。「大家都在等妳。」

「好。」我看看我的牌：一疊加起來是十四，一疊是十六，我該怎麼辦？跟還是不跟？呃……我一下想跟、一下不想跟，無法決定。

「貝卡？」

「等我一下……」

天啊，這遊戲好難，真的很難。我該怎麼決定？我閉上眼，看能不能感應到賭神，可是祂顯然在喝下午茶，沒有回應。

「貝卡？」丹尼又催了一次。

大家都皺眉看我。真是的，他們不知道這有多難嗎？

「嗯。」我按著眉毛。「我不知道，我要考慮一下……」

「小姐？」現在換莊家不耐煩了。「小姐，麻煩妳出牌。」

天啊，賭博壓力好大！就像考慮要先買賽佛里奇[8]打折的大衣，還是去自由百貨看看再說。可是這件如果不先買，等一下可能會被別人搶走……

「我該怎麼辦？」我問大家。「你們怎麼可以這麼冷靜？」

「小姐，這是賭博，妳只要選一個就好。」

「好吧，跟。」我最後說。「兩個都跟。啊，還是要翻倍？」我轉頭問丹尼。我其實不知道翻倍是什麼意思，只是看電影聽過，所以一定有這種用法。

「不要。」他口氣很堅定。

莊家發出一張九和一張十，把我的籌碼收走，這一輪就結束了。

「什麼？」我困惑了。「發生什麼事？」

「妳輸了。」丹尼說。

8 Selfridges，倫敦知名精品百貨，規模僅次於哈洛斯百貨。

「可是……就這樣沒了？她什麼都沒說？」

「沒有，她只會把妳的錢收走。我的也被收走了，可惡。」

我有點不滿地瞪著沉默不語的莊家。賭場應該要有某種「儀式」，就像買很貴的東西時，店員都會用袋子裝好拿給妳說：「挑得好！」之類的話。

坦白說，我覺得商店比賭場好太多了。花一樣的錢，前者可以買到真的東西，而後者，你看，我才坐五秒就花了四十美元，什麼都沒有得到。

「休息一下。」我起身。「我們去喝一杯。」我看到手機有一則簡訊。盧克要過來了。

「好啊。」丹尼附和。「所以妳現在染上賭癮了嗎？」

「應該沒有。」我想了想。「也許我不是天生的賭徒。」

「妳剛才輸了。」丹尼睿智地說。「等妳開始贏才會停不下來。嗨！盧克。」

我抬頭一看，盧克正穿過賭場朝我們大步走來，黑髮在光線照耀下顯得好有光澤，下巴線條充滿自信的神采。

「丹尼！」他拍拍丹尼的背。「你解凍了嗎？」

「不要開玩笑。」丹尼發著抖。「現在聊這個還太快。」

盧克和我交換眼神，我對他微微一笑。丹尼的毛病就是很自我中心，不過因為他太可愛，我們都會順著他。

「貝卡，我們發財了嗎？」盧克問。

「沒有，我輸了。」我說。「我覺得賭博很無聊。」

「妳根本還沒開始！」丹尼說。「再去一桌。」

「或許吧。」我說，可是我沒動。我還是沒被賭博這件事說服。輸了當然很糟，贏了也不錯，但可能會上癮。

「妳想去嗎，貝卡？」盧克好奇地看著我。

「有一點，可是……如果我贏了結果上癮了呢？」

「妳不會有事的。」盧克安慰我。「下手前先制訂策略，堅持到底就好。」

「什麼樣的策略？」

「譬如：我只賭某段時間就停手，或我只賭這麼多錢就離開。或更簡單：贏了就走，輸了就輸了，絕對不要再投錢進去、不要想翻盤。」

我默默思索了一陣子。「好。」我抬起頭。「我有一套策略了。」

「很好！妳想怎麼玩？」

「我不要玩二十一點。」我堅決表示。「那太無聊了。我們來賭輪盤。」

我們走到一張空的輪盤桌，在高腳椅上坐下。年約三十多歲的禿頭莊家馬上微笑說：「晚安，歡迎來我的賭桌！」我微笑回應。比起上一個莊家，我比較喜歡他。那個女人好悲慘，難怪我會輸。

「嗨！」我微笑拿出一個籌碼下注紅色，盧克和丹尼押黑色。我專心看著輪盤轉動。加油啊！紅色……加油啊！紅色……

球哐噹一聲掉進格子裡，我驚訝地眨眼。我贏了！我真的贏了！

「這是我第一次在拉斯維加斯賭贏！」我跟莊家說，他聽了大笑。

「說不定妳現在手氣正好！」

「說不定！」我再次投注紅色，專注地看著賭桌；那個轉盤真的很吸引人，幾乎有催眠效果，大家都目不轉睛地看著輪盤，等它最後減速、球掉進格子裡……

耶！我又贏了！

輪盤是世界上最棒的遊戲。我們怎麼會在那個白癡二十一點花了那麼多時間？半個小時後，我已經贏了很多次，多到我覺得自己像女賭神。盧克和丹尼大概輸贏各半，我卻已經累積了一大疊籌碼，而且還在贏。

「我是輪盤高手！」我忍不住炫耀，因為我又贏了一堆籌碼。我大口灌下瑪格麗特調酒，看著輪盤桌，思考下一步要怎麼走。

「妳是運氣好。」盧克糾正我。

「運氣……能力……一樣的意思……」

我拿起所有的籌碼，集中精神想了一會兒，接著全押黑色。盧克推了幾片籌碼到另一邊，大家全神貫注地看著輪盤轉動。

「黑色！」我歡呼看著球掉進十號格子。「我又贏了！」

我接著押黑色，然後又押紅色，再來還是紅色。不知道為什麼，我就是一直贏！莊家說我現在手氣正順，一群參加婚前單身派對的傢伙湊過來看，我每次賭贏他們就開始高喊：「貝—卡！貝—卡！」我好開心，沒想到我手氣竟然這麼順！

丹尼說的沒錯，贏的感覺截然不同。我現在非常專注、毫不關心其他事情，眼裡只有轉動的輪盤，從旋轉時的模糊到停止……我又贏了！

單身派對成員裡有個叫麥克的傢伙，他拍我肩膀問：「妳用什麼方法？」

「我不知道。」我謙虛地說，「就集中精神，專心想某個顏色。」

「妳是常客嗎？」別人問。

「我從來沒賭過。」這麼多注意讓我樂陶陶。「也許我應該多賭一點！」

「妳可以搬來拉斯維加斯。」

「沒錯！」我轉頭對盧克說。「我們應該搬來這裡住！」

我拿起我全部的籌碼，遲疑了一下，決定堆到七號上。

「確定？」盧克挑眉。

「確定。」我又喝了一口瑪格麗特。「我有預感，七號。」我對著眾人說，「我押七號。」

幾個來參加單身派對的傢伙開始喊：「七號！七號！」有幾個連忙跟著下注押七號。輪盤轉動，我們像是被附身一樣盯著看。

「七號！」球哐噹一聲掉進七號框，全桌爆出歡呼聲。我贏了！就連莊家都靠過來跟我擊掌。

「這位小姐手氣太好了！」麥克驚呼。
「貝卡，下一個號碼多少？」另一名單身派對成員問。
「貝卡，快說！」
「貝卡！」
「貝卡，我們要押幾號？」
大家都在等我下注，可是我已經沒有在看輪盤，而是看著我的籌碼簡單算了一下，兩百……四百……再加……太好了！我忍不住小小擊拳慶祝。
「怎麼樣？」一名單身派對成員急切地問我。「貝卡，妳有什麼建議？」
我得意地微笑對莊家說：「麻煩你，我要兌現。」
「兌現？」麥克的下巴掉了下來。「什麼？」
「我賭夠了。」
「不行！」麥克失望地連話都說不清。「妳現在手氣正順！繼續賭！妳賭！」
「可是我已經贏了八百美元。」我告訴他。
「很好！繼續啊！繼續押注！」
「你不明白。」我耐心地說。「八百美元可以幫盧克買一件超好看的外套。」
「什麼外套？」盧克困惑地說。
「我剛在逛商店街時在亞曼尼看到的，灰色的喀什米爾羊毛外套。走吧！我們去看看。」
我挽住他的手臂。「好適合你。」

「什麼外套？」麥克一臉無法理解。「親愛的，妳瘋了嗎？妳是神算！怎麼可以就這樣走了？」

「當然可以，這就是我的策略。」

「什麼策略？」

「盧克說要有一套策略，我的策略就是贏夠錢、買那件亞曼尼的外套。我辦到了。」我洋洋得意地笑著。「所以我要收手了。」

「可是……可是……」麥克似乎說不出話來。「妳一直在贏！不能就這樣收手。」

「可是我可能不會再贏了。」我指出。「也可能會賭輸。」

「妳不會輸！妳一定會贏，對不對？」他看向他的朋友們尋求支持。

「貝卡一定會贏！」另一個人跟著說。

「可是我也可能會開始輸。」我仔細說明。「那我就不夠錢買那件外套了。」

他們都聽不懂嗎？

「貝卡，不要走。」麥克醉醺醺地伸手抱住我肩膀。「我們不是玩得正開心嗎？」

「確實很開心。」我立刻說。「跟你們在一起很愉快，我也算很享受賭博的感覺……不過，我覺得買衣服給盧克我會更開心，抱歉。」我客氣地對莊家說。「不是我沒禮貌，你的輪盤桌很棒。」我突然聽到盧克噴笑。「怎麼了？」我問他。「什麼事這麼好笑？」

「沒事，親愛的。」他牽起我的手親吻。「我覺得妳暫時還不用擔心會染上賭癮。」

盧克穿那件外套超好看，我就知道。合身的剪裁很顯瘦，也很襯他深巧克力色的髮色。他走出更衣室照大鏡子時，店員都用讚賞的眼神看著他，可惜丹尼不在，他還在跟那些單身派對的男生一起賭。

「太完美了！」我說。「我就知道適合你！」

「謝謝。」盧克微笑看著鏡中的自己。「我很感動。」

我拿出贏來的錢，小心地數鈔票，店員則把外套放進精緻的方盒裡包好。

「好了。」我們離開時盧克說，「換我回個小禮，之前就打算給妳了。」他拿出一封列印出來的電子郵件。「倫敦辦公室有團隊接了MAC的顧問工作，所有員工都拿到一折的禮券。一開始我還很高興，以為是蘋果的MAC電腦……」他故意嘆氣。「結果是化妝品牌MAC，我的給妳吧！」

「好啊，謝謝。」我看了一下。「哇！一折耶！」

「這附近哪裡有櫃？」他轉頭張望。「邦尼斯百貨有嗎？要不要現在去？」

「沒關係。」我頓了一下。「不用了，你會很無聊。」

「妳不想去？」盧克似乎很意外。

我研究手上的折價券，思考自己為什麼會有這樣的反應？想到要去挑化妝品，而且還有打折，我卻有種奇怪的感覺，彷彿胃在糾結。

天啊，我不知道自己到底是怎麼了？我想買外套給盧克、想買小拼圖給米妮，卻不知為何不想買自己的化妝品。這感覺……好奇怪……好像……

我不值得這樣的享受。這個令人難堪的念頭閃過腦海時，我不禁皺起臉。

「不用了，謝謝。」我勉強微笑。「我們去解救顧小孩的媽和詹妮斯吧。」

「妳不想再逛逛嗎？或去看燈光秀？」

「不用了，謝謝。」

先前雀躍的心情已經消褪。盧克說要犒賞我的那一刻，我腦袋裡彷彿浮現一股斥責的聲音，不是靜安中心那個親切平和、要我「冷靜而有意識的消費」和「節制有度」的聲音，而是另一個嚴厲的聲音，說我不值得這一切。

我們一起走向電梯，離開商店街，沉浸在人潮喧囂和音樂聲中。盧克一直若有所思地瞥向我，最後才說：「貝卡，親愛的，妳需要找回妳的動力。」

「什麼動力？」我反問。「我哪有失去什麼動力。」

「妳有。寶貝，妳怎麼了？」他把我轉過去面向他，雙手按住我肩膀。

「嗯……就是，」我哽咽。「我覺得都是我不好，我們才要跑這一趟。我應該早點去找劉易、應該多聽爸說話，難怪蘇西——」

我眼睛熱辣辣的，沒能把話說完。盧克嘆氣。

「蘇西最後會想清楚的。」

「可是我剛才跟丹尼聊，他說友誼會結束，我應該放手讓蘇西離開。」

「不。」盧克堅定地搖頭。「不會。他錯了，有些友誼會結束，妳和蘇西的不會。」

「我覺得我們早已結束了。」我難過地說。

「貝卡，不要放棄！妳從來不是這麼容易放棄的人。妳之前狀況不好、蘇西狀況也不好……可是我瞭解妳們，妳們的友誼一定會長存。我現在就能想像妳們一起當奶奶、討論怎麼幫小嬰兒織毛襪的模樣。」

「真的嗎？」我燃起一點希望。「你真的這麼想？」

我完全可以想像我倆成為老太太的樣子：蘇西留著白長髮，拿著優雅的枴杖，只有少許皺紋，還是一樣美得驚人。我不美，但我很會搭配，大家都說我是「那個戴著漂亮項鍊的老太太」。

「不要放棄蘇西。」盧克說。「妳需要她、她也需要妳，只是她暫時沒有體認到這件事。」

「她現在只看得到亞里莎。」我無奈地說。

「對，可是有一天她會重新看清事情真相、看清亞里莎的本性。」盧克按了電梯，口氣有些冷。「在這之前，記得妳還是她的好朋友。既然她找妳一起走這一趟，就不要被亞里莎嚇走。」

「好。」我小聲說。

「貝卡，我是認真的。」盧克用幾近兇狠的口氣說，「妳要被亞里莎擊敗嗎？勇敢爭取妳的友誼，蘇西值得妳這麼做。」

他聽起來好有說服力，我心裡重新燃起一點微弱的希望。

「好。」我最後說。「會，我會做到。」

「這樣就對了。」

我們走近房間，盧克拿出房卡刷了一下，推開門，我驚訝地愣在原地。怎麼——

怎麼會？

「麗貝卡、盧克，晚安。」裡頭傳出熟悉的清冷嗓音。

等等，我在作夢嗎？還是我喝了太多杯調酒？這不可能是真的。

可是這是真的。我婆婆依蓮娜穿著DVF的交疊式洋裝，背脊挺直坐在凳椅上，用她一貫銳利的目光看著我。

「母親！」盧克聽起來也很驚訝。「妳怎麼會在這裡？」

抬頭看到他的表情，我心裡一揪。盧克和他母親的關係有點複雜，最近更是跌到新低點。兩天前，我才在洛杉磯主導了一場有史以來最失敗的母子調停會；盧克氣沖沖地離開、依蓮娜氣沖沖地離開，我成為前聯合國祕書長安南之類的衝突調停者的夢想破滅。我知道盧克心裡的刺痛到現在都還沒消失，然後她現在又無預警地冒出來。

「依蓮娜是來解救我的！」媽用戲劇化的口氣說，她和詹妮斯坐在沙發上。「我找不到其他人幫忙就決定打給她！」

找不到其他人幫忙？她在說什麼啊？我們不是一整車的人來嗎？

「媽。」我小心地說。「不是這樣，妳可以找我、蘇西或盧克——」

「我需要有影響力的人！」媽揮著手中的酒杯對我說。「盧克既然拒絕動用他的人脈……」

「珍，」盧克說。「我不知道妳希望我怎麼做——」

「我希望你用盡一切辦法！依蓮娜非常地幫忙，她瞭解情況。依蓮娜，妳懂對不對？」

「可是我們已經找到爸了！」我反駁。「已經有他的消息了！」

「我打給依蓮娜的時候還不知道啊！」媽不為所動。「她馬上趕過來幫忙，因為她是真正的朋友。」

這太誇張了！她們幾乎不認識。畢竟我們又不是那種你儂我儂、大家都設定彼此的電話號碼為速撥鍵的幸福大家庭。就我所知，我們家目前的基本關係如下：

依蓮娜鄙視我爸媽（太土氣）。

我媽討厭依蓮娜（太傲慢）。

爸其實很喜歡依蓮娜，只是覺得她太僵硬太古板（說得好）。

盧克和依蓮娜幾乎不說話。

米妮每個人都愛，尤其是「奶奶」（我媽）和「夫人」（依蓮娜），可是她現在睡著了，幫不上忙。

所以，這個情境不存在「媽和依蓮娜是真正好友」的關係。事實上，我甚至不知道媽竟然會有依蓮娜的電話號碼，我看到盧克臉上陰鬱的眉頭。

「妳希望我母親怎麼做？」他直接問。

「我們現在要出門討論。」媽說。「她從來沒來過拉斯維加斯，我們也沒有，所以我們要來個女士之夜。」

「女子力！」詹妮斯跟著興奮地說。

「依蓮娜，妳穿這樣很好看。」我忍不住插嘴。「洋裝很美。」

是我建議依蓮娜穿交疊式洋裝，取代她日復一日的古板套裝；而且她又聽了我的建議！這次穿的黑白印花洋裝非常合身，她一定有拿去修改過，整個人顯得更女性化。下次我要建議她把頭髮修層次（一次一件慢慢來）。

我看得出來盧克對我媽很不爽，雖然他很努力掩飾。

「母親，」他說。「請不必覺得妳有必要被捲進來，珍這麼做並不恰當。」

「不恰當？」媽反駁。「依蓮娜是家人！是不是啊？依蓮娜？」

「她最近身體不適。」盧克說。「不應該被捲入家裡的事。母親……」他轉頭對依蓮娜說，「如果妳還沒用餐，我們一起去吃飯吧。貝卡，妳不介意吧？」

「沒關係。」我連忙說。「你們去吧。」

「其實……」盧克有些尷尬地對依蓮娜說。「前幾天我的表現欠佳，我想表達對妳的歉意，我們需要一個修補彼此關係的機會……」他頓了一下，摸摸脖子。我知道他覺得這麼做很難，尤其是在大家面前。「我要向妳道歉，先從請妳用晚餐開始。」

「謝謝你說這些話。」依蓮娜僵硬地停頓了一會兒才說。「謝謝。我想，如果你願意，我們可以……」她看起來像盧克一樣不自在。「我們可以……既往不咎、重新開始？」

我屏住呼吸，看向盧克，不敢相信剛才竟然聽到「既往不咎」和「重新開始」這幾個字眼。他們終於要和好了！希望他們可以好好地共進晚餐，增進感情、好好談心，之後一切都不一樣。

「太好了！」盧克露出欣慰的笑容。「我正希望如此。我來訂位，我們一起用晚餐，討論去漢普頓度假的事——」

「我還沒說完。」依蓮娜打斷他。「我很感謝你剛才說的話，也希望放下過去的不愉快，不過我今晚……」她停了一下。「要和珍還有詹妮斯出去。」

我下巴真的掉下來了。依蓮娜和我媽在拉斯維加斯一起出去玩？

「沒錯。」媽拍拍依蓮娜的肩。「跟我們一起去玩。」

「女子力！」詹妮斯又喊了一次。她臉頰好紅，不知道已經喝了幾瓶房間裡的迷你紅酒？

「妳要跟她們出去？不跟我？」盧克難以置信地問。

坦白說，的確很難令人相信。依蓮娜第一次見到我家人時很瞧不起他們，一副我們家的人有傳染病的樣子。

「珍說要給我看幾張米妮的照片。」依蓮娜說。「我想看她嬰兒時期的照片，我錯過太多。」

她眼神顫動，彷彿帶著淡淡的感動。我心裡難受地揪緊，可憐的依蓮娜被排除在這個家外太久了。

「妳說的沒錯！妳來看我iPhone裡的照片，我可以傳給妳，妳要幾張都可以。」媽套上外套站了起來。「妳可以做成照片拼貼掛在廚房或……我想到了！妳喜歡拼圖對不對？把米妮的照片做成拼圖！照相館都會幫顧客做。」

「拼圖？」依蓮娜若有所思地皺眉。「把米妮的照片做成拼圖？這個點子真不錯。」

「我的好點子可多了。」媽把依蓮娜往門的方向帶。「走吧！詹妮斯，好了沒？依蓮娜，妳有賭過嗎？」

「我偶爾會去蒙地卡羅跟德羅齊埃家族的人玩百家樂。」依蓮娜僵硬地說。「他們是摩納哥的世家。」

「太好了！那妳可以示範給我們看。告訴妳，我需要好好地發洩。親愛的貝卡，再見囉，明天早上九點百樂宮酒店見，妳爸最好給我解釋清楚。依蓮娜，妳喝調酒嗎？」

門關上時，媽還在講。我和盧克則是張大嘴巴互望。

收件匣（1,783則訊息）

來自：未知號碼
6：46 pm
嗨，性感尤物！

來自：未知號碼
6：48 pm
我隨時都可以去找你！

來自：未知號碼
6：57 pm
晚上10點來佛朗明哥酒店找黃恩

來自：未知號碼
6：59 pm
一個小時多少錢？

來自：未知號碼
7：01 pm
好美的胸肌！！！繩索很酷！！！

來自：未知號碼
7：07 pm
寂寞男子我愛你

來自：未知號碼
7：09 pm
多少錢？

來自：未知號碼
7：10 pm
來吻我，隨時奉陪

來自：未知號碼
7：12 pm
我要約你的時間

來自：未知號碼
7：14 pm
你愛男人還是女人？

08

隔天早上，我宿醉。發明宿醉的人應該要被槍斃。

八點四十五分，我坐在百樂宮酒店餐廳的大圓桌等其他人，頭配合背景音樂微微抽痛著，感覺不太舒服。這個故事告訴我們，客房服務的酒，後勁不輸給餐廳的酒。

客房服務的調酒也是。

好啦好啦，我還喝了客房服務送來的睡前酒。

然後米妮又在凌晨三點尖叫把我們吵醒，說她的床「進水了」。都是貢多拉船害的，應該要標註健康警語才對。

我抬起頭，盧克帶著米妮剛去取餐回來。米妮手上抓著一碗玉米片。

「媽咪，玉米片！」她說，彷彿找到什麼罕見的人間美味。「我有玉米片！」

「親愛的，太棒了！好好吃！」我說完轉頭對盧克說，「整個百樂宮酒店的自助餐給她選，結果她選了玉米片？」

「我有問她對鮮蝦和龍蝦拼盤有沒有興趣。」盧克微笑。「可惜。」

聽到鮮蝦和龍蝦，我的胃更不舒服了。早餐吃龍蝦也太誇張了吧？

「還有松露蛋捲。」盧克說。米妮開始吃她的玉米片。

「很好。」我絲毫提不起興致。

「還有巧克力噴泉、法國吐司和……」

「盧克，不要再說了。」我哀鳴。「不要提吃的。」

「不舒服嗎？」盧克露齒一笑。

「才不是。」我堅決否認。「我只是沒有很餓。」

我突然想到可以實行五：二節食法[9]，然後今天剛好斷食，沒錯。

一名侍者過來幫我的咖啡續杯。我小心啜了一口，卻被熟悉的聲音吸引住，抬頭一看。那是我媽的聲音嗎？天啊，那個鬼樣子是媽？

她站在門口的接待櫃臺，披頭散髮、眼妝暈開，耳後夾了一朵閃亮的花。

「我女兒，」她正在說。「我女兒貝卡。麻煩你幫我找她好嗎？我非常需要喝杯咖啡……」她抓了抓蓬亂的頭髮。「糟糕，我的頭……」

「媽！」我用力揮手。「我在這裡！」

媽抬頭的同時，我看到她還穿著昨晚的洋裝。*她一整晚都沒睡嗎？*

「媽！」我穿過餐廳，再次呼喚她。「妳還好嗎？妳去哪了？」

「等等，」她說。「我去叫其他人。女士們！在這裡！」

她向餐廳門口揮手，我驚訝地看著依蓮娜和詹妮斯手挽著手走過來。不對，應該說跌跌撞撞地走來。

她們倆看起來都很慘，也都還穿著昨晚的衣服。詹妮斯披了一條閃亮的飾帶，上頭寫著

9 一週七天有兩天斷食。

「卡拉OK女王」，依蓮娜頭髮上沾了像是仙女棒餘燼的東西。

天啊！我突然爆出笑聲，伸手摀住嘴巴。

「看來昨晚玩得很開心？」我問她們。詹妮斯抬起頭，聲音微弱。「貝卡，親愛的，以後絕對不要讓我再喝咖啡酒。」

「我不舒服。」依蓮娜的臉色蒼白如紙。「我的頭……症狀……令人擔憂……」她閉上眼，我連忙扶住她，穩住她的身體。

「妳們有睡嗎？」我看著她們，感覺好像我是家長。「有沒有喝水？有沒有吃東西？」

「我們在永利酒店有睡一下。」媽想了一下說。「是永利沒錯吧？」

「我很不舒服。」依蓮娜垂著頭又說了一次。

「妳宿醉了。」我同情地說。「來，坐下，我幫妳點杯熱茶……」

我們朝座位走去，原本盯著米妮吃玉米片的盧克抬頭一看，嚇一大跳。「母親！」他連忙起身。「我的天啊！妳還好嗎？」

「不用擔心，她只是宿醉而已。」我說。「她們都一樣。依蓮娜，妳有宿醉過嗎？」

依蓮娜一臉茫然地任我扶她坐定。

「妳知道什麼是宿醉嗎？」我又問了一次。

「有聽過。」她說，稍微恢復她慣常的高傲語氣。

「恭喜妳，這是妳的宿醉初體驗。」我幫她倒了一大杯水。「喝點水。盧克，你有止痛藥嗎？」

接下來的幾分鐘，我和盧克化身治療宿醉的醫生，給媽、詹妮斯和依蓮娜喝水、送熱茶和止痛藥。盧克一直偷瞄我，我好想笑，可是依蓮娜看起來好痛苦，我又不好意思笑。

「妳們玩得很開心吧？」當她臉色終於稍微沒那麼蒼白時我問道。

「應該吧。」她表情茫然。「我沒什麼印象。」

「那就是有。」盧克說。

「各位！」丹尼打招呼的聲音讓我們全部回頭，看著他朝我們走來。他化了閃亮的紫色眼影。我猜他也沒上床睡覺。

「丹尼！」我大喊。「你化那個是什麼妝？」他不理我。

「各位！」他又說了一次我才發現他是在跟媽、詹妮斯和依蓮娜說話。「妳們昨晚的表現太棒了！她們在曼德勒海灣酒店唱卡拉OK。」他轉頭對我說。「妳媽好會唱愛黛兒的《永遠的依靠》[10]。依蓮娜的表演太了不起！」

「依蓮娜唱卡拉OK？」我瞪著他。

「不可能。」盧克一副完全驚呆的口氣。

「沒錯。」丹尼笑著說。「她和詹妮斯合唱《癡情囈語》[11]。」

「不可能。」盧克又說。我們全轉過去看頭再次垂到桌上的依蓮娜。可憐的依蓮娜，第一次喝醉總是特別痛苦。這顯然是她第一次喝醉。

---

10 英國創作女歌手Adele的名曲〈Rolling in the Deep〉。

11 〈Something Stupid〉，歌手羅比威廉斯（Robbie Williams）和妮可基嫚（Nicole Kidman）所合唱的情歌。

「等一下就好了。」我輕撫她的背。「忍一下。」我正在幫她加水時瞄到蘇西和亞里莎。不用說，她們一點也沒有宿醉的樣子。亞里莎渾身帶著靜安中心全體人員都有的健康光澤（順帶一提，那光澤是因為擦了靜安中心的防曬乳液，不是因為過健康的生活）。蘇西的金髮剛洗過，長袖白上衣讓她看起來好像天使。她們一走近我就聞到一股清新的香氣，兩個人似乎擦了同一種香水。她們現在不是最要好的朋友嗎，當然可能擦同一種香水。

「嗨，兩位！」我強迫自己要有禮貌。「昨晚還好嗎？」

「我們很早睡。」亞里莎說。「早上去上太極拳課。」

「真好！」我強笑。「要不要喝點水？丹尼來了，有看到他嗎？」

她們坐下的同時，丹尼也取餐回來，盤子上堆滿龍蝦和葡萄，其他什麼都沒拿。

「蘇西，親愛的。」他送了個飛吻。「我來幫忙了，真的。」他指著自己說。「為妳而來。告訴我，我可以怎麼做？」

「丹尼！」蘇西惡狠狠地瞪著他。「你到底做了什麼好事？」

「我用最快的速度飛過來。」丹尼得意地說。「我和助理們完全任妳使喚。告訴我，我們可以做什麼？」

「我告訴你，你們不可以做什麼！」蘇西說。她拿出一張丹尼製作的傳單在他面前揮舞，氣憤地說，「你們不可以在拉斯維加斯到處張貼我先生的照片，害我接到一大堆想跟他『認識』的電話！你知道打電話來的人都說了什麼嗎？」

「不知道！」丹尼興奮地問。「說了什麼？」然後才發現蘇西的表情不太對勁，馬上挺身反駁。「蘇西，我只是想幫妳的忙。不好意思，我動用了自己的資源幫妳，下次我不會麻煩了。」

我看得出來蘇西氣得渾身發抖，努力控制自己的脾氣。過了好一會兒她才說：「丹尼，對不起，我知道你只是想幫忙。可是——」

「照片拍得不錯吧？」丹尼讚賞地看著唐群憂鬱的眼神。

「我不喜歡。」蘇西忿忿地說。

「我知道，可是蘇西，妳是藝術家、妳有眼光，必須承認這些真的拍得很好。對了，我的新系列有一件外套非常適合妳。類似伊莉莎白女皇一世那種大皺褶立領。妳穿了一定好看，原諒我好嗎？」

沒有人可以一直生丹尼的氣。蘇西翻了翻白眼，態度軟化，往後靠在椅子上，轉頭嘆氣對亞里莎說，「妳認識丹尼・可維茲吧？」她說。「丹尼，這位是亞里莎・梅瑞爾。」

「我在貝卡的婚禮上見過妳。」丹尼冷冷地對亞里莎說。「妳的進場令人印象深刻。」

我看得出來亞里莎臉上閃過一抹什麼。憤怒嗎？還是懊悔？不過她沒有接話。蘇西倒了兩杯水，兩人優雅地喝起水。

「妳昨晚去哪？」丹尼問蘇西，蘇西搖搖頭。

「哪都沒去，我們睡了一整晚。亞里莎，要不要去取餐了？」

她們起身離開，丹尼向我靠過來。

「說謊。」他悄聲說。

「什麼謊？」

「亞里莎才沒有睡一整晚，我半夜看到她在四季酒店大廳跟一名男子講話。」

「真的假的！」我興奮地說。

「真的假的！」米妮馬上學我。

「她在做什麼？幹嘛說謊？」

丹尼聳肩，同時把六顆葡萄塞進嘴裡。

「我需要冰水。」他焦躁地說。「這水不夠冰。凱西呢？」

他開始傳簡訊，我往後靠在椅子上，看著亞里莎挑選葡萄柚。我就知道他一定在密謀什麼，不然為什麼半夜會出現在四季酒店的大廳？這聽起來就很可疑。我正準備問丹尼更多細節時，突然發現依蓮娜趴在桌上睡著了；臉被壓扁、頭髮也歪了，還聽到淺淺的鼾聲。

我好想跟她來張自拍，可是這樣就不是成熟體貼的媳婦了。

「依蓮娜。」我輕輕搖她。「依蓮娜，醒醒！」

「啊？」她嚇了一跳，揉著眼睛醒來。我則驚恐地看著她，擔心她臉上皮膚會崩落。

「多喝水。」我拿杯子給她，看了看錶。「唐群和爸應該快到了。」

「如果他們會來的話。」盧克一邊吃培根和蛋一邊餵米妮。

「什麼叫做『如果他們會來的話』？」我沮喪地看著他。「他們當然會來。」

「真的假的？」米妮用強調的語氣說。「妳是說真的假的？」她得意地看看大家，從媽的盤子上摸走一顆草莓，可是媽沒有發現，因為她正驚慌地看著盧克。

「你怎麼會這麼說？葛雷恩有跟你聯絡嗎？」

「當然沒有。」盧克耐心地說，蘇西這時剛好回座。「只是現在已經九點十分了。我的直覺，如果他們要來，應該會準時。」

「你的直覺？」媽狐疑。

「你有什麼消息嗎？」蘇西質問。「盧克，你是不是知道什麼我們不知道的事？」

「他什麼都不知道！」我連忙說。「他的直覺判斷通常是錯的，他們一定會來。」

我當然是在說謊，盧克的直覺通常很準，不然事業怎麼會這麼成功？他很會看人和判斷情勢，早他人一步預見未來。我們默默地坐著喝飲料時，我的手機響了起來，我拿起來一看，螢幕上出現爸的名字，心裡一沉。

「爸！」我接起後刻意大喊。「太好了！你到了嗎？我們坐大圓桌，就在一大堆水果旁邊……」

「貝卡……」他停下，接著是一陣沉默。我就知道。

「爸，我把電話拿給媽。」我刻意愉快地說。「好了！你跟媽說。」

我不要再當傳話人了，我真的做不到。

我把電話拿給媽，用力切著哈密瓜，低頭看盤子，卻聽見媽的口氣愈來愈尖銳。

「可是我們都坐在這裡等了！葛雷恩，不要叫我不要擔心……你坦白告訴我……我再來決定什麼重要什麼不重要……回洛杉磯？……不要，我都還沒去過葡萄酒莊……不要，我不想去酒莊……不要再提他媽的酒莊了！」

「我來跟他講！」蘇西一直插嘴。「唐群在嗎？」最後她終於從媽手裡搶過電話，對著電話大喊：「我要找我先生！他去哪了？什麼叫做他去『散步』？」她幾乎是對著電話怒吼。「我要跟他講！」

最後她掛上電話，用力放回桌上，用力呼吸，雙頰因怒氣泛紅。「如果有誰再叫我放輕鬆……」

「沒錯！」媽大聲附和。

「怎麼可能放輕鬆？」

「酒莊！他竟然要我去參觀酒莊！等我看到葛雷恩一定要好好訓他一頓， 直講一些沒意義的話，什麼『這又不是什麼大事……我只是離開幾天……到底有什麼問題……？』問題就是他有事情瞞著我！」她用力放下杯子。「我就知道，他有外遇了。」

「媽！」我驚愕地說。「不可能！」

「一定有！」她眼眶泛著淚水，拿起紙巾輕拍。「一定是跟別的女人有關 所以他才要去『解決』。」

「才不是！」

「不然還會是什麼事？」

一陣沉默。老實說，我也不知道還可能會是什麼事。

雖然知道他們不來了，我們還是繼續坐了四十分鐘，大家似乎都因為太過震驚而無法行動。

重點是，這裡的自助早餐真的很棒，我喝了幾杯咖啡就恢復食慾。事實上，我已經決定從「五：二節食法」改為「盡量吃因為這家自助餐好貴」的飲食法。

依蓮娜已經醒了，正在和丹尼深入討論。原來他們在曼哈頓有共同認識的社交名媛，依蓮娜跟她們一起出席活動，丹尼則賣衣服給她們。丹尼甚至已經翻開素描本，正在幫依蓮娜設計造型，她則坐在一旁看。

「這套適合穿去聽歌劇。」他邊反覆描繪裙子的線條邊說。「或藝廊活動、茶會……」

「腰部打摺不要太多。」依蓮娜嚴格地檢視他的草稿。「我不想變成燈罩。」

「依蓮娜，我打的摺數恰到好處。」丹尼反駁。「相信我，我很有眼光。」

「我很有錢。」依蓮娜馬上反擊。我忍住笑，這兩個人真合。丹尼正在畫一件立領大衣。

「妳適合這種領口。」他對依蓮娜說。「前低後高，修飾妳的臉型，一定會很好看，用人造毛皮鑲邊。」他開始畫毛皮，依蓮娜專注地看著他畫。老實說，我也看到入迷。依蓮娜穿那件大衣一定很好看。

「我需要吃個小蛋糕幫助思考。」丹尼突然跳起來。「馬上回來。」

我跟著他走到蛋糕架旁，他看起來對自己非常滿意。

「我正在用依蓮娜構思一整個新系列。」他說。「丹尼・可維茲經典系列，針對銀髮女性的半訂製服。」

「我看是針對銀子吧。」我翻白眼。

「都有。」他對我眨眨眼。「依蓮娜很有品味。」

「嗯……只是有點太死板。」

「我不覺得。」丹尼得意地說。「我覺得她很能接受新的想法。」

「顯然她跟你很合。」我有點嫉妒，我一直以為自己是依蓮娜的時尚導師，畢竟是我說服她穿上交疊式洋裝，可是丹尼一來就居功。「總之你們開心就好，你要收她多少錢？」

「最多不超過墨西哥一間小公寓的價格。」丹尼低聲說。「我已經在網路看上一戶了。」

「丹尼！」

「只要再賣三件大衣給她就夠了。」

「丹尼！」我推推他。「不要坑我婆婆。」

「她才坑我！」丹尼反駁。「妳知道我要花多少工夫嗎？我想吃格子鬆餅。」

他走到自助吧的另一邊，我晃到義大利餐點區，正準備拿個奶油煎餅捲時，手機卻響了起來。我拿出手機，驚訝地看著螢幕——是唐群，他怎麼會打給我？撥錯號碼了嗎？

「喂？」我急切地說。「天啊，唐群，嗨！等我，我去找蘇西——」

「不要！」唐群說。「我不想跟蘇西說話。」

「可是——」

「貝卡，妳要是把電話拿給她，我就掛掉。」他口氣好堅決，我愣愣地看著電話。

「可是……」

「貝卡，我打來是要找妳，所以我才撥妳的電話號碼。」

「可是我不是你太太。」我不懂。

「妳是我朋友，對不對？」

「當然。唐群……」我揉著頭，整理自己的思緒。「你怎麼了？」

「我沒有怎樣。」

「可是你變了。現在聽起來還好，可是在洛杉磯時，大家都以為——」我及時停了下來，沒說大家都以為你崩潰了。

我知道這麼說聽起來很誇張，可是唐群當時真的很慘，只想和布萊斯在一起，老是說蘇西對他有不良影響，真的很糟。

「我在洛杉磯那段時間，狀況很不好。」唐群過了很久才又開口。「太……太封閉了，很容易讓彼此的關係走偏。」

他一定是在講他和布萊斯的關係，絕對不是他和蘇西。

「那現在不是更封閉嗎？」我疑惑。「你現在一天到晚都和布萊斯在一起，問題只會更嚴重——」

「我不是在說布萊斯！怎麼可能呢！我說的是蘇西！」

「蘇西？」

我眨眼，茫然地看著電話。他的意思該不會是——該不會是——

「唐群？」我的口氣有點害怕。「你這話是什麼——」

「貝卡，妳應該看得出來。」唐群語氣生硬。「妳應該很清楚，我和蘇西處得並不好，在洛杉磯那段時間更是跌到谷底。」

「當時每個人的壓力都很大。」我連忙說。

「沒有，我們那段時間真的很不好。」

我的胃好糾結，我從來沒有和唐群有過這樣的對話；蘇西和唐群之間從來沒有出過問題，他們怎麼可能有問題？如果蘇西和唐群過得不幸福，這世界一定哪裡出了錯。

「妳應該很清楚。」唐群重複。

「我……嗯……」我結巴。「我知道你常和布萊斯在一起，可是──」

「沒錯，妳覺得原因是什麼？」唐群質問的口氣嚇了我一跳。「抱歉，」他馬上改口。「我不是故意的，一時失控。」

唐群向來很有紳士風度，我從來沒聽過他發脾氣，我滿心焦慮和擔憂，腦子裡只有想到一件事：蘇西。

「唐群，你一定要和蘇西談談。」我說。「拜託你，她真的很擔心妳，她快瘋了──」

「我沒辦法跟她談。」唐群打斷我的話。「還不行。貝卡，我沒辦法應付她，她太不理性了，只會指責我、責怪我……我非走不可。妳爸很厲害，他好穩。」

「可是蘇西需要你！」

「我們只需要幾天的時間就會回去。」

「她現在就需要你！」

「也許我們需要分開一段時間才能繼續維繫婚姻！」他幾乎是用吼的。

這種話我沒辦法回，只能渾身顫抖、震驚地站在原地，努力思考如何把對話導回正途。

「那……你打來幹嘛？」我最後說。

「我覺得妳應該提醒亞里莎，請她小心布萊斯。我知道他要做什麼了。」

「哇。」我心跳開始加速。每個人都知道布萊斯在謀劃什麼事，可是到底是什麼？他要搞什麼邪教團體嗎？祕密組織？天啊，他該不會是恐怖份子吧？

「布萊斯已經跟我要錢要一段時間了，他說他有一個『使命』，但他很神祕不願多說。」

我心一揪。「使命」？天啊，果然是真的，我驚恐地看著電話，想像布萊斯在南非的訓練營對一群祕密的信徒大吼、下指令的模樣，說不定是要他們駭進谷歌總部。

「他現在才終於吐露真相。」唐群接著說，「他計劃……」

「是什麼？」我屏住呼吸問道。

「成立一家和靜安中心競爭的機構。」

「喔。」我微微頓了一下才說。「原來如此。」

我承認，我是有一點點失望。當然，我很高興布萊斯不是恐怖份子也不是邪教領袖……可是，原來他只是要進行新的商業投資，好無聊。

「他蒐集了一份靜安中心前學員的名單，裡面有很多人對靜安中心不滿。」唐群說。「他一直在祕密籌劃，亞里莎和她先生要小心；布萊斯非常積極，他不是只有找我要錢，還找了很多人，我想他應該會成功。」

「喔。」我又說了一次。「我會轉告亞里莎。」

剛才興奮的心情全消失了；所以布萊斯要跟亞里莎打對臺？那又怎樣？我比較關心唐群和他跟我爸要做的事，還有唐群和蘇西之間的問題，我現在到底該怎麼辦？

我突然意識到自己處於兩難的狀況；如果我提醒亞里莎小心布萊斯有意找人投資，她會問：「妳怎麼知道的？」然後我就得承認我和唐群講過電話，蘇西知道了會氣死。

「唐群，你可以告訴我，你和我爸要做什麼嗎？」我脫口而出。「拜託你。」

「貝卡……」唐群遲疑。「妳父親是個好人，他想保護妳，不想讓妳知道他要做什麼。我不懂為什麼，或許妳應該尊重他的決定。」我聽到他那邊傳來像是汽車引擎發動的聲音。「對不起，我得走了，請妳不要擔心。」

「唐群，等等！」我大喊，可是他已經掛上電話。我站在原地，消化剛才聽到的訊息。

「貝卡？」我抬頭看到盧克站在我面前。「剛誰打來的？妳臉色好蒼白。」

「是唐群。」我難過地說。「盧克，我覺得他根本沒有精神崩潰，他是婚姻崩潰。他說她需要離開蘇西一段時間……他們之間有些問題……」我哽咽。「我該怎麼跟蘇西說？」

「什麼都不要說。」盧克馬上說。「不要介入，不然她只會把自己的憤怒都轉移到妳身上。」

「他說她……」我遲疑。「不理性。」

「嗯，」盧克冷冷地說。「我覺得蘇西最近是有點奇怪，可是如果妳跟她說她不理性，妳們的友誼一定馬上結束。」

我們沉默了一會兒，我心裡好糾結、好討厭這樣的情況。好想有個人可以責怪，可是好像連亞里莎都沒辦法怪。

「情況好糟。」我難過地說。

「問題很大，很難處理。」盧克緊緊抱住我，親吻我額頭。我靠在他身上，聞著他身上熟悉的氣味：一點古龍水、一點襯衫洗衣劑、一點他的味道。

「對了，布萊斯不是邪教教主。」我沮喪地告訴他。「他只是想敲詐亞里莎。唐群要我警告她，可是我要怎麼說？我總不能說：『妳知道嗎？唐群剛打給我！』」

「那會很尷尬。」盧克同意。

我突然想到。「盧克，不然你告訴亞里莎，說你聽到一些傳言，不要扯上我。」

「不要，」盧克笑了笑，搖搖頭。「我才不要被扯進去。」

「拜託，」我求他。「拜託你了。」

老公不偶爾幫忙的話要他幹嘛？結婚誓詞裡不就有這一段？

盧克沉默地倒了杯葡萄柚汁，然後才又嘆氣抬頭。

「好，我講。可是貝卡，妳最後還是要找時間告訴蘇西，說妳和唐群講過電話，這種事情瞞不住的。」

「我知道。」我狂點頭。「我會講，可是現在還不行，她會殺了我。」

「他還說了什麼？」

「沒說什麼，只有說我爸是個好人。」

「這大家都知道。」看到我的表情，盧克大笑。「貝卡，開心一點，這是好消息。昨天我們不是還以為唐群被綁架棄屍了？」

「是啊，可是現在情況好複雜。」我悲悽地挑了巧克力可頌、杏仁可頌和丹麥酥，等一下要放進包包，以免米妮餓了要吃點心。「那現在怎麼辦？我覺得如果唐群沒事、爸不想我們去找他，我們乾脆回家好了。」

「有道理。」盧克若有所思地點點頭。「這話由妳告訴妳媽，還是我來講比較好？」

好吧，這事根本不用考慮，我早該知道媽根本不可能答應回家；經過一番「熱烈討論」（服務生還來請我們小聲一點），大家達成協議，去找爸在亞歷桑納州土桑市的另一個老友雷蒙・厄爾，如果從他那邊也得不到任何線索，那就回洛杉磯等爸回去。

到時爸一定不會說他去做了什麼事，然後這會變成我們家的歷史懸案之一，然後媽一定會氣炸；可是盧克一直提醒我，那不是我的問題，跟我無關。

大家重回自助吧吃最後一輪。我不敢相信自己竟然又來拿東西吃；這裡東西真的好多，每次我想說都吃過了，結果一轉身就會看到一大堆剛烤好的格子鬆餅、雞肉串或沾了巧克力醬的草莓，然後腦子裡就會有個聲音大喊：「我都付了這麼多錢！一定要吃一點！」不管另一個抱怨的聲音說：「我飽了！不要再吃了！」

我倒了一杯牛奶給米妮，瞄了蘇西一眼，她正在另一端倒果汁；我心懷愧疚、全身僵硬，我從來沒有瞞過蘇西什麼事情。

好吧，除了那一次我借了她的Monsoon上衣去穿，結果根本不是她的衣服，她還過了好幾年才發現。除了那件事之外，我沒有瞞過她什麼事。

亞里莎從水果區拿了幾片鳳梨，我看著盧克拿著手機朝她走去。

「亞里莎，」他口氣輕鬆地說。「剛收到一則可靠的小道消息，有個不願具名的傢伙透漏，布萊斯打算成立與靜安中心競爭的機構。」

「什麼？」亞里莎的驚呼聲壓過自助吧的談話聲。

「我聽說的，妳最好去查查。」他聽起來好輕鬆自若，連看都沒看我一眼。天啊，我好愛他。

「所以這就是他的計劃？」亞里莎眼裡閃著憤怒。「所以他才鎖定唐群？想找他當金主？」

「有可能。」

亞里莎新時代禪宗的儀態迅速消失，看起來好憤怒。

「這只是傳言，」盧克聳肩。「但妳最好還是去調查一下。」

「是。」她表情好兇狠。「盧克，謝謝你的消息。」她馬上朝蘇西走去。「妳絕對猜不到剛盧克跟我說了什麼。」接著小心翼翼地壓低音量。

「真的嗎？」我聽到蘇西驚愕的回應。「天啊。」

「我就知道！」亞里莎氣得再次提高音量。「他一直是威爾頓信賴的左右手，竟然背叛我們！」

「原來——」蘇西話沒說完，詭異地停了下來，眼神迷離，看不出來她在想什麼。

亞里莎拿出手機傳簡訊。「我不知道威爾頓會怎麼說。」她低聲抱怨。「他花了好多年的時間才建立這麼優質的頂尖顧客名單，布萊斯竟然想把他們偷走？」

我嚇一大跳，瞪著她看。妳有什麼資格說別人偷客戶？

亞里莎，妳忘了自己曾經想偷盧克的客戶嗎？我好想大喊。妳忘了自己曾經想破壞盧克辛苦打造的成果嗎？

可是沒有必要。我想她早就刻意從記憶中抹除這一段。

她忙著傳簡訊時，丹尼端著堆滿培根的盤子朝她和蘇西走去，我看到他眼裡閃著邪惡的光芒，開口前還對我微微眨眼。

「聽說布萊斯要跟你們打對臺！」他一臉好奇地開口說。「這是大消息！對了，不知道他的收費會不會比較便宜？說真的，靜安中心太貴了。」

「我不知道。」亞里莎非常冷酷地說。

「我跟大家一樣喜歡上正面能量的課。」丹尼故意繼續說。「可是如果布萊斯開了一家費用比較合理的，那就不用考慮了，畢竟大家都想省點錢，對吧？電影明星也不例外。我猜你們會跑掉很多客戶。」

「丹尼！」蘇西厲聲說。

「我只是說實話。」丹尼故作無辜。「對了，亞里莎，如果布萊斯開了一家跟你們競爭，你們的事業帝國會瓦解嗎？」他眨眼。「妳會不會要去找工作？」

「丹尼，閉嘴！」蘇西氣憤地說。

「威爾頓和我絕不會讓前員工動搖我們的地位。」亞里莎厲聲說。「布萊斯以為自己是誰？」

我很想說，他很帥，大家也都好崇拜他。不過我不敢，我覺得她聽了會拿叉子攻擊我。

「亞里莎，走吧。」蘇西又瞪了瞪丹尼。「我們去坐下。」

我正在考慮要跟她們一起坐還是躲在小蛋糕區時，卻看到依蓮娜走過來。她看起來好多了，可能是剛才吃了水果沙拉，也可能是因為丹尼・可維茲即將幫她量身訂製經典系列（我好想看她穿那件大衣）。

「妳要吃小蛋糕嗎？」我禮貌性地問道，她不屑地瞄了一眼。

「沒興趣。」她看向蘇西和亞里莎。「盧克剛說威爾頓・梅瑞爾怎麼了？」

「他有一名員工打算另起爐灶跟他搶客戶。怎麼了？妳認識他嗎？」

「他是個兇惡的人。」依蓮娜直言。我忍住不露出雀躍的表情，我現在的心情正適合說威爾頓・梅瑞爾的壞話。

「為什麼？」我慫恿她。「妳跟我講沒關係，我會保密。」

「他曾經強迫我朋友搬出紐約第五大道的公寓。」

「他為什麼要這麼做？」我興奮地追問。

「他買了她隔壁的公寓，一直纏著她也賣掉。可憐的安瑪麗很煩惱，只好把房子賣給他。」

「好可憐！」我同情地說。「那她後來怎麼了？」

「她只好去住漢普頓[12]的豪宅。」依蓮娜眼睛連眨都沒眨一下。

好吧，依蓮娜的可憐故事還需要再修飾。不過，跟她有共同討厭的對象感覺很親切。

「亞里莎跟威爾頓一樣討厭。」我說。「更討厭。」我正準備列舉一長串她的惡行時，卻看到依蓮娜拿起插在竹籤上的葡萄，好奇地看著。

「這個開胃菜好迷你。」她表示。

「這不是開胃菜，是拿來沾巧克力噴泉用的。」我指出。「妳看。」

她看著噴湧的巧克力泉，還是一臉茫然。我拿起她手裡的葡萄，沾了點巧克力，稍微放涼後拿給她。

「原來如此。」她眉頭鬆開。「我想起瑞士格施塔德的噴泉了。」

「妳從來沒拿東西沾過巧克力噴泉嗎？」

「當然沒有。」她態度傲慢地說。

太好了。第一次宿醉、第一次吃巧克力噴泉，依蓮娜沒體驗過的事還有哪些？

「依蓮娜，」我突然靈機一動。「妳有沒有穿過藍色牛仔褲？」

「沒有。」她答道，似乎有些反感。

這就對了！我想好耶誕節要送她什麼禮物了：J Brand的深藍色窄管牛仔褲。

12 漢普頓是美國東部的高級度假區。

還是……我敢送她刷破牛仔褲嗎？一想到依蓮娜在耶誕當天拆禮物，看到一條刷破牛仔褲的表情，我心情就好好，笑著走回座位，卻突然看到蘇西悲痛的模樣。

「我一定要讓唐群離開布萊斯。」她憤恨地說。「他一定在想辦法跟唐群要個幾百萬。」

「可能更多。」亞里莎陰鬱地說，繼續用力戳手機。

「既然有新消息，要不要再聯絡警方看看？」蘇西望向大家尋求支持。

「唐群昨天說他不會給布萊斯錢。」我試探性地說。「我覺得他會很堅定地拒絕。」

「貝卡，妳根本就不懂！唐群現在很脆弱，他沒有打給我、也沒有傳簡訊……在洛杉磯時跟我講話口氣也不好……他平常不是這樣的。」

她氣憤地瞪著藍眼珠。我靠在椅子上，蘇西像現在這樣生氣時很嚇人。

「蘇西……」我小心翼翼地開口。「我知道唐群在洛杉磯時繃得比較緊，也知道他講了一些奇怪的話，可是這不表示他被洗腦了，他可能只是……只是……」

我不敢把話說完，總不能說：他只是現在不想跟妳講話而已。

「妳知道什麼？」蘇西反擊。

「我只是說出我的看法。」

「不需要！妳老是想打擊我！對不對，亞里莎？」

蘇西的眼睛閃著怒火，表情好兇惡，我心裡有根弦突然繃斷。

「既然這樣，妳為什麼要我一起走這一趟呢？」我大喊。「妳在洛杉磯時說需要我，所以我放下一切陪妳來，我很樂意！可是妳好像不想要我陪、不想要我的意見、不想要我任何東西，妳只在乎亞里莎。告訴妳，她騙了妳！」

我原本沒打算說出來的，可是話一出口我突然覺得得意極了。

「騙我？」蘇西眼神一黯，驚愕地說，「妳這話什麼意思？」

「她騙妳！妳說妳們昨晚在飯店睡了一整晚？」

「是啊。」蘇西狐疑地瞥了亞里莎一眼。

「她沒有！亞里莎，妳昨晚在四季酒店大廳見了誰？先別急著否認，丹尼看到了。」我一口氣丟出這些話，雙手抱胸拭目以待。終於揭穿她的真面目了，她就是個騙子。

可是她看起來一點也沒有被揭穿的樣子；沒有臉紅、也絲毫沒有窘迫的樣子或砰一聲讓手裡的杯子掉下來或其他我會做的事情。

「我去見一名私家偵探。」她冷冷地說。

什麼？

「我自然有動用自己的人脈。」她冷酷地瞪了我一眼。「只是我不希望讓蘇西的期待落空，以免又打擊到她。感謝妳，貝卡，我的努力都被妳破壞了。」

一陣令人不自在的沉默。我腦子發熱，為什麼這次亞里莎又贏了？她是巫婆嗎？

「貝卡，妳還有什麼要說的嗎？」蘇西問話的口氣跟我當年發起「帶一件衣服送老師」的活動後，校長對我說話的語氣一模一樣。（到現在我還是覺得我是在做好事。）

「對不起。」我看著地板低聲說，口氣也跟當年我在校長辦公室裡一樣低微。

「好吧。」蘇西喝完咖啡。「我們也該走了。」

寄信人：dsmeath@locostinternet.com

收信人：麗貝卡・布蘭登

主旨：回覆：全都錯了！！！

親愛的布蘭登太太，

感謝您的來信。我很遺憾聽到妳遇到這麼多難題。

我們確實已經認識很久，也非常歡迎您向我「吐露心事」。我很榮幸您覺得我是一位「像耶誕老公公一樣年長睿智的顧問」，也會盡我所能給您建議。

布蘭登太太，說真的，我建議您多和長腿賤人小姐拉近關係。克利斯－斯圖亞特夫人顯然已經與這個女人結盟，如果您堅持和她作對的話，可能會有失去好友的風險。先尋找共同的利益，再從這裡下手。我相信以您的才智，一定能發揮明顯的作用。

我誠摯地希望您的旅程有好的結果，並重拾您與好友的友誼。

祝好。

德瑞克・史密斯

09

德瑞克・史密斯真是睿智。這麼多年來，他每次都給我很好的建議，我應該多聽他的。（其實我從來沒聽過，尤其是那次他叫我不要再為了贈品辦百貨公司聯名卡，結果那組燙髮捲棒我根本沒用過。）

我們正準備離開拉斯維加斯。我決定這次要聽他的意見，為了維持和蘇西的友誼，跟亞里莎長腿賤人打好關係。我只能發揮善良的心，盡量只看亞里莎的優點。我還上網搜尋「如何和討厭的同事打好關係」，找到一些實用的小技巧，例如「尋找共同的嗜好」或「幫對方取個好聽的綽號」。（問題是我要怎麼想出比「亞里莎長腿賤人」更棒的綽號？）

車子在公路上高速行駛，我側身走到亞里莎和蘇西坐的位置；媽、詹妮斯和丹尼陪米妮坐在沙發區打橋牌（他們刻意每次都讓米妮當「夢家」，很聰明。問題是米妮自己也有一副撲克牌，老是攤出她自己的牌說：「我贏了。」然後就想把所有的牌都收走）；依蓮娜留在拉斯維加斯「休息」幾天，我不怪她，第一次宿醉總是特別難熬，我猜她大概要一個星期才會好。

公路兩旁是一望無際的沙漠平原；遠方有山，每次望向窗外我就有一點興奮：這景色也太壯觀！這才是真正的風景。為什麼英國都沒有這樣的風景？小時候爸媽常對我說：「貝卡，妳看風景多漂亮！」結果只有三棵樹和一頭牛，難怪我一點都不覺得興奮，寧可看我的服裝書。

我朝她們桌走去時，蘇西抬起頭。有一瞬間我很擔心她不會讓位置給我坐；氣氛尷尬了一下，她還是擠過去讓我坐下，我努力表現得很正常，好像我們三個經常在一起打發時間，好像我們是老朋友。

「亞里莎，妳的上衣好好看。」我不自在地說，我覺得稱讚是討好對方最快的方式。她的上衣其實很無趣，但這不是重點。

「喔，」亞里莎戒備地瞥了我一眼。「謝謝。」

「妳的頭髮也是，」我隨口說。「髮色好亮。」

「謝謝。」她再次簡短地說。

「還有……呃……妳用的香水。」

「謝謝。」她再次道謝。「這是靜安中心特別調配的味道。」

「嗯，妳噴起來很好聞……小莎。」我勉強說道。

話一出口，我就意識到亞里莎不適合小莎這個暱稱，她驚訝地轉頭看我，蘇西也目瞪口呆地看著我。

「小莎？」

「不然……莎莎。」我連忙改口。「有人叫妳莎莎嗎？這個名字很適合妳，莎莎，或亞亞。」我親切地抱住她手臂，可惜不管用。

「噢！」她瞪著我說。「沒有，沒有人這樣叫過我，拜託不要摸我手臂。」

「抱歉。」我連忙張望看還有什麼可以稱讚。「妳的鼻子長得真好！很……嗯……」我想了想。鼻子有什麼可以說的？「我覺得妳鼻孔很漂亮。」我心虛地說。

天啊。我覺得妳鼻孔很漂亮？

蘇西狐疑地看著我，我假裝沒看到她的表情。亞里莎瞇起眼睛審視著我。

「我懂了。」她說。「我知道妳要幹嘛，妳想知道我找哪個整型醫師，對不對？我才不告訴妳。」

什麼？我驚訝地看著她。整型醫師？什麼跟什麼？

算了，我不稱讚她，也不幫她想暱稱了。

「對了，太極！」我愉快地說。「這好嗎？我是不是應該試試看？」

「可能不太適合妳。」亞里莎說。「練太極必須具備控制自我身心的能力。」她不屑地對我微笑，瞥了蘇西一眼。

「喔。」我忍住難堪的情緒。「好吧——」

「妳說有幾個房間？」亞里莎直接打斷我的話，回到她們之前明顯比較有趣的話題。

說什麼拉近關係，完全失敗。而且房間有什麼好聊的？為什麼有的人就是喜歡聊房子和房價，還有不確定花卉裝飾圖案的壁紙是不是已經過時，然後問我的意見？（好啦，最後這個是我媽問的，我一直跟她說這我完全不懂。）

「我也不太確定。」蘇西說。「二十八個吧？不過有一半快垮了，我們從來不進去。」

「二十八個房間。」亞里莎附和。「好難想像，二十八個房間。」

她們應該是在講萊瑟比堡吧？可憐的蘇西，每次大家都喜歡問她萊瑟比堡的各項細節，她都快悶死了；尤其是歷史專家，最喜歡用傲慢的口氣開頭就說：「應該是一七一五年吧。」我有一次陪蘇西去市場買菜，有個老先生跑來搭訕，拷問她大廳裡某個重要的壁爐的資料，不斷地糾正她，態度強硬地爭論是唐群的哪一位祖先要求打造那個壁爐（老實說誰在乎啊）？最後我故意打翻一堆橘子製造混亂，蘇西才得以脫身。

「是那種有附加封號的宅邸嗎？」

「好像是，」蘇西似乎不怎麼感興趣。「莊園爵爺。」

「好，」亞里莎優雅地皺眉。「所以只要成為莊園主人就可以封自己為『爵爺』。」

「大概吧？」蘇西有些茫然地說。「反正我們沒差，唐群本來就有其他封號。」

事實上，唐群總共有六個其他的貴族封號，只是蘇西很客氣，不會拿出來講。其實她很不喜歡談這些事。我有一次特地上網查，因為我很想成為「某個地方的布蘭登夫人」。其實這些貴族封號並不貴，只要幾百英鎊就可以用一輩子。這麼說好了，當布蘭登夫人有什麼不好嗎？

（只是被盧克發現後，他拿這虧了我一整個星期。）

蘇西去洗手間，我瞄了亞里莎一眼；她眼神淡漠，彷彿若有所思。好，我知道我說過要拿出善良的心地，可是理智上做不到。我應該想：我的天啊！說不定亞里莎其實人很好，說不定我們可以一起喝奶昔！可是我卻在想：她現在又想幹什麼？

我愁眉苦臉地想著，也許我就是個天生悲觀又多疑的人，也許我需要先看心理醫師才能跟亞里莎好好相處；我突然想像我們去做雙人諮商，被迫牽著手的模樣，忍不住笑了出來。後來蘇西一回座，亞里莎又繼續問她萊瑟比堡的事情。

「我先生一定很想親自去看看！」她說。「他好喜歡英國。」

「歡迎之至！」蘇西嘆氣。「維修保養好花錢，我們老是在想辦法賺錢。妳來住就知道了。」

「亞里莎要去住妳那？」我問道，努力流露出這個主意真是超級棒的口氣。「什麼時候？」

「現在當然還不知道。」蘇西皺眉，一副我怎麼會這麼不識相，在這個時候問這個問題。「等唐群的事情解決之後。」

「好。」我勉強說。「聽起來真好。」

我默默坐了一會兒，看著風景，沮喪地任由思緒在我腦中震盪。我多疑的腦袋把自己搞得好累，不是說好要表現出善良的心地嗎？要善良啊！而且我沒有任何理由懷疑亞里莎，一個都沒有。

可是從我認識亞里莎開始就知道，她永遠就都在盤算什麼，我忍不住心想這裡頭她可以得到什麼好處？蘇西對她毫不懷疑，現在又對她卸下心防，亞里莎也很清楚這一點……

我突然想到了！等等，威爾頓・梅瑞爾很喜歡英國，這個掠奪成性的霸道傢伙想要什麼就會去搶，亞里莎又在問蘇西萊瑟比堡的事情……如果威爾頓・梅瑞爾想要一棟莊園式大宅和貴族封號怎麼辦？如果他想成為萊瑟比堡的梅瑞爾爵爺怎麼辦？

我在接下來二十英哩的路程中默默思考了這個論點，這個想法很荒謬，蘇西和唐群就算承受再多壓力也不會賣出世襲的宅邸，應該不會吧！

不會吧？

我側看了蘇西一眼，她的頭髮現在都盤起來，彷彿她什麼都不在乎了。她嘴唇有乾裂的痕跡、表情緊繃。坦白說，我已經不知道該怎麼想了？蘇西和唐群的關係出了問題、唐群覺得維持萊瑟比堡的運作很困難、蘇西現在的頭腦又不清楚……

可是他們不能賣，那棟大宅已經在他們家族幾百年了！光想到這個念頭就讓我心一驚，而且還是賣給亞里莎長腿賤人？我可以想像亞里莎戴著皇冠要村民向她行禮致敬的模樣，然後還有小女孩獻花低聲跟她說：「亞里莎公主，妳好漂亮。」不行，不能發生這種事。

寄信人：dsmeath@locostinternet.com

收信人：麗貝卡・布蘭登

主旨：回覆：悲劇！！

親愛的布蘭登太太，

感謝您的來信。我很遺憾聽到您與長腿賤人小姐建立好關係的努力以失敗告終，也很遺憾聽到您覺得很無力，「什麼都不能做」。

我想大膽向您建議：「請不要放棄。」積極的行動可提振士氣。

我倆相識多年，您對人生的問題總是充滿解決的動力、充滿正義感，令我敬佩。過去這曾經賦予您力量，相信未來也會。

現在情況看似相當艱難，但我確信您最後終將成功。

祝好

德瑞克・史密斯

10

我覺得公路旅行唯一的缺點就是公路這個部份。其他譬如露營車、美式小餐館、沿路的景觀和鄉村音樂都很讚。（我要求盧克轉到鄉村音樂廣播頻道聽了一段時間。天啊，鄉村歌手都好瞭解我的心情！聽到一首名為《只有老友才會懂》的歌，我差點哭了出來。）

可是公路好討厭——太長了！真的很荒謬，應該要有人重新規劃一下，而且地圖很賊，會騙人，很容易被誘惑。你以為「這段在地圖上只有一公分，應該不會花太多時間，那就在這段路上兜兜風。」一哼！什麼一公分，結果根本就是一整天。

結果到亞歷桑納州土桑市的路程已經很遠，我們要去的牧場又其實不在土桑，比土桑更遠；等我們終於開到亞歷桑納州仙人掌灣的紅牧場時，已經開了一整天的車。我、蘇西和亞里莎都輪流開過一段路，大家都筋疲力盡、全身僵硬、不想再說話了。而且因為米妮剛強迫我戴耳機陪她一起看《阿拉丁神燈》，我現在滿腦子都是那些歌。

下車前，我梳了一下頭髮，可是因為靠太久，頭髮還是感覺很塌、很怪，雙腿感覺卡卡的，肺部極需新鮮空氣。

我看了看，發現大家狀況也都不太好：媽和詹妮斯像被放出卡車，驟然接觸到光線的牛羊，步履蹣跚地踩在塵土上；蘇西和亞里莎正在吞止痛藥和灌水；丹尼正在做一連串高難度的瑜珈伸展；只有米妮依然充滿活力，正繞著一塊大石頭單腳跳，不過，她還不太會單腳跳，基本上就是邊跑邊揮舞手臂。我看著她突然停下腳步，彎腰摘下一朵小白花，紅著臉朝我走來，似乎對自己很滿意。

「這是一朵玫瑰花。」她仔細地說。「送給媽咪。」

米妮認為所有的花都是玫瑰花，除了水仙花，她說那是「仙仙花」。

「親愛的，謝謝妳。」我把花插在頭上。每次她送我花，我就會插在頭上。她馬上繼續去採花，臉更紅、更得意。（我們常玩這個遊戲，我已經很習慣淋浴間被枯萎的花堵塞的模樣。）

天空很藍，空氣裡帶著黃昏溫暖的氣息，似乎在期待什麼；遠方紅色的岩石山看似沒有盡頭，周遭矮小的樹叢散發出草香，我似乎看到一隻蜥蜴穿越塵土，於是抬頭看盧克是不是也有看到？可是他正瞇著眼睛觀察前方的牧場。

大門口就在幾尺外；偌大的門口設有監視器，只有一個小小的木牌，上頭寫著「紅牧場」幾個字，表示這是雷蒙‧厄爾的住處。牧場遠離主要道路，獨立座落一處，高聳的圍欄將訪客隔絕在外；據說牧場佔地上千英畝，但都承租給他人。雷蒙獨居豪宅，並不參與牧場的運作。

這些是我們二十分鐘前，在附近的小餐館停下來喝點東西時得到的消息。老闆娘梅根很健談，我媽則是挖消息的專家，所有梅根知道關於雷蒙的事情基本上都挖了出來。例如：

1. 他有時不在家。
2. 他不太跟外界打交道。

3.五年前幫他裝修廚房的工人說他人挺親切。

4.他的陶藝作品很有名。

其實也沒有太多資訊，不過沒關係，我們來了，跟他見面，查明到底發生什麼事。

「走吧。」剛做完瑜珈樹式的丹尼指著牧場說。

「我們不能全部一起去。」我反駁。「這樣看起來像暴民。」我正準備說我自己去時，媽就先開口了。

「我同意。」她邊補搽口紅邊說。「我最有資格見這傢伙，給我跟詹妮斯去。」

「應該是『讓』我和詹妮斯一起去才對。」亞里莎糾正她，我狠狠瞪了她一眼。這個時候還講什麼文法？

「我們去。」詹妮斯熱切地點頭。

「妳要我一起去嗎？」我問。「提供精神上的支持。」

「不用了，親愛的，我不需要。不管到時候我會聽到什麼關於妳爸過往的事……」媽看向遠方。「坦白說，親愛的，我寧可不要妳親耳聽到他和第三者的事。」

「媽，妳又不確定是不是第三者！」

「我知道。」她聲音顫抖地說，就像改編自真實故事的迷你電視影集女主角。

天啊！她真的知道嗎？我正陷入：

1.媽只是喜歡小題大作所以做了最壞的打算……

2.這是她經過數十年的婚姻生活培養出來的直覺，所以她一定很清楚。

「好吧。」我最後說。「妳跟詹妮斯去。」

「我們就在這。」盧克說。「手機帶著。」

「問他唐群在哪！」蘇西插進來說。「他可能知道。」

「問他有沒有要賣房子？」丹尼說。「我有個朋友在Fred Segal精品百貨工作，他一直很想買個牧場，這裡看起來很不錯——」

「丹尼！」我生氣地說。「我們不是來看房地產的！我們是來……」我看著緊抿著唇的媽。「來找真相的。」

媽和詹妮斯默默穿過乾旱的灌木叢，朝偌大的木柵欄走去。門口有對講機，她們對著對講機說話。媽先開口，接著我意外地發現詹妮斯也跟著講，再來又換媽，可是入口始終沒有開啟。怎麼會這樣？

最後媽和詹妮斯走了回來，她們走近時我發現媽的臉色不太好看。

「他竟然趕我們走！」她大聲說。

頓時一陣喧鬧：

「天啊！」

「趕妳們走？」

「妳真的有跟他說到話嗎？」我大聲壓過眾人的聲音問道。「跟他本人。」

「有！一開始是類似管家之類的人來接，後來她去找他，我說我是葛雷恩的太太，說明事情經過——」她停了下來。「是不是，詹妮斯？」

「是。」詹妮斯點點頭。「親愛的，妳說得非常清楚、非常明確。」

「後來呢……？」我問。

「他說他幫不了我們！」媽愈講愈大聲，心情沮喪。「我們開了六個多小時的車來找他，他卻說幫不了我們！詹妮斯也有試著跟他談……」

「我們什麼都試了。」詹妮斯悲嘆。

「可是他連讓我們進去五分鐘都不肯。他明明看得到我！透過對講機就能看到！他明明看得出來我有多難過，可是他還是不肯。」

「你們看得到他嗎？」我突然好奇。「他長什麼樣？」

「看不到。」媽說。「我們看不到他，他就是故意躲起來的，不是嗎？」

我們全轉身看著緊閉的大門。我心緒難平，這傢伙以為自己是誰？他怎麼可以對我媽這麼差勁？

「我去。」亞里莎口氣堅定地說。我們還來不及抗議，她已經拿出靜安中心的名片，大步朝門口走去。眾人默然地看著她按下對講機，對著鏡頭舉起名片開口、再次開口，看起來非常生氣，最後轉身離開。

「太過份了！」她氣沖沖地走回來。「他竟然聲稱沒有聽過靜安中心！明顯在說謊，我不懂為什麼要浪費時間在這個人身上？」

「他是我們唯一的線索！」媽說。

「妳先生真是交友不慎。」亞里莎流露出以前刻薄的模樣。

「這種話就不用說了！」媽氣憤地回應，有一瞬間我以為她和亞里莎會吵起來，還好盧克即時介入。

「我去試試看。」他朝牧場入口走去。大家熱切地看著他朝對講機說話，希望也許他有芝麻開門之類的通關密語。可是他很快就轉身搖頭，若有所思地走了回來。

「可能沒辦法從他這邊下手。」他說。「他不想出面，派管家來跟我談。」

「那該怎麼辦？」媽哭喊著說。「他人就在這，他一定知道事情的經過……」她氣得對著入口揮拳。

「整隊。」盧克說。「很晚了，我們需要吃飯和休息，說不定吃點東西就會想出好點子。」

我想大家都很希望吃了東西就會有人靈機一動，所以一起在仙人掌灣鎮上的小餐館大口吃牛排、薯條和玉米麵包時，整個氣氛很樂觀。總會有人想出什麼好點子吧？

拜託，一定會有人想出點什麼。

一直有人開口說：「對了！說不定……」然後又失去信心，默默結束。我大概想到五個關於翻過牧場的牆的點子，只是我沒說出來。

問題是我們都以為只要找到雷蒙，就會被迎進他的牧場休息一晚、享用豐富的晚餐，然後雷蒙打電話給爸釐清所有的事情。（至少我本來是這麼想的。）

服務生收走牛排的盤子，大家傳著甜點菜單，談話聲減到最低，不知道誰會第一個說：

「我們放棄吧。」

絕對不會是我，我一定會堅持到最後；詹妮斯倒是有可能，她看起來有點疲憊，我猜她很想回家了。

「幾位要點什麼甜點嗎？」我們的女服務生瑪莉喬走過來問。

「妳知道怎麼聯絡雷蒙・厄爾本人嗎？」我一時心血來潮問她。「我們來找他，可是他不太願意見人。」

「雷蒙・厄爾？」她皺眉。「紅牧場那傢伙嗎？」

「就是他。」我湧起希望。「妳認識他嗎？」

我突然樂觀地想，說不定她是他家的鐘點工，也許我可以假扮成助理，跟她一起進去。

「不好意思。」瑪莉喬的聲音打斷我的思緒。「我們很少看到他，對吧？派蒂？」她轉頭對吧臺的女子說。「這些人來找雷蒙・厄爾。」

「我們很少看到他。」派蒂搖頭附和。

「好吧，還是謝謝妳。」我洩氣地說。「我要點蘋果派。」

「他明天會去園遊會。」角落傳來一股沙啞的聲音。我們全都轉頭看過去，只見一名留著鬍子、身穿正統牛仔襯衫（就是領子上還有金屬裝飾那種）的老先生說。「他會去展示他的陶盆等等。」

全桌興奮地轉過去看他，米妮也不例外。

「真的嗎？」

「他真的會去嗎？」

「園遊會在哪？」盧克問道。「幾點開始？」

「在荒野公園。」瑪莉喬一臉驚訝。「名叫『荒野鄉村園遊會』，我還以為你們是為了這個來的。會持續一整個星期，你們一定不能錯過。」

「雷蒙也會去嗎？」媽追問。

「通常會。」鬍子男點頭。「他會在陶藝區展示他的作品，不過開價太誇張，我還沒看過有人買。」

「你們如果沒去過可以去看看。」瑪莉喬熱心解釋，「這是全州最好玩的園遊會，有牛羊秀、選美活動、排舞……」

排舞？天啊，我想跳排舞很久了。

當然，我們不是來跳排舞的。我愧疚地瞄了蘇西一眼，以免被她發現我剛才在想什麼。

「這計劃聽起來不錯。」盧克對眾人說。「在這住一晚、隔天一早去園遊會，去陶藝區找雷蒙本人。」

大家都鬆了一口氣，至少媽眉間的焦慮消失了。希望這個雷蒙確實可以提供我們要的消息，否則我真的不知道怎麼辦，更不知道怎麼應付我媽。

隔天醒來時，我的心情非常正向。荒野鄉村園遊會，我們來了！昨晚我們住在鎮上的林邊旅館。剛好有團體取消訂房，所以旅館很高興有人臨時入住。詹妮斯和媽擠一間小房間。雖然不是理想狀況，但總比在露營車上過夜好。

我們在吃早餐時發現，旅館其他房客都是為園遊會而來；其他家庭都穿著荒野鄉村園遊會的T恤和棒球帽，討論當天的行程，興奮的心情也感染了我們。我昨晚上網搜尋發現這個園遊會好大！有成千上百個帳篷和攤位，還有牛仔競技表演、家畜展和一座摩天輪。根據地圖，陶藝區位在園遊會西北側，靠近「最美稻草捆區」和「木鞋舞會區」；附近還有「牛仔競技表演區」，節目包括擠野牛奶、抓豬比賽和賽羊。

這些聽起來好像外國語；帳篷裡都是「裝飾精美的稻草堆」？稻草堆要怎麼裝飾？「木鞋舞」又是什麼東西？豬要怎麼抓？羊又要怎麼騎？

「盧克，你知道賽羊是什麼比賽嗎？」原本在看筆電的我抬頭問他。

「不知道。」他戴上手錶。「吃羊肉比賽嗎？」

「吃羊肉？」我皺起臉。

「我昨晚在網站上看到堆OREO餅乾比賽，妳可能會有興趣。」他又說。

這聽起來有趣多了，我覺得自己應該很擅長疊OREO餅乾，我已經可以想像自己站在高十英呎的餅乾堆上，對臺下觀眾微笑、領第一名獎章的模樣。獎品大概是一包OREO餅乾。然後又連忙提醒自己，我沒有要參加比賽、我們有正事要辦，可能只待半小時就走了。

「好了嗎？」我問盧克，他拿起皮夾。「米妮，好了嗎？準備去園遊會了嗎？」

「園遊會！」米妮開心地說。「去看維尼熊！」

嗯，這就是帶小孩去迪士尼的缺點；小孩會以為所有的遊樂園都跟迪士尼一樣，我也沒辦法跟兩歲小孩說明品牌與版權。盧克昨晚就是這麼跟米妮解釋的。

「可能會看到維尼熊。」我話才出口，盧克就說：「不會看到維尼熊。」

米妮困惑地看看盧克又看看我。

「不會看到維尼熊。」我連忙改口的同時，盧克又說：「可能會看到維尼熊。」

真是的，每一本教養書都說父母立場要一致，這一點最重要，否則小孩子會無所適從，開始鑽父母立場分歧的漏洞。我完全相信這一點，可是要做到有點難。有一次盧克說：「米妮，媽媽要出去一下。」但我突然又改變心意，可是為了順著他的話，我跟她說了「拜拜！」從前門出去，再從窗戶爬回來。

（我媽說我有病，說教養書只有害無利，她和爸從來沒看那些東西，「結果貝卡，妳看我們把妳教得多好。」然後盧克就會發出隱忍的笑聲，等我們全望向他，他又說：「沒事。」）

我讓米妮穿上藍色牛仔褲，搭配盧克昨天新買給她的麂皮流蘇背心，看起來超可愛，像個純正的西部女孩；我穿著短褲和無袖上衣，照鏡子時我覺得自己還不錯，還可以。

不知為何，我對外表沒有以前那麼在意，原本正在等腦子裡某個部份啟動，就是那個通常會想說：「哇！鄉村園遊會！要穿什麼才適合？」的部份，結果卻是一片平靜，什麼都沒有。

「好了嗎？」盧克站在門口說。

「嗯，」我勉強微笑。「走吧。」

沒關係，算了，也許我只是終於長大了。

我們到大廳時，大家都已經到了，現場氣氛滿是期待。

「我們直衝陶藝區。」盧克對大家說。「珍和貝卡一起去找雷蒙，其他人在一旁待命。」

昨晚為了誰可以陪媽去找雷蒙而起了點爭執：詹妮斯認為她是媽的摯友，應該由她陪；我反駁說我是女兒，應該我陪。後來蘇西說：「大家都去不行嗎？」結果被眾人否決。總之最後我贏了，理由是不管雷蒙說了什麼爸的好話或壞話，理應都由我和媽最先聽到。

只有亞里莎對見雷蒙一點興趣也沒有，她甚至不去園遊會，說她已經約了人在土桑市見面。*在土桑見面*？拜託，誰會約在土桑見面啊？

好吧，住在土桑市的人應該會約在這裡。不過，你知道我的意思，我的意思是，除了當地人以外，誰會約在這裡？

我才不相信這什麼鬼理由！亞里莎一定在密謀什麼，如果可以，我一定會盯著她，可是我不行，因為：第一，我得去園遊會；第二，她已經叫車走了。

蘇西坐在木桶做成的椅子上，低著頭，忙著傳訊息，可能是傳給亞里莎，畢竟她們已經分開二十分鐘了。她臉色慘白，我好想過去抱抱她，或搖搖她，讓她不再苦惱，可是我連靠近她都不敢；蘇西已經不再是我的「凌晨三點好友」，我難過地心想，甚至連「早上九點坐在距離我五英呎以外的朋友」都不算。

「好了嗎？」盧克的聲音打斷我的思緒。「大家都準備好了嗎？珍，妳準備好了嗎？」

「我準備好了。」媽意味深長地說，表情冷峻。「我早就準備好了。」

還沒到現場就聽到園遊會的聲音，在炎炎熱氣中大聲播放著音樂，我們的露營車在前往停車場的車陣中緩緩前行。車停好後要買票進場、接著又得找對入口，最後終於走進入口B時大家都很煩躁了。（你以為入口B會在入口A旁邊嗎？並不是。）

「天啊！」大家舉頭環顧四周時，詹妮斯說了，「這也太……誇張了。」

我知道她的意思：到處都是顏色閃亮或聲音嘈雜或奇形怪狀的物品；放眼望去只見無止盡的帳篷和攤位，每一臺音響似乎都在播放不同的音樂；天空裡有一架廣告飛船，船身上寫著「荒野鄉村園遊會」幾個字，底下則有幾個大型氦氣球，宛如銀色的點狀物映在藍天上，應該是不小心飛走的。一群看起來像是啦啦隊員的女孩穿著寶藍色的隊服衝向鄰近的帳篷，我看到米妮一臉敬畏地看著她們。一名男子用繩子牽著一頭巨大的綿羊經過我們旁邊，我反射性地後退一步。

「貝卡！」蘇西翻白眼。「那只是一頭羊。」

哼，她說「那只是一頭羊」，可是那頭羊有龐大的彎角而且眼神看起來好邪惡，說不定是什麼殺手羊獎之類的冠軍。

空氣中充滿各種氣味：有汽油、動物糞便、烤肉和剛出爐甜甜圈的誘人香味。我們剛好站在甜甜圈攤位旁，所以那香味又特別明顯。

「蛋糕！」米妮突然發現甜甜圈的攤位。「媽咪，我喜歡。」她期盼地拉著我的手，幾乎是用拖的把我拖過去。

「不吃蛋糕。」我連忙把她帶走。「走吧，我們去找陶藝品。」

時間還早，但到處都已經擠滿了人；一波波想擠進攤位的人、排隊買東西吃的人、沿路閒晃慢慢逛的人，有的人還會突然停下來查園遊會地圖。所以我們花了點時間才到創意村，到了之後又不知道要去那個攤位。媽一心一意往前衝，詹妮斯則一直被路上的展品吸引住，我只好把她拉走說：「等一下再回來看繡花鍋墊。」真是的，比米妮還糟糕。

最後終於到了陶藝區，參考展場分布圖，找到雷蒙的攤位；他在成人陶作與瓷器區，作品報名參加陶碗類、有蓋容器類和雜項等比賽，販賣區也有一些他的作品。一看就知道哪些是他的作品，因為他的陶器大概是別人的五倍大；還有，一看就知道他不在現場，因為除了我們之外，這裡只有七個人，全都是女性。

我和媽默默繞了幾分鐘，邊走邊停下來檢視雷蒙的作品，彷彿這樣看著就能有什麼線索；他在每個作品旁都附上一張紙說明法國陶藝家寶琳・奧黛特（她是誰？）對他的影響，還有他如何從大自然擷取靈感，或是一些其他關於釉面的無聊話。

「他不在這。」媽最後說，我們正在看一個幾乎佔據一整張桌子的綠色釉面瓷碗。

「可是他一定有來過。」我說。「說不定還會回來。」我對隔壁攤位身穿綁帶背心上衣的女子說：「不好意思，我們要找雷蒙・厄爾，請問妳認識他嗎？妳覺得他今天會來攤位嗎？」

「雷蒙喔。」女子微微不耐地翻白眼。「他剛才有來，之後也可能會回來，不過他很少待在這。」

「謝謝妳，這是妳的花瓶嗎？」我又說。「好美。」

我說謊，這其實是我看過最醜的東西，可是我想說既然要逮住雷蒙什麼的，應該要交幾個朋友。

「謝謝。」她愛憐地拍拍自己的作品。「如果妳有興趣的話，我有其他作品出售。」她指著另一端的展示區說。

「太好了！」我努力裝出興奮的口氣。「我等一下去看看，妳也是受寶琳・奧黛特的影響嗎？」

「寶琳・奧黛特？」她語氣尖銳。「這跟她有什麼關係？我還沒遇到雷蒙之前根本不知道她是誰！妳知道嗎？他甚至寫信到法國給她，請她來當比賽評審，結果根本沒有回音，但是他不會承認的。」她忿恨地瞪著我。「真是自以為是。」

「真的。」我連忙附和。

「艾芮卡・芙蘿就住在土桑，為什麼還要去找法國評審？」

「就是啊。」我點頭。「我完全認同。」

「妳有在拉坯嗎？」她突然對我產生興趣。

「喔……嗯……」我不想直接否認，只好說，「嗯……偶爾有時間的時候。」

這也不算說謊，我以前唸書時拉過坯，說不定哪天我又想試。我想像自己穿著工作服拉坯、做美麗的花瓶的模樣，盧克站在我身後，用鼻尖磨蹭我後頸。然後大家耶誕節拆禮物時就會說：「哇！貝卡！我們都不知道妳這麼有藝術細胞！」對啊，我怎麼都沒想過要做陶藝？

「那……祝妳好運。」我又說。「很高興認識妳，我是貝卡。」

「我叫蒂蒂。」她和我握手，我示意媽可以走了。她正在看一組迷你陶瓷娃娃。

「怎麼樣？」她急切地看向我。「有得到什麼消息嗎？」

「雷蒙等一下可能還會回來。」我說。「只能派人在這裡守著。」

盧克負責排班，媽和詹妮斯負責輪第一個小時，反正她們剛好也想看陶藝作品；丹尼輪第二班，他先去飲料區買西部傳統冰茶，說是茶，但其實有八成是波本威士忌。

「我帶米妮去幼兒區買氣球，我們輪第三班。」盧克用一貫發號施令的口氣說。「貝卡，你和蘇西輪第四班好了，先去逛逛看園遊會。蘇西，這樣可以嗎？」

我知道盧克在做什麼，他想把我和蘇西湊在一起、讓我們和好，真的很貼心，可是我覺得自己好像一隻熊貓，被推給另一隻明顯不喜歡我的熊貓，蘇西對於跟我在一起的建議似乎不怎麼熱衷，額頭緊皺、不滿地瞪了我一眼。

「我不介意一個人守在這。」她說。「你和貝卡還有米妮可以一起。」

我心裡一陣刺痛，她真的那麼討厭我嗎？連跟我相處幾個小時都不願意？

「不用，這樣比較好。」盧克明快地說。「大家四處逛時也密切注意有沒有看到雷蒙。」

他昨晚在土桑當地的新聞網站上找到雷蒙的照片，不是我自誇，可是我爸真的比他那些老朋友帥太多：科瑞看起來怪怪的，像整過型；雷蒙看起來好老，照片上的他對著鏡頭皺著濃密的灰眉。

「手機有訊號，可是太微弱。」盧克說。「如果有人看到雷蒙就傳簡訊好了。」眾人分頭散開後，盧克意有所指地看了我一眼，我想他的意思是「加油」，然後他和米妮就消失在人群中，獨留蘇西和我。

我想不起來已經多久沒有和蘇西單獨相處了？突然間，太陽曬得我頭好熱、皮膚刺痛。我做了幾個深呼吸，想放輕鬆。我看向蘇西，她低垂著眼，似乎根本不想承認我的存在。我不知道該說什麼，甚至不知如何開口。

她身穿藍色牛仔褲、白T恤和一雙以前她在倫敦時常穿的舊牛仔靴，坐在一疊翻過來放、充當座椅的木箱上。我好想跟她說，這雙靴子好適合這個情景，可是卻開不了口。我吸氣想說點什麼，什麼都好，此時她手機突然傳出嗶聲。她拿出來專心看完，閉上眼睛。

「蘇西？」我緊張地說。

「幹嘛？」她不耐地吼著。我什麼都還沒說，她就生氣了。

「我只是想問……妳想先做什麼？」我雙手顫抖拿出園遊會地圖。「要不要先去看豬？」這對我來說是很大的犧牲，因為我其實很怕豬，也不怎麼喜歡羊，可是豬更可怕。蘇西和唐群在漢普夏郡有一座農場，我覺得那裡的豬就像愛尖叫的恐怖怪物。

可是蘇西很愛，還幫那些豬取名字。如果我跟她一起去看這裡的豬，或許可以一邊評論那些豬的耳朵有多尖，一邊修復感情。

「美國的豬可能很有趣。」我繼續說，蘇西沒回答。「羊可能也是。這裡有一些稀有品種……妳看，還有侏儒羊秀！」

蘇西茫然地抬頭看我，好像一句話都沒聽進去。

「貝卡，我還有事。」她說。「晚點再來找妳好嗎？」她起身，長腿一邁，瞬間匆匆穿過陶藝區，消失在人群裡。

「蘇西？」我驚愕地看著她的背影。「蘇西？」

她怎麼可以就這樣把我留在這裡？我們不是一組嗎？不是應該一起行動嗎？我還來不及思考就跟了上去。

雖然人潮愈來愈擁擠，可是幸好蘇西個子高、髮色又淺，要跟著她不難。她一路穿過牛仔競技區、美食區、可愛動物區，甚至直接從一名正在叫他的狗表演跳呼拉圈的男子旁邊走過，看也不看那些販售牛仔帽和牛仔靴還有馬鞍的攤位，這些都是她平常會摸好幾個小時的地方。我從她僵硬的肩膀和臉上的表情看得出來，她現在心裡有事、情緒緊繃。最後，她終於在烤豬區的一塊空地停下腳步。

她靠在高大的木桿上，拿出手機。我突然發現，她不只是心裡有事，而且看起來好絕望。她在傳簡訊給誰？亞里莎嗎？

我的手機也嗶了一聲，我連忙後退，遠離她的視線範圍。原以為是我媽或盧克還是丹尼傳簡訊給我，結果卻是唐群。

嗨，貝卡。我問一下，蘇西還好嗎？

我氣憤地看著手機。不，她一點都不好！一點都不好！我用力按下唐群的號碼，又往後退了幾步，走進一個擺滿自製果醬的攤位。

「貝卡？」唐群接到我的電話似乎很驚訝。「還好嗎？」

「唐群，你知道我們現在是什麼情況嗎？」我幾乎是用吼的。「蘇西情緒非常沮喪，我們在鄉村園遊會等著找一個人，我媽完全不知道我爸在幹嘛……」

「你們不會還在追這件事吧？」唐群似乎很驚訝。

「當然是！」

「拜託，你們就不能尊重他的隱私嗎？」唐群聽起來好生氣。「就不能相信他嗎？」

我愣住了。我沒想過這一點，頓時覺得自己被罵了，接著我的怒火再次回升。這兩個傢伙就這樣跑去做他們要做的事，以為自己好酷好偉大。那我們這些被拋在後頭、以為他們已經喪命的人怎麼辦？

「那他就不能相信我媽嗎？」我憤怒地反駁。「你就不能相信蘇西嗎？你們是夫妻！有什麼事情都應該告訴對方！」

一陣沉默。我知道我講到重點了，我很想多說幾句，很想大喊：你們要幸福！要和蘇西幸福地在一起！

可是我不能插手其他人的感情，這種事就像踩進雲霧裡，一進去就什麼都看不到，要旁觀者清。

「總之，妳不要再跟著我們了。」唐群沉默片刻後說。「我們三個分開走了，沒什麼好跟的。」

「你們分開走了？」我瞪著電話。「這是什麼意思？」

「我們各自分頭行進，我去幫妳爸……」他遲疑了一下。「處理一些事情。他自己也有事情要處理，布萊斯不知道去哪了。」

「布萊斯消失了？」我震驚。

「昨晚走的，不知道去哪。」

「是喔。」我一下子不知所措；原來布萊斯根本沒有把唐群騙進他的詭計、沒有洗腦也沒有撈到唐群的錢，更沒有向唐群推銷分時度假，他就跑了。

「貝卡，回洛杉磯吧。」唐群似乎知道我在想什麼。「不要再找我們了，回去吧。」

「可是我們也許可以幫忙。」我堅持。「你們要做什麼？到底發生什麼事？」

讓我們參與！我好想大叫。拜託！

「我們不需要幫忙。」唐群口氣堅決。「跟蘇西說我沒事，我要幫妳爸，我已經……已經很久沒有覺得自己這麼有用了。這件事我非做不可，我不需要妳或蘇西的幫忙。拜，貝卡。」

他說完就掛上電話。我這輩子從來沒有覺得這麼無助過，好想沮喪地大叫或用力踹個木桶。

結果用力踹木桶並沒有讓我心情變好（因為我穿夾腳拖而且木桶好硬）；學電影演的一手

握拳敲另一手的掌心也無濟於事（我本來就對拳擊沒什麼興趣，現在更沒有；我自己打自己的手都覺得痛了，如果是別人打，而且還不能叫對方住手一定更痛）。

我發現，唯有跟蘇西說話才能讓我心情變好。我要告訴她唐群打來了，讓她知道唐群很安全、沒有被布萊斯影響。這件事很急，我要勇敢，不能閃躲逃避。

可是，一走出自製果醬區我就開始緊張了。蘇西一臉戒備，很像同時守護著小獅子、全家糧食和皇室珠寶的母獅。她右手緊握著手機，眉頭緊皺、眼神飄忽，繞著空地踱步。

我正在心裡演練怎麼輕鬆地開口跟她聊——哇！蘇西，竟然在這裡遇到妳，她卻突然停下腳步，站在原地警戒觀察，彷彿在等待。她在等什麼？

沒多久我就看到她在等什麼了。看到那個朝她走去的人，我大聲驚呼，嚇得差點暈倒。不可能！這一定是我的幻覺，我一定是看錯了。可是那個步伐輕快的高大身影很難認錯。

是布萊斯。

他竟然出現在荒野鄉村園遊會？

我嘴巴開開看著他朝蘇西走去，他穿著破邊短褲和夾腳拖，看起來還是那麼地健康帥氣、一派輕鬆自得的模樣，與蘇西的焦急截然不同。不過看到他蘇西似乎沒有很意外，他們顯然事先有約好，可是……怎麼會這樣？

怎麼會呢？

蘇西怎麼會跟布萊斯約見面？怎麼會這樣？

我們一直在找布萊斯，不知道他在謀劃什麼？一直在討論他、想要搞清楚他在想什麼，幾乎把他當成連續殺人犯了。結果蘇西一直都有在跟他聯絡？

我心裡好困惑，好想大喊：為什麼？妳給我解釋！我好想衝過去說：妳怎麼可以這樣！

可是我只能默默地看著他們進行我聽不到的對話。蘇西防衛性地雙手抱胸，言詞簡短、砲火十足；布萊斯則一如往常悠閒淡定，就差沒拿出一顆排球拍打。

最後他們似乎終於達成共識。布萊斯點點頭，伸手按住蘇西的手臂，蘇西用力甩開，力道之大連我都嚇一跳。布萊斯聳肩彷彿覺得玩味，接著又大步穿過人群離開，留下蘇西獨自在原地。

她頹然在一旁的裝飾乾草堆上坐下，低垂著頭，沮喪的模樣吸引了幾名路人的微微關注。她看起來好恍惚，我不太敢打擾她；我猜，如果她發現我看到她和布萊斯在一起，對我的敵意只會更強烈。

可是我必須去找她，這牽涉到的已經不只是我們的友誼，事關重大。

我堅決地邁開腳步，一步步向前，等她抬頭；她全身肌肉緊繃，如困獸般地用力撇頭，眼神慌亂彷彿要確認有沒有其他人跟著我，確定我獨自一人後，視線才逐漸回到我身上。

「蘇西……」我開口說，可是我的聲音好沙啞，也不知道該怎麼說。

「妳有……」她嚥了嚥喉嚨，似乎說不出口。我點頭。

「蘇西——」

「不要說。」她雙眼通紅、語氣顫抖地打斷我的話。我突然發現，她看起來氣色好差，因為擔心而氣色差，不是因為擔心唐群的安危，而是有其他事情，其他她瞞著我們的事情。

我們默默地互望許久，彷彿在進行一場沉默的對話。

妳應該跟我說的。

我知道。

情況變得很糟糕。

沒錯。

我們一起解決吧。

我看得出來，蘇西正漸漸放下防衛心。聳起的肩膀緩緩放下，下巴放鬆。她終於正眼看我，她好久沒有正眼看我了，絕望的表情讓我難過地心一揪。

除了這些還有其他變化，我們之間的平衡似乎有些改變。印象中每次都是我惹麻煩，然後蘇西幫我解決，我們之間一直都是這樣。現在情況卻逆轉了，我不知道到底怎麼了，只知道蘇西現在有大麻煩。

我有一大堆問題想問她，可是我覺得她需要先冷靜下來。

「走吧。」我說。「我知道現在還早，可是我不管，我們需要喝一杯。」

我帶著她走進龍舌蘭品酒區，她垂頭喪氣地乖乖跟著我走。我點了幾杯龍舌蘭，遞給她一杯，接著一臉嚴肅地正對著她說：「蘇西，告訴我，妳和布萊斯到底是怎麼一回事？」

當然，一看到她的表情我就知道了。

其實，我一看到布萊斯出現就差不多明白了，但她的表情在我心頭上插了一刀。「蘇西，妳該不會？」

「我沒有！」她一副被我痛罵的樣子。「不算是……」

「什麼叫做不算是？」

「我……我們……」她張望四周。「要不要換個地方坐？」

「蘇西，直接說吧。」我喉嚨哽咽。「妳是不是對唐群不忠？」

我突然想起他們的婚禮上，蘇西容光煥發的美麗模樣。當時的她和唐群滿懷希望和嚮往，當時我們都滿懷著希望和嚮往。

好啦，唐群有時候是有一點怪，衣著品味也有些古怪，對音樂的品味也是，其實各方面都是，可是他絕對不會背著蘇西亂來，絕對不會。光想到如果他知道會有多難過，我的眼淚就開始在眼眶打轉。

「我……」她的手在喉嚨處揮舞。「怎麼樣算不忠？親吻算嗎？」

「你們只有親吻嗎？」

「不完全是。」

「有——」

「沒有！」她遲疑。「不算有。」

一陣沉默，我想像各種可能發生的情況。

「妳動過那樣的念頭嗎？」

又是一陣漫長的沉默，突然間蘇西的眼眶也含淚。

「有。」她有些彆扭地說。「有，我有想。我受夠了，唐群心情很差、在英國的日子很難受，布萊斯卻朝氣蓬勃……就像……」

「像性感男神。」

我還記得蘇西和布萊斯第一次見面的情景，當時我就覺得他們之間有火花，只是我沒有料到……

這件事證明我警覺性不夠。沒錯，就是這樣，我再也不敢隨便相信別人了。說不定每個人都有外遇，只是我沒有發現。

「沒錯。」蘇西說。「他很不一樣，對一切都好有自信。」

「那你們是什麼時候……」我努力回想。「妳又不常去靜安中心……都是在晚上嗎？」

「不要問我什麼時候！」蘇西痛苦地大喊。「不要問我確切的日期時間和地點！這就是一場錯誤，好嗎？我現在知道自己錯了，可是已經來不及了，他有我的把柄。」

「什麼叫做他有妳的把柄，這是什麼意思？」

「他要錢。」蘇西直接說。「很多錢。」

「妳沒有給他吧？」我瞪著她。

「我還能怎麼辦？」

「蘇西！妳不能給！」我快嚇暈了。「一毛都不能給！」

「可是他會告訴唐群！」蘇西淚流滿面。「到時，我們的婚姻就結束了……孩子他們……」她看著酒杯。「貝卡，我的人生完蛋了！我不知道該怎麼辦？我好寂寞，沒有人可以說。」

我心痛得一揪。好吧，其實是激動得揪心、氣得揪心。

「妳可以告訴我啊！」我努力保持冷靜而不是心痛激動或生氣。「蘇西，妳的祕密可以跟我說。」

「我沒辦法！妳和盧克感情那麼好，妳絕對不會瞭解。」

什麼？她怎麼可以這麼說？

「我們在洛杉磯時差點就分手了！」我反駁。「我們大吵一架、盧克回英國，我甚至不知道他還會不會回來。所以我覺得，如果妳有給我機會的話，我應該可以理解。」

「喔。」蘇西擦了擦眼淚。「嗯……我不知道你們的情況有那麼糟。」

「我有試著要告訴妳，可是妳把我排拒在外！根本就不想聽！」

「是妳把我排拒在外！」

我們氣呼呼地看著彼此，雙頰泛紅、手裡緊握著酒杯。我有種終於撥開層層的束縛，對蘇西說出心底話的感覺。

「蘇西，也許我曾經把妳排拒在外。」我脫口而出。「也許我在洛杉磯時做得不好，可是妳知道嗎？我說過好多次抱歉，陪妳跑這一趟，我盡力了……妳卻連看都不看我；不跟我說話、不願意和我眼神交會，只會批評我，妳只在乎亞里莎。我不是妳朋友嗎？」想到過去受的傷，我突然熱淚盈眶。「蘇西，我不是妳朋友嗎？」

「我知道。」她看著酒杯低聲說。「我知道妳是。」

「那妳為什麼這樣對我呢？」我抹去臉上的淚水。「不是我亂講，盧克也有發現。」

「天啊。」蘇西看起來更痛苦了。「我知道我的行為非常糟糕，可是我不敢看妳。」

「為什麼？」我心裡很激動，幾乎是用吼的。「為什麼不敢看我？」

「因為我知道妳一定會猜出來！」她大喊。「貝卡，妳太瞭解我了。亞里莎不瞭解我，我跟她在一起的時候可以裝。」她哭著抬起頭，是真的哭；臉頰脹紅、鼻涕狂流。「我瞞不過妳。」

「妳和布萊斯的事就瞞過我了。」我指出。

「那是因為我在躲妳。天啊，貝卡。」蘇西緊抓著頭髮。「我已經痛苦很久了……早知道一開始就告訴妳……」

我從來沒見過蘇西這麼悲慘的樣子：整個人萎縮、原本的熱情洋溢完全消失，苦喪著臉，接髮底下的髮絲一片油膩。

「貝卡，如果我的婚姻結束了怎麼辦？」她哽咽，聽得我心裡一陣懼怕，胸口一窒。

「不會的，蘇西，不會有事的。」我伸手抱住她。「不要哭，我們一定可以想出辦法。」

「我真是笨。」蘇西大哭。「我好笨，對不對？」

我沒有回答，只是緊緊抱住她。

我也做過蠢事，也曾經為此付出代價，可是蘇西一直都很支持我，從來沒有說過難聽的話或罵過我。所以我也要這樣對她。

我們就這樣坐著，沉浸在墨西哥音樂裡。我想起一開始和蘇西的相處出問題時，以為都是自己的錯，以為是因為我只關注自己的事，從來沒有想到她也有她的問題。

「天啊！」我赫然驚覺。「所以妳才那麼焦急要把唐群和布萊斯拉開，以免布萊斯告訴他。」

「這是一部份原因。」蘇西承認。

「等等，」我微微倒抽一口氣。「所以妳用洗腦當藉口？」

「沒有！我是真的很擔心唐群！」蘇西反駁。「他當時真的很脆弱，布萊斯又那麼壞、那麼擅長操控人——」她停下來深呼吸一口氣。「他為了錢可以使出各種手段；一開始他以為唐群很有錢，所以找上唐群；後來他發現我也很有錢，所以又……總之，」她遲疑了一下。「他後來找上我。」

「妳明知道不可以給他錢。」蘇西沒有反應。我嚴厲地看著她。「蘇西，妳很清楚，對不對？妳跟他說了什麼？」

「我跟他約晚上七點見面給他錢。」蘇西含糊地說。

「蘇西！」

「不然我還能怎麼辦？」

「只要給他一次錢，他就會一直控制妳。絕對不要向勒索屈服，這是常識。」

「可是如果他告訴唐群怎麼辦？」蘇西放下空酒杯，再次伸手抓頭髮。「貝卡，如果我真的搞砸了怎麼辦？如果我和唐群分開，孩子們怎麼辦？」她的聲音在顫抖。「我毀了自己的人生……」

一名墨西哥樂手微笑走來，在蘇西面前搖沙鈴，還問她要不要搖，可惜他挑錯人了。

「不要來煩我！」蘇西大吼。沙鈴男嚇一跳，後退離開。

我們默默地坐了一會兒。我的頭有點暈，剛才喝的龍舌蘭只是頭暈的一小部份原因，其他還包括我想問蘇西的一堆問題，例如誰先開始的？什麼叫做「不算有」？可是我不能現在問，眼下最重要的事情是如何擺脫布萊斯。

「蘇西，唐群不會離開妳的。」我突然說。

「為什麼不會？我都想離開我自己。」她抬起頭，眼神痛楚。「我有時候真的很難相處；我對他發脾氣、說了很多難聽的話……」

「我知道。」我尷尬地說。「他有跟我說。蘇西，我有件事要告訴妳，我有跟唐群聯絡，可是沒跟妳說。」

她眼神閃了一下，神情震驚，長長呼了一口氣。有一瞬間我以為她會罵我，結果她只是呼氣，憤怒地情緒消退。

「好。」她最後說。「我就知道，他是不是還說『我太太很機車』？」

「沒有！當然沒有！」我努力思考如何婉轉表達唐群的意思。「他說……嗯……你們之間出了點問題。」

「問題！」她苦笑一聲。

「蘇西，聽我說。」我著急地繼續。「情況其實還好，唐群比妳想的堅強。他和我爸分道揚鑣，他在幫我爸的忙，聽起來很積極。我不覺得他有被布萊斯洗腦。我想他在洛杉磯時那麼頹廢是因為……其他的事情。」

「因為我。」

「不只是妳，整個狀況都不對。可是他現在離開了……他覺得自己是個有用的人……我覺得他情況變好了。」

蘇西默默思考了一會兒。

「唐群很欣賞妳爸。」她最後說。「他一直很想要有妳爸這種父親。」

「我知道。」

「他有說他們要做什麼嗎？」

「當然沒有。」我翻白眼。「他要我回洛杉磯，給我爸一點私人空間。」

「也許他說的沒錯。」蘇西把腳放到高腳椅上，雙手抱膝坐著。「其實我也不知道我們到底在幹嘛？」

我猜這是那種不需要回答的問題，所以我默默喝著我的龍舌蘭，沒有回答：「因為妳說要來找唐群所以我們就來了。」

「我覺得自己狀況很不好。」蘇西突然說。「卻把氣出在妳身上。」

「沒有啦。」我不自在地聳肩。

「我有。」她睜著大眼，難過地望著我。「我表現得超令人討厭，妳竟然還想跟我說話。」

「嗯……」我猶豫了一下，不知道該說什麼。「妳是我朋友，我在洛杉磯的表現也很討厭。我們都一樣討人厭。」

「我更討厭。」蘇西強調。「因為我同時也想讓妳愧疚，我這是在幹嘛？我在幹嘛？」她沮喪地愈說愈大聲，眼淚再次湧出，滑落臉龐。「簡直就是一團混亂。從我到洛杉磯開始，就是為了逃離英國沉悶的生活，可是我現在願意付出一切只求……」她說到一半就停了下來擦眼淚。「我願意付出一切……」

「妳可以重拾過去的生活，可是首先妳不能給布萊斯錢。」

蘇西沉默地擰著手。

「可是如果他告訴唐群怎麼辦？」她最後說。

「妳不能等到那時候。」我強迫自己說出我認為正確的處理方式。「蘇西，妳要自己跟唐群說，要盡快。」

她望著我，氣色差到了極點。感覺好像過了半個小時，她才終於點頭。

我心裡幾乎和蘇西一樣不舒服。這些年來，我向盧克坦承過不少糟糕的事情，例如我沒先跟他說就上網拍賣掉他的六個Tiffany鐘；可是賣鐘和親吻別的男人怎能相提並論。

而且，我說「親吻」只是為了不讓蘇西那麼難堪，因為他們顯然不只是親親而已。（可是她還是不肯告訴我到底進展到哪個程度。我是成熟的大人，總不能要她畫圖給我看，只好自己想像了。）

（算了，還是不要好了，噁。）

我們說好由我撥電話，通了再拿給她。我心跳飛快地按下速撥鍵。

「唐群！」他一接起電話，我急忙說，「聽我說，你現在好好跟蘇西談，如果你不談，我以後再也不跟你說話了，等我告訴我爸，我爸也不會再跟你說話。這太誇張了，你不能一直打給我卻不跟蘇西說；她是你太太，她有很重要的事要跟你說。」

電話那頭一陣沉默。「好，讓她講。」唐群說。坦白說，他口氣聽起來有點後悔。

我把電話拿給蘇西，退到一旁。我本來還想著蘇西會要我陪她，這樣我就可以把耳朵貼在電話上聽唐群怎麼說，可是蘇西說她想私下跟他談。

老實說……這是她的婚姻沒錯，可是我想說我可以幫很多忙，例如幫她壯膽，或是在她詞窮時幫忙提示等。

算了，沒關係。她走到帳篷外講，我坐在墨西哥樂團旁喝健怡可樂，稀釋剛才喝的龍舌蘭。幾分鐘前，一名披著南美風斗蓬的男子拿鈴鼓給我，他看起來好熱情，我不忍心拒絕，只好拿起來搖，用我覺得還算流利的西班牙語唱歌（「啊嘿呀—啊嘿呀—啊嘿呀—啊嘿呀！」），一邊讓自己不去想唐群和蘇西站在離婚法庭上的模樣。突然間，蘇西回來了。

我的心猛然一跳，放下手上的鈴鼓。她站在帳篷入口處，脹紅著臉、呼吸急促，似乎受到很大的驚嚇。

「發生什麼事？」她朝我走來時，我試探性地問。

「貝卡，我們莊園的樹。」她慌張地說。「那些樹，妳對那些樹有任何印象嗎？」

什麼樹？她在說什麼？

「嗯，不記得。」我小心地答。「我對樹沒什麼瞭解。蘇西，說清楚一點。怎麼了？你們談得怎麼樣？」

「我不知道。」她淒涼地說。

「妳不知道。」我瞪著她。「妳怎麼會不知道？他說什麼？」

「我們談了，我告訴他了。他一開始還不太懂我的意思……」她揉著鼻子說。

好，我可以想像這段對話的內容：蘇西說，唐群，我發生一件很慘的事。結果唐群以為她的睫毛膏不見了。

「妳真的有跟他說嗎？」我厲聲質疑。「他真的知道發生了什麼事嗎？」

「知道。」她哽咽。「他最後終於聽懂了，收訊不是很好……」

「然後呢？」

「他非常震驚，我還以為他可能有猜到……但他並沒有。」

真是的。這可是唐群，他當然猜不到。只是蘇西講得正激動，所以我並沒有把這句話說出口。

「我一直道歉，說事情沒有他想像得那麼糟。」蘇西哽咽。「我不可能、不可能真的跟布萊斯怎麼樣，結果他說，所以他應該要感謝我嗎？」

我在心裡默默想著，說得好啊，唐群。不過，我也覺得蘇西說得很好。就法律上的定義來說，她又沒有真的外遇，是吧？

（這有法律上的定義嗎？我要來問盧克，他一定知道。）

（算了，不要問盧克好了，不然他會懷疑我幹嘛問這個，可能產生各種誤會，我現在最不需要的就是誤會。）

「總之，最後我說，我們需要盡快見面好好談談。」蘇西語氣顫抖。「他說不要。」

「不要？」我張大嘴巴看著她。

「他說他要先去幫妳爸做一件很重要的事，不想被打斷，後來訊號就斷了。所以……」蘇西聳肩，似乎不太在乎，可是我看得出來，她的手不安地握緊又放鬆、握緊又放鬆。

「結果你們的對話就這麼結束了？」我不可置信地說。

「對。」

「所以妳還是不知道現在情況怎麼樣？」

「不太清楚。」她在我隔壁的吧臺椅上無力地坐下，我有些呆滯地看著她；這樣一點都不對，打電話給先生坦白承認錯誤的意義，就是兩個人把事情講清楚，結果不是分開就是和好。

不是這樣嗎？

唐群的問題就是他不看電視，所以他根本不知道怎麼處理這種事情。

「蘇西，妳要買一些影集。」我熱心地建議。「不然唐群沒得參考。」

「我知道，他都沒有說我本來以為他會講的話。」

「他有說他需要一點空間嗎？」

「沒有。」

「那他到底說了什麼？」

「他說，他可以理解我為什麼會被布萊斯吸引，他也被布萊斯迷住……」

「沒錯。」我點頭。

「……可是我們姓克利斯—斯圖亞特，克氏子孫不會妥協，不成功便成仁。」

「不成功便成仁？」我皺起臉。「他講這是什麼意思？」

「我不知道！」蘇西哀嚎。「他沒有講清楚，然後又開始提萊瑟比堡裡的那棵很有名的老樹──『貓頭鷹瞭望塔』。」她又出現剛才受驚嚇的眼神。「妳知道那些老樹都有名字嗎？」

我知道，蘇西家的客房有一本介紹這些老樹的手冊，我曾經想拿起來讀，可是每次才看到「一八七三年亨利・克利斯—斯圖亞特爵士從印度帶回樹種」就睡著了。

「談樹是好事！」我高聲說，以示鼓勵。「這是好現象，表示他希望你們的婚姻可以持續。蘇西，如果他提到樹，我覺得你們不會有事。」

「妳不懂！」蘇西再次哀嚎。「我不知道『貓頭鷹瞭望塔』是哪一棵！我們有幾百萬棵樹都叫貓頭鷹什麼的，有一棵很有名的被閃電擊中後枯死了，說不定他講的是那一棵。」

「天啊。」我看著她，漸漸失去信心。「真的嗎？」

「也許唐群的意思是，布萊斯是那道閃電，擊中我們的婚姻，只剩焦黑還冒著煙的樹根。」蘇西的聲音在顫抖。

「也可能不是。」我反駁。「也許貓頭鷹瞭望塔是棵健康的橡樹，經歷多次考驗與磨難仍屹立不搖。妳沒有問他是哪一棵嗎？」

蘇西看起來更痛苦了。

「我不敢說我不知道。」她小聲說。「唐群常說我應該更關心莊園裡的樹。我去年跟他說，我跟著總管園丁巡視了一圈，非常有趣。」

「妳真的有去嗎？」

「沒有。」她掩面小聲說。「我去騎馬了。」

「我先問清楚一件事。」我把鈴鼓放到吧臺上，手上拿著鈴鼓很難思考。「唐群以為，基於你們對家族老樹共同的愛，妳應該會聽懂他話裡的意思。」

「對。」

「可是妳根本就不知道他在說什麼？」

「是。」

真是的，這就是住在充滿詩情畫意標誌物的莊園宅邸裡的壞處。如果他們住在只有一棵蘋果樹和灌木樹籬的普通房子，就沒有這麼多亂七八糟的事情。

「好。」我語氣堅定。「蘇西，妳要先問清楚『貓頭鷹瞭望塔』是哪一棵樹；打給妳爸媽、打給妳公婆、打給妳的總管園丁……誰都可以！」

「我已經打了。」蘇西說。「我有傳訊息給他們。」

「那現在怎麼辦？」

「我不知道，等吧。」

怎麼會這樣？蘇西的婚姻是否還存在要由一棵樹來決定？這他媽的太唐群了。

不過，事情本來還可能更糟，譬如唐群會以為她很熟華格納歌劇的情節。

蘇西起身，咬著手指在原地踱步，每兩秒就看一次手機。她的眼神慌亂無助，一直在喃喃自語。「是那棵栗子樹嗎？還是那棵大梣樹？」再這樣她會把自己逼瘋。

「蘇西，聽我說。」我想拉住她的手臂，結果沒有拉到。「冷靜一點！妳現在什麼都不能做，先想想別的事。蘇西，拜託妳，我們去逛園遊會好不好？」我懇求，同時再次伸手想拉住她。「這段時間妳壓力很大，這樣對妳不好，妳的血管裡現在都是腎上腺素和皮質醇，這些都是毒！」

這是我在靜安中心學到的；我報了「減壓」全系列課程，如果不是我每次都上完瑜珈課才匆匆趕去、上課遲到，結果整堂課都靜不下心來，效果應該會更好。（其實我覺得如果我沒報這門課，可能壓力還不會那麼大。）

「好吧。」蘇西邊踱步邊說。「也許我是應該轉換一下注意力。」

「沒錯！我們還有很多時間才要去陶藝區輪值，先去逛逛轉移注意力吧！」

「好。」蘇西停下腳步，眼神卻依然慌亂。「妳說的沒錯，那我們要做什麼？不知道能不能借匹馬、報名一些活動，我從來沒參加過牛仔馬術競技。」

牛仔馬術競技？她瘋了嗎？

「呃……可能可以！」我小心翼翼地說。「我本來是想到處晃晃、看看展示而已，妳知道這裡有雞嗎？」

蘇西對雞一向很有愛（這比喜歡豬讓我更難理解）。我翻開導覽手冊，正準備跟她說有哪幾個品種時，她眼神一亮。

「我知道。」她抓住我的手臂，帶著我大步離開。「我想到了。」

「要去哪？」我掙扎。

「等一下妳就知道了。」

蘇西看起來好堅決，沒必要跟她爭，至少她沒有像個瘋女人一樣一直咬指甲了。我們繞過美食區、穿過家畜區、經過創意村。（其實我們經過兩次，我覺得蘇西有點迷路，只是她不會承認。）

「到了。」蘇西最後在某個標示「足下功夫」的帳篷前停了下來，裡頭的音響正在播放經典老歌〈我甜蜜的家鄉阿拉巴馬〉[13]。

「這是哪裡？」我茫然地問。

「來買靴子。」蘇西說。「既然來參加道地的鄉村園遊會，就要穿道地的牛仔靴。」她拉著我走進去，我聞到一股濃濃的皮革味，濃到我過了好一會兒才看清楚眼前驚人的展示。

「天啊。」過了一陣子我才結結巴巴地說。

「這真的是……」蘇西似乎和我一樣驚訝。

我們挽著手，抬頭敬畏地看著，彷彿望著聖殿的朝聖者。

我看過牛仔靴特賣會，還看過很多次，這裡一櫃、那裡一櫃。可是我從來沒看過這樣的：

13 〈Sweet Home Alabama〉。

高聳的靴架直逼帳篷頂端，每個架子大概有十五層，每一層都排滿了靴子；有咖啡色、黑色、粉紅色和淺綠色的靴子。有些靴子鑲了水鑽，有些有刺繡，有些又鑲鑽又刺繡。有個牌子寫著「奢華款」，底下有一雙嵌入蟒蛇皮紋的白色靴子標價五百美元；還有一雙淺藍色鴕鳥皮的靴子標價七百美元；另一雙黑色的過膝靴標示「最新流行」。可是坦白說，看起來有點怪。

這一切太讓人眼花撩亂，我和蘇西都說不出話來。蘇西脫下她在柯芬園買的咖啡色舊牛仔靴，套上架上一雙粉紅色與白色相間的牛仔靴，搭配她藍色牛仔褲和金髮，好好看。

「妳看這雙。」我拿了一雙兩側鑲鑽的裸色靴子給她。

「好美。」蘇西的驚嘆聲充滿渴望。

「這雙呢？」我找到一雙黑色和深咖啡色相間、非常亮眼的的皮靴，充滿馬鞍濃郁的氣味。「冬天穿？」

這就像吃巧克力，每一雙都比前一雙更誘人、更美味。我在二十分鐘內丟了好多雙靴子給蘇西，看著她試穿。她腿好長，還一直甩頭髮說：「真希望焦糖在這裡。」

（『焦糖』是她最新養的馬，如果她真的想去參加牛仔馬術競技，我只能說還好焦糖不在這。）

最後她終於縮小範圍，剩下裸色的鑲鑽靴和一雙有精緻白色刺繡的黑色靴，我猜她兩雙都會買。

「等等，」她突然抬頭。「貝卡，妳呢？怎麼都沒試穿？」

「喔。」我嚇一跳。「我沒有很想。」

「沒有很想？」蘇西困惑地看著我。「妳是說不想試穿嗎？」
「大概吧。」
「完全不想嗎？」
「嗯……也不是。」我指著那兩雙靴子說。「妳繼續啊。」
「我不想繼續。」蘇西似乎有點洩氣。「我想幫我們各買一雙，我想補償妳、跟妳和好，可是如果妳不想試……」
「我想！當然好啊！」我連忙說。
我不能讓蘇西傷心。可是之前那種奇怪、糾結的感覺又出現了。我壓下心裡的怪異，從最近的架上拿起一雙靴子試穿，蘇西遞一雙襪子給我。
「這雙不錯。」我套了上去。咖啡色的靴身襯黑色的雷射切割圖案，很合我的腳。「尺寸也剛好。好，就這雙。」我勉強微笑。
蘇西穿著襪子站著，手上拿著兩雙靴子，瞇起眼睛瞪我。
「這樣就好了？」
「呃……對。」
「妳不多試幾雙嗎？」
「嗯……」我看了一下，想要找回以前的感覺。靴子！我告訴自己。蘇西說要送我靴子！太好了！
聽起來好假。蘇西試穿時我為她感到興奮，可是換成我，不知道為什麼感覺就不一樣。為了表示我很樂意，我很快地拿起一雙藍綠色的靴子，把腳套進去。「這雙也不錯。」

「不錯？」

「我的意思是……」我想著要怎麼說比較好。「很美，這雙很美！」我點頭，勉強裝出感興趣的樣子。

「貝卡，不要這樣！」蘇西突然很苦惱。「正常一點！興奮一點！」

「我很興奮！」我反駁。可是其實連我自己都知道，這話騙不了人。

「妳怎麼了？」蘇西看著我，臉部因激動而發紅。

「沒事！」

「妳有！妳變得好奇怪！變得好——」她突然停了下來。「等等，貝卡，妳是不是有欠人家錢？沒關係，我付——」

「沒有，我難得一次沒有欠錢。我只是……」我揉著臉。「只是不太想買東西了，就這樣而已。」

「只是不太想買東西？」蘇西砰一聲，丟下手上的兩雙靴子。

「只有一點點。只是不太想買自己的東西，我還是很喜歡買東西給米妮，還有盧克……妳買雙靴子給自己吧！」我對她微笑。「我下次再買。」我撿起她剛才丟下的靴子。「這雙好看。」

她不為所動，關心地看著我。

「貝卡，妳怎麼了？」她最後說。

「沒事。」我立刻回答。「我只是……妳也知道，最近壓力有點大……」

「妳好像很沒活力。」她緩緩說。「我之前只關心自己，沒有——」她停了一下。「沒有關心妳。」

「沒有什麼好關心的。妳看，我很好啊。」

一陣沉默，蘇西依然一臉關心地看著我。接著靠過來抓住我雙手，正眼看著我。

「好，貝卡，那我問妳，此時此刻妳最想要什麼？不一定是物品，也可能是某種體驗、假期、工作，或理想……什麼都可以！」

「我……嗯……」

我努力喚起心裡的渴望。可是好奇怪，好像那個地方現在是空的。

「我只想要……想要大家都身體健康，」我很沒說服力地說。「世界和平之類的。」

「妳狀況不對。」蘇西放開我的手。「我不知道妳怎麼了。」

「什麼？就因為我不想要牛仔靴嗎？」

「不是！是因為妳變得沒有動力了。」她沮喪地看著我。「妳一直都有一種……有一種能量、有活力，怎麼不見了？妳現在對什麼有熱情？」

我沒有說話，心裡卻開始膽怯。上一次我對某件事有熱情時，差一點賠上我所有的親密關係。

「不知道。」我聳肩，迴避她的目光。

「妳想想看，妳想要什麼？貝卡，妳要老實說。」

「嗯。」我停頓了許久才說。「我覺得……」

「什麼？貝卡，告訴我。」

「好。」我不自在地聳肩。「我覺得我最想要再生一個，可是到現在都沒有消息，可能永遠也不會有消息，可是沒關係，」我清了清喉嚨。「這不是什麼大事，沒有關係。」

我抬頭看到蘇西哀傷地望著我。

「貝卡，妳從來沒提過，我不知道妳有這樣的念頭。」

「我是不想拿出來一直講。」我眼珠轉了轉，挪動腳步。我不想被同情。早知道就不要提這件事。

「貝卡——」

「不要說了。」我搖頭。「真的沒關係。」

我們沉默地走了一下，走進隔壁帳篷，裡頭的桌子上擺滿了各式皮革飾品。

「那……你們回去之後要去哪？」蘇西最後說，似乎終於把整件事情好好想清楚。「盧克要回英國嗎？」

「對。」我點頭。「這趟旅程結束我們就要打包回去。我可能會在英國找工作，只是不知道能不能找到；妳也知道，現在工作不好找。」我拿起一條麻花辮皮帶，茫然地看了看又放回去。

「真希望妳有當上好萊塢名人造型師。」蘇西遺憾地說。我因為太震驚，身體一歪，倒向桌子。

「妳才沒有！妳還因為這樣責怪我！」

「那個時候是。」蘇西咬唇。「可是我好想在大螢幕上看到妳的名字，我一定會覺得很驕傲。」

「算了，都過去了。」我表情堅定地把頭撇開，現在想到這件事還是很難過。「反正回去也沒工作了。」

「妳可以回英國再重新開始啊，一定不難！」

「可能吧。」

我走到另一攤，避開她審視的目光，我不想被蘇西看破我的保護殼。我心裡還是很受傷，我猜她也有感覺到，因為等她走來時，只有說：「妳想買一條嗎？」

她拿起一條用葡萄酒瓶塞裝飾、超難看的皮項鍊。

「不想。」我堅決地說。

「還好。如果妳想買，我就擔心了。」

她的眼神充滿笑意，我忍不住莞爾。我好想念蘇西，以前的蘇西。我好想念我們以前的模樣。

長大為人婦、為人母當然很好，感覺人生很充實、很快樂。可是有時候，我只想在週六晚上喝醉酒，看老電影《熱舞十七》，把頭髮染成藍色。

「蘇西，妳還記得以前我們還沒結婚，住在一起的時候嗎？」我突然說。「有一次我說要煮咖哩給妳吃？那個時候婚姻離我們還好遙遠，更別說生小孩了。」

「或是搞外遇。」蘇西沉重地說。

「不要想這件事！我只是在想……婚姻跟妳當初的想像一樣嗎？」

「不知道。」她思索了一會兒才說。「不是很像。妳呢？」

「我沒想到會這麼複雜。」我坦承。「我爸媽讓婚姻看起來好簡單：週日中午的家庭聚餐、打高爾夫球、雪利酒……一切看起來好平靜、好有秩序、好清楚。可是妳看看他們現在、看看我們，好複雜。」

「妳還好，」蘇西立刻說。「妳和盧克很好。」

「我相信妳和唐群也會很好。」我用我最堅定的口氣說。

「那我們呢？」蘇西一臉不安。「貝卡，我對妳很差勁。」

「妳沒有！」我連忙說。「我的意思是……我們……只是……」

我脹紅了臉，沒把話說完。我不知道該說什麼？蘇西現在態度親切又友好，可是等亞里莎回來之後呢？會不會又把我排除在外？

「友誼也會隨時間改變。」我勉強。「隨便啦。」

「改變？」蘇西聽起來好震驚。

「嗯，妳也知道，」我尷尬地說。「妳現在跟亞里莎比較好……」

「我哪有！天啊……」蘇西閉上眼，一臉痛苦。「我太過份了！我覺得好內疚……不是這樣的，我不是故意表現得那麼討厭。」她睜大她的藍眼睛。「貝卡，亞里莎不是我最要好的朋友，她絕對不可能變成我最要好的朋友：妳才是！至少……我希望妳還把我當成好友。」她轉身面對面看著我，眼裡滿是焦慮。「是嗎？」

我喉嚨哽咽，看著她熟悉的臉龐，感覺胸口有個結被解開了，某種已經痛太久，甚至有點習慣的感覺消失了。

「貝卡，是嗎？」蘇西又問了一次。

「如果我淩晨三點打電話給妳……」我的聲音突然變得很小。「妳會接嗎？」

「我會馬上過去。」蘇西直接了當地說。「我馬上過去，不管妳需要什麼，我都會去做。」她眼裡突然閃起淚光。「我不需要問妳會不會為我這麼做，因為每次我有困難妳都會來，妳都在。」

「可是在這裡不是淩晨三點。」我很公平。「大概是晚上八點。」

「一樣。」蘇西推我，我大笑，其實我更想哭。失去蘇西讓我覺得失去重心。現在她又回到我身邊，我覺得她應該是回到我身邊了。

我邁開一步，試圖平撫自己的心情，接著突然心血來潮，拿起一條用啤酒瓶蓋裝飾、很難看的皮革手環（比剛才那條用軟木塞點綴的項鍊更難看）給蘇西看。「這條很適合妳。」

「真的嗎？」蘇西眼神閃亮。「妳戴這條一定非常好看。」她拿起一條綴滿亮晶晶假葡萄的髮帶說。我們倆放聲大笑，我正在找桌上還有什麼更難看的飾品時，突然瞄到一個熟悉的身影朝我們走來。

「嗨，盧克！」我揮手。「這邊！媽那邊有消息嗎？」

「媽咪！」米妮大喊，她拖著盧克過來。「綿羊！」

「據我所知沒有。」盧克大聲說，壓過周遭的噪音。「還好嗎？」他在我臉上親了一下，看看我，又看看蘇西，接著又看向我。我看得出來他眼裡的疑問：和好了嗎？

「沒事了。」我意有所指地說。「也不是說完全沒事，總之……你知道我的意思。」

除了蘇西被她的祕密情人勒索，婚姻可能就快完蛋之外，其他問題都解決了。我嘗試用眼神傳達這則訊息，不過我不太確定他有沒有看懂。

「盧克，你有注意過萊瑟比堡的老樹嗎？」蘇西問道，語氣中再次浮現緊張不安的情緒。「還是唐群有跟你提過？你記得有一棵叫做『貓頭鷹瞭望塔』的樹嗎？」

「嗯，我沒印象，抱歉。」盧克對突如其來的問題似乎有點疑惑。

「好吧。」蘇西洩氣地說。

「我晚點再解釋。」我說。「那個……蘇西，妳不介意我告訴盧克吧？關於……整件事情的經過？」

蘇西臉上浮現紅暈，她低頭看地板。

「大概吧。」她沮喪地說。「不要在我面前講就好，我會尷尬死。」

什麼事？盧克用唇語問我。

晚點說。我回答。

「綿羊！」米妮依然熱情地大喊。「綿羊！」她拉著盧克的手，力道大到他皺起臉。

「米妮，等一下！我們要先跟媽咪說幾句話。」

「她想買什麼？她想買綿羊嗎？」

「她想騎綿羊。」盧克微笑。「原來『mutton bustin』是小朋友騎在羊身上趕羊的意思。

在競技場那邊騎羊。」

「怎麼可能！」我瞪著她。「小朋友騎羊？可以這樣嗎？」

「與其說是騎羊，不如說是抓著不敢放。」他大笑。「很好笑。」

「天啊！」我驚恐地看著他。「米妮，親愛的，不要參加這種活動，我買一隻可愛的玩具綿羊給妳就好。」我伸手準備拍米妮的手臂加以安撫，卻被她揮開。

「騎綿羊！」

「讓她騎沒關係！」蘇西腦袋總算清醒了。「我以前在蘇格蘭也騎過綿羊。」

她是認真的嗎？

「可是很危險！」我指出。

「哪有！」蘇西嘲諷地一笑。「我看他們都有戴頭盔。」

「可是她太小了！」

「兩歲半就可以騎。」盧克挑眉。「我過來就是說要讓她去騎。」

「讓她騎？」我幾乎無言以對。「你瘋了嗎？」

「貝卡，妳的冒險精神怎麼都不見了？我是米妮的乾媽，我說我們讓她騎羊。」突然間，蘇西眼裡浮現她過去的神采。「米妮，走，這裡是西部大荒野，我們一起來趕個幾頭羊。」

難道我是這裡唯一成熟有責任感的大人嗎？是嗎？

我們走到趕羊區時，我太過驚訝以至於說不出話來，根本不知道該說什麼，這些是野生動物！有人把自己的小孩放到動物身上還歡呼？有一名綁著花色領巾，看起來約五歲大的小男生，緊抱著一頭白色大綿羊的背，那頭羊則在競技區裡跳來跳去；觀眾在一旁鼓舞叫好、用手機錄影，主持人則拿著麥克風進行實況報導：

「小李奧納德還抓著……抓得好，李奧納德……夠膽識……啊啊啊——」

李奧納德從羊身上摔下來，這一點都不令人意外，因為那頭羊看起來就像隻猛獸。三名大人衝上前去抓住那頭羊，李奧納德則驕傲地微笑起身，群眾的歡呼聲愈來愈大。

「給李奧納德一個掌聲！」

「李奧納德！李奧納德！」有一群應該是他親愛的家人正在歡呼。李奧納德神氣地彎腰致意，解下脖子上的印花領巾，丟向人群。

他在幹嘛？不就是個剛摔下羊的小孩嗎？又不是溫布頓網球冠軍！我看向蘇西，想要表達我的不認同，可是她整個臉都亮了起來。

「這讓我想起我的童年。」她興奮地說。這一點都不合理！蘇西來自英國貴族家庭，又不是亞歷桑納州的農場。

「妳爸媽有穿牛仔靴嗎？」我翻白眼。

「偶爾，」蘇西不為所動。「妳也知道我媽什麼樣，她以前常穿奇裝異服去馬術賽。」

老實說，這一點倒是真的。蘇西母親的衣著品味真的很特別，可以上《時尚》雜誌那種；她長得也很漂亮，人高馬大的。如果她身邊有個好的造型師跟著，譬如我，她會怪得很耀眼、很特別。（可是大部份時候她就只是怪。）

另一名小朋友騎著剛才那頭羊進入競技區——還是另一頭羊？我根本看不出來。這頭羊看起來一樣有活力，上頭的小女生都快摔下來了。

「這位是凱莉・百克斯特！」主持人宣佈。「今天剛好是凱莉六歲生日！」

「走吧！」蘇西說。「來幫米妮報名！」

她牽起米妮的手走向入口處。有一張表要填，還有幾個地方要簽名，盧克都處理好了，我則一邊想反對的理由。

「我覺得米妮有一點不舒服。」我告訴他。

「綿羊！」米妮在一旁跳上跳下。「騎綿羊、騎羊羊。」她雙眼發亮、雙頰興奮地泛紅。

「你看，她發燒了。」我的手貼上她的額頭。

「哪有。」盧克翻白眼。

「我覺得……她好像之前有扭到腳踝。」

「腳踝會痛嗎？」盧克問米妮。

「不會！」米妮大聲說。「不會痛！騎羊羊。」

「貝卡，妳不能這樣保護過度。」盧克直接對我說。「她需要體驗這個世界，她需要冒一點險。」

「可是她才兩歲！」我對正在收報名表的女士說：「不好意思。」她很瘦、曬得很黑，身上的短夾克寫著「荒野高中樂儀隊指揮總教練」。

「什麼事，親愛的？」她抬頭看。「報名表填好了嗎？」

「我女兒才兩歲。」我解釋。「我覺得她可能太小，不能報名，對嗎？」

「她兩歲半了嗎？」

「是，可是——」

「那就可以。」

「當然不行！她不能騎綿羊！沒有人可以騎綿羊！」我舉起雙手。「這太瘋狂了！」

對方發出嘶啞的笑聲。「這位太太，不用緊張，爸爸會抱住小孩。」她對我眨眨眼。「小朋友沒真的騎，只是以為自己有騎而已。」

她的口音好南方，「小朋友沒真的騎」。

「我不想要我們家小朋友騎羊。」我口氣強硬。「可是如果她真的騎上去，我不希望她摔下來。」

「不會啦。爸爸會牢牢抱著她，是不是啊，這位先生？」

「是的。」盧克點頭表示。

「如果她要騎，麻煩填一份報名表。」

我無能為力，我的寶貝女兒竟然要騎羊，騎一頭綿羊！盧克交出報名表，我們朝入口處走去。一名穿著亞歷桑納州立園遊會T恤的男子幫米妮戴安全帽和護具，帶她走進羊圈，裡面有六頭不同大小的羊，用溝槽分隔開。

「妳好好騎著。」他告訴正認真聽講的米妮。「不可以放手讓這頭搗蛋的綿羊亂跑，有沒有聽到？不可以放手。」

米妮點頭，眼神專注。那男子大笑。

「這些小朋友真是太可愛了。」他說。「先生，這小妞隨時會趁你不注意就跑了，抓牢她。」他看著盧克說。

「我知道。」盧克點頭。「米妮，準備好了嗎？」

天啊，我覺得很不舒服，這根本就是牛仔競技；他們竟然讓她騎羊？還打開柵欄讓她進入競技區……簡直就像羅馬競技場裡的神鬼戰士。

好啦，可能沒有和電影《神鬼戰士》一模一樣，可是幾乎一樣可怕。我雙手掩面從指縫偷看、胃緊張得糾結，蘇西則拿出手機一邊拍照一邊高呼：「米妮，加油！」

「我們跟在旁邊跑。」那名男子對盧克說。「不要放手、要一直抱著她，有狀況就盡快把她抱起來。」

「好。」盧克點頭。

「這頭綿羊年紀大、脾氣溫和，特別給小小孩騎的，不過還是要小心。」

我瞄了米妮一眼。她皺著眉、一臉堅決。我從來沒看過她這麼專注的樣子，除了有一次她堅持要穿小仙女裝，可是禮服拿去洗了，結果她一整天都不肯穿其他衣服。

突然間鈴聲響起，柵欄開啟，比賽即將開始。

「米妮，加油！」蘇西再次大喊。「不要掉下來！妳可以的！」

我全身緊繃，等著那頭羊開始瘋狂擺動、把米妮拋到十英呎高的空中。結果卻沒有，一部份原因是那名身穿亞歷桑納州立園遊會T恤的男子牢牢抓著那頭羊，雖然那頭羊扭得很厲害，但基本上哪都不能去。

我明白了。

其實沒有我想像的那麼可怕。

「親愛的，妳好棒！」大約十秒後，那名男子對米妮說。「妳騎得很好！可以下來了……」

「這樣就沒了？」蘇西問道。「這根本沒什麼啊！」盧克則後退拍照。

「騎羊羊！」米妮意志堅決地大叫。「還要騎羊羊！」

「可以下來了……」

「騎羊羊！」

我不知道後來發生什麼事，是米妮踢了羊一腳還是什麼，只知道那頭羊突然奮力一跳，掙脫T恤男的束縛，開始在場內輕快地奔跑，米妮在上頭拼命抓著不敢放手。

「天啊！」我尖叫。「救命啊！」

「米妮抓好！」蘇西在我一旁大吼。

「救救我女兒！」我幾乎是歇斯底里地喊著。「盧克，快去救她！」

「大家看看！」主持人拿著麥克風大聲說。「各位先生女士，米妮・布蘭登，今年兩歲，才兩歲可是還沒被摔下來！」

那頭羊還在亂竄，盧克和T恤男到處追著牠跑，米妮牢牢抓著羊背。米妮有個特點，如果她非常想要一個東西，她的手指會變得超級有力。

「她好厲害喔！」蘇西驚呼。「妳看她！」

「米妮！」我焦急地大喊。「救命啊！」我看不下去了，我要出手了！我跨過圍欄，踩著夾腳拖用最快速度衝進場內，急促地大口喘氣。「米妮，媽媽來救妳了！」我大喊。「臭羊！快把我女兒放下來。」

我撲向那頭羊，抓住牠身上的羊毛，想要一個動作就把牠撲倒在地。可惡，綿羊還真有力，而且牠還踩了我一腳。

「貝卡！」盧克大吼。「妳在幹嘛？」

「讓牠停下來！」我回應。「盧克，快來抓住牠。」

我追著羊跑，卻聽到觀眾席傳來笑聲。

「米妮的媽媽也加入戰局了！」主持人拿著麥克風大聲說。「米妮媽加油！」

「米妮媽加油！」一群青少年馬上跟著喊。「米妮媽！米妮媽！」

「閉嘴！」我慌亂地喊，「把女兒還我！」我朝小跑步從旁邊經過的羊撲去，可是牠動作太快，結果卻撲倒在一攤爛泥巴上，更慘的是我頭好痛。

「貝卡！」盧克從另一頭大喊，「妳還好嗎？」

「我沒事！去救米妮！」我揮舞雙手。「抓住那頭可惡的羊！」

「抓住那頭可惡的羊！」那些青少年馬上模仿英國口音說。「抓住那頭可惡的羊！」

「閉嘴！」我惡狠狠地瞪著他們。

「閉嘴！」他們開心的回應。「首相大人[14]，閉嘴！」
青少年真討厭，綿羊也很討厭。
盧克、那名亞歷桑納州立園遊會T恤男和另外幾個人也都加入圍捕的行列，最後終於抓住那頭羊，想讓米妮下來，可是她卻絲毫不感謝大家的幫忙。
「騎羊羊！」她生氣地大喊，緊抓著羊毛不放，而且還看著周遭的觀眾，發現自己是全場焦點時，開心地微笑舉手向眾人致意。真是愛現。
「各位先生，各位女士，大家看看！」主持人笑著說。「全場最年輕的參賽者在羊身上騎最久！請大家掌聲鼓勵……」
盧克在全場歡呼的聲浪中把米妮抱下來。她戴著小小的頭盔和護具，在他懷中踢著雙腿、奮力掙扎。
「米妮！」我避開被抓回羊圈的綿羊，朝米妮奔去。「妳沒事吧？」
「還要騎！」她臉頰泛紅得意地說，「還要再騎！」
「不騎了，親愛的，以後都不騎了。」
我牽著米妮走出場，雙腿發軟，心裡鬆一口氣。
「你看到沒？」我對盧克說。「真的很危險。」
「妳看到沒？」盧克平靜地說。「她辦得到。」
好吧，我看得出來，這是婚姻中「雙方同意彼此可以有不同意見」的時候，就像那次我送

14 此處在調侃英國的君主立憲制。

盧克一條黃色領帶做為耶誕禮物（我還是覺得他可以把黃色穿得很好看）。

「算了。」我脫下米妮的頭盔和護具。「我們去喝杯茶或雙份伏特加吧！我不行了。」

「米妮好棒！」蘇西匆匆趕來，一臉燦爛的微笑。「前所未見！」

「最重要的是她毫髮無傷，我需要喝一杯。」

「等等。」蘇西從我手中抓起米妮的手。「我要跟妳談，你們倆一起。」她好像很激動。

「我覺得她很有天分，妳不覺得她很有天分嗎？」

「什麼天分？」我疑惑地問。

「騎馬啊！妳沒看到她一直騎在羊身上沒摔下來？如果讓她騎馬呢？」

「呃……好。」我不為所動。「以後有機會再說。」

「妳不明白。」蘇西熱切地說。「我想要訓練她！我覺得她有機會成為頂尖的全能馬術賽騎手，或馬術障礙賽騎手。」

「什麼？」我的下巴微微掉了下來。

「她有與生俱來的平衡感。貝卡，我看得出來，這種天賦要即早發掘。米妮非常有天賦！」

「可是，蘇西……」我無可奈何，不知道該怎麼說。我總不能說，妳瘋了，她只不過是緊緊抓住一頭羊。

「我覺得她還小。」盧克對蘇西親切地微笑說。

「盧克，讓我來！」蘇西突然變得很激動。「我可以讓米妮成為馬術冠軍！我的婚姻或許結束了、我的人生或許沒救了……可是這我做得到。」

「妳的婚姻結束了？」盧克驚訝地質疑。「怎麼會這樣？」

原來這就是為什麼蘇西這麼注意米妮。

「蘇西，冷靜一點！」我抓住她的肩膀。「妳的婚姻哪有結束！」

「真的！那棵樹燒焦了，只剩枯萎的樹幹。」蘇西突然哽咽。「我很確定。」

「哪棵樹？」盧克一臉困惑。「為什麼妳一直在講樹的事情？」

「才沒有。」我勉強裝出滿懷信心的模樣。「那棵樹枝葉茂密、結了果實，還有……小鳥在樹枝上叫。」

蘇西沉默不語。我更用力地握著她的肩膀，希望她能樂觀一點。

「或許吧。」她最後低聲說。

「走吧。」盧克說。「我請大家喝一杯，我自己也要。」他牽起米妮的手大步向前。我連忙跟了上去。「到底發生什麼事？」他低聲問我。

「布萊斯。」我小聲回答，避免讓蘇西發現。

「布萊斯？」

「噓！」我低聲說。「布萊斯勒索她。唐群說，有棵樹叫『貓頭鷹瞭望塔』。」

我刻意撇頭示意，希望他能看懂我的意思，他卻茫然地看著我。

「聽不懂。」他說。「妳他媽的到底在講什麼？」

有時候我真的對盧克很失望，真的。

寄信人：dsmeath@locostinternet.com

收信人：麗貝卡・布蘭登

主旨：回覆：你想要一頂鄉村園遊會的帽子嗎？

親愛的布蘭登太太，

非常感謝您說要送我一頂西部牛仔帽，並在帽沿一邊繡上「史密斯」，另一邊繡「你最棒了」幾個字。妳太客氣了，但我必須婉拒。我相信妳說的，我如果戴這頂帽子去花園裡工作，看起來一定「帥呆了」，可是我不太確定這個造型是否適合倫敦近郊的鄉間生活。

另一方面，我真的很高興聽到妳和克利斯－斯圖亞特夫人的關係已有改善，也祝妳在其他方面有好的成果。

祝好。

德瑞克・史密斯

11

好，我對鄉村園遊會的評價如下：很好玩、很有趣、有很多不同品種的豬。如果你對豬有興趣，這可能對你很有吸引力。唯一的缺點是——在這裡待一整天好累！

現在時間下午五點半，大家全都累壞了；每個人都在陶藝區輪過兩次班，卻沒有人看到雷蒙。唐群也沒有再和蘇西聯絡，不過她很勇敢，沒有提這件事；她今天下午跟她小孩講了很久的電話，我聽得出來她在強顏歡笑，可惜成效不佳。今天是我們離家第三天，蘇西平常就離不開她小孩，然後現在又不是平常，而是非常時期。

現在換丹尼在陶藝區留守，媽和詹妮斯去逛逛，我在西部風味區餵米妮吃薯條，帳篷裡有稻草堆和舞池，同時一邊幫蘇西打氣，為她稍後與布萊斯的會面做心理準備。

「不要跟他溝通。」我嚴厲地指示她。「告訴布萊斯，妳不跟他玩什麼把戲。如果他挑釁，妳就玩硬的。」

「不是說不要玩嗎？」蘇西困惑。

「呃……是不要玩。」我自己都困惑了。「我的意思是妳要拿出強硬手段，兩個意思不太一樣。」

「喔。」蘇西的表情還是很疑惑。「貝卡，妳會陪我去嗎？」

「真的嗎？妳確定要我陪？」

「拜託妳。」她懇求。「我需要精神支持，我怕我一看到他又會崩潰。」

「好吧，我去。」我緊緊握住她的手，她感激地回握。

光是跟蘇西一起到處閒逛就很療癒，光是晃來晃去、聊聊天、互相指東西給對方看，心情就變好了。好想念蘇西。

而蘇西彷彿也懂我的心思，她突然抱住我。「雖然發生了好多事，但今天真的好棒。」她說。

樂隊正在演奏輕快的鄉村歌曲。一名身穿皮革背心的女子登上舞臺教大家怎麼跳排舞，舞池裡有大約二十個人。「米妮，來。」蘇西說。「跟我一起跳舞！」

我忍不住微笑看著蘇西牽著米妮走，她今天下午買了一雙小小牛仔靴給米妮，宛如一對踩、踏、併步、轉圈跳舞的西部牛仔女郎。

好吧，其實只有蘇西在踏步和旋轉，米妮只會單腳跳。

「我可以請妳跳舞嗎？」盧克出聲，嚇了我一跳。我笑著抬頭，他整個下午都在忙工作和回信，幾乎沒有見到他人，現在卻微笑低頭看著我，他的臉因為曬太多太陽，變黑了。

「你會跳排舞嗎？」我反問。

「我們可以學！來吧。」他握住我的手，把我拉起來，帶著我走進舞池。舞池裡現在擠滿了人，大家都在同步前進後退。我嘗試跟著指示擺動，可是穿夾腳拖有點難跳，腳跟沒辦法踏步，也不方便轉圈，有一隻還一直掉。

我決定放棄，在音樂聲中以手勢向盧克示意我要坐下來，他疑惑地跟著我離開舞池。

「怎麼了？」

「我的夾腳拖。」我聳肩。「可能不太適合跳排舞。」

過沒多久，蘇西和米妮跑來找我們。

「貝卡，來跳跳看！」蘇西對我伸出手，眼神發亮。

「沒關係，我穿夾腳拖沒辦法跳。」我原以為她會聳聳肩就回到舞池裡，不會太在意，可是她卻氣呼呼地瞪著我。

「怎麼了？」我訝異地問。

「當然有關係！」她氣呼呼地說。「我說要買牛仔靴送妳。」她轉而向盧克說。「可是她不肯讓我買，現在又說不能跳舞！」

「這不是什麼大事。」我慌亂地說。「不要管我。」

「貝卡變得很奇怪，」蘇西對盧克說。「她甚至不肯讓我送她東西。貝卡……妳怎麼了？」

她和盧克都在看我，我看得出他們的擔心。

「我也不知道。」我的眼淚毫無預警地湧出。「我就是不想，我想做點有用的事；我想回陶藝區等雷蒙；盧克，你去工作，我知道你有事要忙；蘇西，晚點再見，七點在烤豬區，對嗎？」然後趁他們還來不及回答就急忙離開。

我快步朝陶藝區走去，許多思緒在腦子裡轉，心情很不好。我不知道為什麼我不想讓蘇西買牛仔靴送我，我知道她不缺那個錢，這是在懲罰她？還是懲罰我自己？或是在懲罰……懲罰……

其實我也不知道這是在懲罰誰，我只知道蘇西說的沒錯，自己現在的狀況是有點糟：工作的事沒有處理好、爸的事，還有很多事……都沒有處理好，好像不斷地接連犯錯，我卻完全沒有發覺。等我走到陶藝區才突然想到，我這是恐懼；其實，我內心深處很害怕自己會搞砸更多事情。有的人失去騎馬或滑雪或開車的勇氣……我失去了生活的勇氣。

陶藝區的人潮變得很擁擠，我花了點時間才找到丹尼。他坐在角落，攤開素描本，正在專注地畫服裝設計圖，腳邊有一疊已經畫好的素描，看起來已經畫了一段時間，到底有沒有在注意雷蒙啊？

「丹尼！」我開口，嚇了他一跳。「你有在看嗎？有沒有看到雷蒙？」

「當然有，」他警惕地點點頭。「我都有在注意。」他看了帳篷裡的人群幾秒，視線又逐漸往下移，繼續拿起鉛筆畫圖。

他真的沒有在看。

「丹尼！」我伸手蓋住他的圖。「你不是來輪值的嗎？如果雷蒙現在走過去，你會發現嗎？」

「貝卡，拜託！」丹尼翻白眼。「面對現實吧，雷蒙不會來的。如果他想來早就來了，其他的陶藝家都在這。」他指著陶藝區說。「我跟他們聊了，他們說雷蒙很少出現。」

「可是我們至少要試試。」

丹尼沒有在聽，他正在畫一件附披肩的綁帶洋裝。其實很好看。

「算了，你繼續畫吧。」我嘆氣。「不要管雷蒙了，我來看就好。」

「那我可以休息了嗎？」丹尼眼睛一亮。「我要去喝一杯，待會見。」他把素描塞進皮革作品袋就走了。

他離開後，我把注意力轉向帳篷裡的人潮，瞇起眼睛、提升到最高警戒。丹尼當然可以說雷蒙不會來，可是如果他來了怎麼辦？如果最後解開祕密的人是我呢？如果是我，如果我真的可以有什麼成果……也許我不會覺得人生這麼沒意義。

我檢查手機上雷蒙的照片，觀察周遭的面孔，可是都沒有看到他。我巡了幾次，在人群裡穿梭，看了很多陶盆瓷盤和花瓶；有個米色底紅點的陶盆我很喜歡，可是走近一看，這個作品的名稱竟然是《大屠殺》，害我一陣反胃；這些飛濺的紅點該不會代表……

真噁心。為什麼要做這種作品？為什麼要把陶盆取名為「大屠殺」？這些陶藝家還真奇怪。

「妳喜歡嗎？」一名身材纖細、穿著工作服的金髮女子走了過來。「這是我最喜歡的作品。」我看到她脖子上掛了一個寫著「藝術家」幾個字的牌子，猜這大概是她的創作，也就是莫娜・多錫本人。

「很美！」我客氣地說。「這個也很漂亮。」我指著一只隨意畫上黑色條紋的花瓶說。我覺得盧克會喜歡。

「那個是《褻瀆》。」她微笑。「跟《納粹大屠殺》是一組。」

又是《褻瀆》又是《納粹大屠殺》？

「很棒！」我點頭，努力保持鎮靜。「真的。不過我有點好奇，妳有沒有其他沒那麼沉重、輕鬆一點的作品？」

「輕鬆一點？」

「愉快一點、開心一點。」

莫娜一臉茫然。「我希望賦予作品意義。」她說。「這裡有說明。」她遞給我一份手冊，上面寫著《荒野文創節：藝術家簡介》。「這裡有每位參展藝術家的生平和創作過程；我的是呈現人性最黑暗、最病態、最虛無的慾望。」

「好。」我吸了一口氣。「呃……很棒！」

「妳有特別喜歡哪件作品嗎？」

「還好。」我老實說。「看起來都不錯，只是我比較偏好沒那麼壓抑或虛無的作品。」

「我看看。」莫娜想了一下，指著一個窄口高瓶說：「這個作品叫做《富足世界裡的飢餓》。」

「嗯。」我假裝若有所思地說。「不過，還是很令人沮喪。」

「那《毀滅》呢？」她拿起一只黑綠色蓋子的陶盆。

「真的很美。」我連忙說。「可是這名稱還是有一點點陰暗。」

「妳覺得《毀滅》這名稱陰暗？」她似乎很驚訝，我困惑地眨了眨眼。《毀滅》聽起來不陰暗嗎？

「是有一點。」我後來說。「可能是……我個人感覺。」

「奇怪。」她聳肩。「這個不太一樣。」她拿起一只深藍色底的刷白花瓶。「我覺得這就像絕望底下的一層希望，靈感來自我奶奶的離世。」她補充。

「真令人感動。」我同情地說。「作品名稱是什麼？」

「《自殺之暴》。」她驕傲地說。

我一時說不出話來。我無法想像邀請蘇西來我家吃晚餐然後說「來看我新買的花瓶《自殺之暴》」的景象。

「還有《傷痕》。」莫娜說。「這個也不錯……」

「我先看到這裡就好。」我匆忙後退準備離開。「都很好看！謝謝妳的介紹和妳黑暗病態的人性慾望創作主題，加油！」我大聲說完，轉身離開。

天啊！我不知道陶藝可以這麼沉重、這麼陰鬱；我以為陶藝就是黏土什麼的。不過，往好處想，剛才跟她聊天時，我突然想到一個好主意：我要來查導覽手冊上對雷蒙的介紹，看有沒有什麼線索？

我退到帳篷的一側，找了張椅子坐下，開始翻閱導覽手冊，找到「雷蒙・厄爾，當地藝術家」那頁：

出生於亞歷桑納州旗桿市，雷蒙・厄爾……工業設計背景……當地慈善家，贊助藝術創作……喜愛大自然……深受法國陶藝家寶琳・奧黛特的啟發……多年來持續與寶琳・奧黛特通信……謹以此次展出獻給寶琳・奧黛特……

我翻開下一頁，嚇得差點從椅子上掉下來。

不可能，不可能。

這不可能是——真的嗎？

我看著頁面發呆，突然笑了出來。太誇張了，太奇怪了！我們可以利用這一點嗎？

當然可以。我堅定告訴自己，這是大好機會，不容錯過。

旁邊有一對夫妻狐疑地看著我，我微笑回望。

「不好意思，剛好看到有趣的內容，這本值得一讀！」我拿起手冊對他們說。「你們可以拿一本來看！」

他們離開後，我繼續坐在原處，三不五時低頭瞄一眼手冊的文字，腦子裡有許多的想法。我心情很激動、不停地做計劃；我已經很久沒有這麼興奮、這麼有決心、這麼正向了。

我又坐了一會兒，直到媽和詹妮斯回來為止。我看著她們穿過混亂的現場，忍不住驚訝地眨眼：媽頭戴粉紅色的牛仔帽和同款式的鉚釘腰帶；詹妮斯扛著一把南美洲的斑鳩琴、身穿流蘇皮背心。兩個人臉都好紅，不知道是曬傷或是跑來跑去，還是喝了太多加了威士忌的冰茶？

「有消息嗎？」媽一看到我就馬上問。

「沒有。」

「都快七點了還沒有！」媽煩躁地看手錶。「今天都快過了！」

「誰知道，說不定他會在活動結束前出現。」我說。

「也許吧！」媽嘆氣。「換我們守在這到活動結束吧。妳現在要去哪？」

「我要趕去——」我說到一半停了下來，我總不能說，我要去陪蘇西與敲詐她的前外遇對象對峙。雖然蘇西和我媽很熟，但沒有熟到這程度。

「我要去找蘇西。」我最後說。「晚點再來找妳們，可以嗎？」我對媽微笑，但她正沮喪地四處張望，沒有在看我。

「如果沒有找到這個雷蒙怎麼辦？」她轉回來問我，臉上寫滿洩氣的痕跡。「我們要放棄、打道回府嗎？」

「媽，其實我有個計劃，」我鼓勵她。「晚點再告訴妳。妳先坐下來好好休息。」我從帳篷一側拉了幾張空椅過來。「好了，我去幫妳們買冷飲好嗎？詹妮斯，妳手上那個是斑鳩琴嗎？」

「我要自學。」詹妮斯坐下來雀躍地說。「我很久以前就想學了！我們可以在露營車上自彈自唱！」

如果有什麼事最可能在盧克開車時惹毛他，大概就是邊彈斑鳩琴邊唱歌這種事。

「呃……好啊！」我說。「聽起來好棒！我先去幫妳們買冰茶。」

我衝去冷飲攤買了兩杯水蜜桃冰茶給媽和詹妮斯，然後匆匆離開。已經快七點了，我的胃開始緊張地糾結，蘇西一定更緊張。

我們約好在烤豬區見面，再一起過去他們約好的見面地點。我才剛轉進去就嚇一跳──亞里莎跟蘇西站在一起，為什麼她會和蘇西站在一起？

「嗨，亞里莎。」我嘗試讓自己聽起來很友好。「我以為妳今天要去土桑市開會。」

去土桑市開會。老實說，愈講愈覺得不可能。

「我想說開完會來找你們。」亞里莎冷靜地說。「還好我有來，這太誇張了。」

「我跟亞里莎說了。」蘇西顫抖地說。

「蘇西，妳千萬不要覺得是妳的錯。」亞里莎伸手按住蘇西的手肘。「布萊斯是禍害。」

我厭惡地掃了亞里莎一眼。我最討厭人家說「千萬不要覺得是你的錯」這種話，因為對方真正的意思其實是：我要提醒你，這就是你的錯。

「每個人都會犯錯。」我語氣尖銳。「重點是要擺脫布萊斯、一勞永逸。我們該走了。」

「亞里莎說要一起去，提供精神支持。」蘇西說。不知道是不是我的想像，她的口氣略帶歉疚。

「喔，好。」我勉強微笑。「太好了！妳準備好了嗎？」我看向蘇西。「妳想好要說什麼了嗎？」

「差不多。」蘇西點頭。

「嗨！原來妳們在這。」丹尼出聲喊我們。我們一起轉身，只見他一手拿著棉花糖、一手端著一杯冰茶，作品袋夾在腋下，好像隨時都會滑落。他停下腳步仔細地觀察我們。「怎麼了？」

既然蘇西都可以告訴亞里莎，那我當然也可以告訴丹尼。反正他最後也會知道。

「布萊斯來了。」我簡短地說。「蘇西要去跟他談，他想敲詐她。一言難盡。」

「我就知道！」丹尼大呼。「我早就說了。」

「你哪有！」我反駁。

「我有猜到。」他轉頭問蘇西。「妳跟他睡過，對不對？」

「不對。」蘇西厲聲說。

「可是你們有玩過，唐群知道嗎？」

「知道，我都告訴他了。」

「哇！」丹尼挑眉，一邊咬著他的棉花糖。「佩服之至。」

「謝謝你。」蘇西語氣嚴肅。

「可是……等一下。」我看得出來，丹尼正在努力思考。「我以為布萊斯跟唐群要錢，是為了成立新的瑜珈中心。妳的意思是，他也有跟妳要錢？夫妻倆他都要？」

「顯然是這樣沒錯。」蘇西冷冷地回答。

「還真厲害。」丹尼頗有感觸地說。「對了，亞里莎，妳怎麼想？看來布萊斯很有可能成立新的瑜珈中心，妳準備好跟他打對臺了嗎？」

丹尼真的很壞，我知道他只是想激怒亞里莎。

「他不會成功的。」亞里莎冷淡地說。「那傢伙絕對不可能拿什麼二流的機構來威脅靜安中心的地位。相信我，威爾頓不會讓這種事情發生。」她看了看錶。「我們該走了。」

「對，我們該走了。」蘇西附和。

「走吧。」丹尼點頭。

「你不能來。」蘇西堅持。

「我當然要跟。」丹尼不為所動。「精神支持永遠不嫌多！要不要喝點冰茶？」他把手上的塑膠杯遞給蘇西。「幾乎全都是威士忌。」

「謝謝。」蘇西不怎麼情願地說著，喝了一小口。「天啊！」她噴了出來。

「剛就跟妳說了。」丹尼笑。「要不要再來一點？」

「不用了，謝謝。」蘇西堅決地抬高下巴。「我準備好了。」

我們朝見面地點走去的路上，大家都沒說話。我們是圍在蘇西左右的護衛團，隨時準備保護她不受布萊斯的欺負。我們立場堅定、態度堅決、絕不會因他帥氣的外表而分心……

天啊，他來了。他輕鬆地倚著一間沒有在營業的咖啡攤站著，肌膚黝黑發亮、湛藍的雙眼望向遠處，看起來就像Calvin Klein的模特兒。我還來不及思考，腦袋就已經在想：「真帥啊！」噁，可惡的腦袋……

接著他的眼神聚焦，人格特質逐漸浮現在臉上，我對他的欣賞也瞬間消失。可惡，除了面目可憎這幾個字，我怎麼會對他有其他的想法？

「蘇西。」看到我們一群人，他似乎有點意外。「妳還帶了援軍來？」

「布萊斯，我有話要對你說。」蘇西開口，她的聲音在顫抖，目光對著布萊斯身後某個點，沒有看著他，就跟我交代的一樣。「你勒索不了我，我不會給你一毛錢！請你不要來打擾我和我先生。你想告訴我先生的事不可能傷害到我，我對他已完全坦誠，你不能控制我。請你立即住手，不要再跟我聯絡。」

最後這句是我想的。我覺得聽起來很正式、很有法律效果。

我捏捏蘇西的手以示鼓勵，悄聲說：「說得好！」她繼續看向他身後，沒有看他。我趁機偷瞄了一下布萊斯，他表情平靜，不過從他的眼神看得出來，他正在思考。

「勒索？」他想了一下才大笑說，「這個用詞有點極端，我只是請妳贊助一個很有意義的活動，妳卻說這是勒索？」

「有意義的活動？」蘇西不敢置信地說。

「有意義的活動？」亞里莎氣得大呼，她好像最生氣。「你竟敢說出這種話！布萊斯，我知道你想做什麼。相信我，你絕對不會成功。」她往前一步，下巴抬高、態度咄咄逼人。「你永遠不會有我們享有的資源、也不會有我們的影響力。你想跟我們競爭，可是你那微不足道的力量會被我先生摧毀。我已經告訴他你的計劃了，不用多久，你的計劃就會屍骨無存。等威爾頓對付完你，布萊斯……」她頓了一下。「你會希望自己從來沒動過這個念頭。」

哇！亞里莎聽起來好像黑手黨的老闆。如果我是布萊斯，應該會很害怕吧？可是老實說，他看起來一點都沒被嚇到，反而看著亞里莎，似乎不懂她在說什麼。最後他不可置信地笑了。

「天啊，亞里莎，我們真的要這樣嗎？」

亞里莎臉上掠過一抹怪異的神色。

「我不知道你在說什麼。」我沒有聽過她用這麼冰冷、這麼有女王架勢的口氣說話。「另外，我也要提醒你，你現在還是我先生的員工。」

「隨便妳怎麼說。」布萊斯說。

一陣詭異的沉默，沒有人說話。我正在思考現在是什麼狀況？蘇西則雙手緊握成拳，站在我身邊，呼吸急促；亞里莎瞪著布萊斯；丹尼興奮地看著。可是布萊斯的反應和我預期的不一樣；他沒有看蘇西，反而繼續用審視的目光看著亞里莎。

「我……不幹了。」他緩緩說，眼裡散發出挑釁的光芒。「我受夠了。」

「依照合約規定，你將受到我們的保密協定約束。」亞里莎搶在眾人之前開口。「我要提醒你，我們有非常、非常強大的法律團隊。」

亞里莎的口氣愈來愈尖銳，我們幾個人交換了困惑的眼神。這和蘇西有什麼關係？

「那就告我啊。」布萊斯嚼著口香糖說。「妳不會這麼做的，妳要把這些事攤開在媒體面前嗎？」他張開雙手。

「布萊斯！」亞里莎大叫。「請想清楚你自己該扮演的角色。」

「我受夠我的『角色』了！我真同情你們這些笨蛋。」

「同情什麼？」蘇西似乎醒了過來。「亞里莎，他在說什麼？」

「我不知道。」她憤怒地回應。

「拜託！」布萊斯搖搖頭。「亞里莎・梅瑞爾，妳還真會玩手段。」

「我不允許你這樣羞辱我！」亞里莎似乎氣壞了。「這次見面到此為止。我要立刻打電話通知我先生，他會馬上採取行動——」

「拜託好不好！」布萊斯似乎失去了耐性。「夠了！」他轉身面對蘇西。「我沒有要和威爾頓・梅瑞爾競爭，我是替他工作的；我的確想跟你們要錢，可是不是為了我自己，是為了梅瑞爾夫妻。」

一陣沉默，眾人震驚。我有沒有聽錯？

「什麼？」蘇西最後說。布萊斯不耐煩地嘆氣。

「威爾頓要成立另一間瑜珈中心，自己打自己；他覺得第一家靜安中心既然找得到客戶，那第二家應該也沒問題，只是這家的行銷方式不一樣，價格比較低，要吸收以前參加過靜安中心，後來退出、想要換地方的客人。雙贏。」他看向亞里莎。「這妳應該很清楚。」

我完全說不出話來，看看蘇西，又看看亞里莎。她的臉色有點發青。

「妳的意思是……」我的腦袋無法處理這些訊息。「意思是……」

「這一切都是威爾頓・梅瑞爾在背後主導？」丹尼的眼裡充滿興致盎然的光芒。「所以你們會看上唐群……」

「沒錯，」布萊斯點頭。「是威爾頓的主意，他覺得應該可以要個幾百萬沒問題。」他聳肩。「結果沒那麼簡單，你們這些英國佬好小氣。」

「妳在利用我們？」蘇西突然厲聲對亞里莎說，後者的臉色已經從青紫變得蒼白。「這段時間妳一直假裝是我的朋友……原來妳只是想要我們的錢？」

說到這，我不得不佩服亞里莎。我幾乎可以看到她臉上的肌肉強迫自己重現原本高傲的神態，簡直就是「自我控制」的奧運金牌選手。

「我不知道布萊斯在說什麼。」她說。「我全盤否認。」

「妳否認有這些郵件嗎？」布萊斯似乎樂在其中。他拿出手機給蘇西看，蘇西無奈地看著亞里莎。「威爾頓要我鎖定你們倆。」他告訴蘇西。「亞里莎也知道。」他轉身問亞里莎。「妳不是才剛去土桑市找威爾頓討論這件事？」

土桑？

好吧，我收回之前對土桑的看法。誰知道，還真的有人約在土桑討論事情。

亞里莎臉上的肌肉又在努力調整了。她的臉頰幾乎在抽搐，雙眼宛如兩顆火紅的岩石。她深吸一口氣，開始反擊。

「我們會告死你！」她謾罵的口氣嚇得我倒退一步。

「所以他說的是真的！」蘇西一臉茫然。「我不敢相信！我怎麼會這麼蠢？」

布萊斯搖搖頭，看著眾人。「真亂，我不玩了。但寶貝，跟妳玩很有趣。」他對蘇西說，蘇西抖了一下。「貝卡，有機會回來上我的課。」他瞇起眼睛，露出招牌的性感笑容。「妳進步很多。」

「我寧可下地獄。」我兇狠地說。

「妳的選擇。」他似乎覺得很好玩。「亞里莎，再會。」

他邁開長腿離去，留下沉默的眾人。感覺好像剛發生一場地震，幾乎可以看到漂浮在空氣中的塵埃。

「貝卡知道。」過了一會兒，丹尼打破沉默。

「什麼？」蘇西驚愕地迅速轉頭。

「我哪知道……」我連忙說。

「她有猜到亞里莎在密謀什麼。」丹尼繼續說。「蘇西，她一直都在幫妳。」

「真的嗎？」蘇西抬起她藍色的大眼睛看向我，我看得出她眼裡的難過。「天啊，貝卡！我怎麼沒有看出亞里莎就是個壞心的雙面人——」她突然激動地看著亞里莎。「妳為什麼會跟來？妳來確定布萊斯有跟我要到錢嗎？妳去四季酒店跟誰見面？我看不是私家偵探吧？」

「蘇西，還有一件事。」我著急地低聲說。「妳要小心，我覺得亞里莎正在打萊瑟比堡的主意。」

「什麼意思？」蘇西朝我們靠過來，遠離亞里莎。她看向亞里莎的目光充滿警戒，彷彿在看一顆隨時會引爆的炸彈。

「萊瑟比堡？」亞里莎不屑地說。「妳有病嗎？」

我不理她。「蘇西，妳想想，亞里莎為什麼一直問妳關於房子的事情？她為什麼對有頭銜的宅邸這麼有興趣？因為……」我等了一下才又說。「他先生非常崇英，他們想成為莊園爵爺和夫人。她想要妳的宅邸、妳的頭銜……說不定連妳的祖傳珠寶都想要。」

最後一點是我剛才想到的，不過我覺得自己猜的沒錯。亞里莎一定會很愛那些古董皇冠頭飾之類的。（蘇西覺得大部份都很難看，我同意。）

「貝卡，我沒想到妳的妄想症這麼嚴重。」亞里莎輕蔑地大笑。「拜託，我要萊瑟比堡做什麼？」

「亞里莎，妳騙不了我。」我冷冷瞪她一眼。「這是英國有名的宏偉大宅，而妳是個勢利眼。不要以為我們不知道，妳想躋身上流社會。」

亞里莎的目光在我和蘇西之間來回穿梭，但這次她臉色沒有轉青紫，而是一副不可置信的模樣。

「躋身上流社會？英國的嗎？妳真的以為我和威爾頓會想住在冷得要命、沒有地板暖氣設備的怪房子，跟鄉巴佬當鄰居嗎？」

她怎麼可以說萊瑟比堡是怪房子？聽到這我真為蘇西感到生氣，忍不住大吼：「萊瑟比堡才不是怪房子！這是喬治亞時代的經典建築、一七五二年落成、有原裝鑲板的圖書館和美麗公園綠地！」

我都不知道自己懂這麼多。所以當唐群的父親跟我講這些的時候，我以為自己沒有專心聽，其實我有。

「隨便妳怎麼說。相信我，」亞里莎用同情的眼神看著蘇西。「我寧可把錢花在別的地方，也不會去買一堆快垮掉的舊磚塊。」

「妳怎麼可以這麼說！」我真的生氣了。「不准妳侮辱蘇西的房子！如果妳真的沒興趣，幹嘛問那麼多問題？」

哼！被我抓到把柄了吧。

「我總要找些話題聊，」亞里莎輕蔑地對著蘇西翻白眼。「總不能一直聊妳那個莫名其妙的先生。拜託，真的很無聊。」

我好想揍她！

可是我不會這麼做；我瞥了蘇西一眼，她聲音顫抖地說：「我覺得妳離開會比較好。」

我們動也不動地站在原地，目送她氣沖沖走了。

有些事情太沉重，現在還不適合談。「去喝酒。」丹尼率先跳起來說，帶我們走進附近的酒吧區。我們一邊喝蘋果酒，一邊聽他介紹他為依蓮娜設計的新系列、看他畫的設計圖。現在剛好適合做這件事，轉移蘇西的注意力，不要一直想她混亂的人生。

最後他闔上素描本，三個人眼神交會，準備重啟剛才的話題。可是我還是不想提亞里莎，連給她空間都不想。

「貝卡。」蘇西突然深吸一口氣，顫抖地說，「我不知道我怎麼會——我真不敢相信自己竟然會相信她——」

「停。」我委婉地打斷她的話。「不要再講了。討論她等於讓她佔上風，讓她破壞我們的人生，懂嗎？」

蘇西想了想，低下頭。「好。」

「明智的決定，」丹尼拍手。「我建議把她修圖修掉。亞里莎是哪位啊？」

「沒錯。」我點頭。「亞里莎是哪位啊？」

當然，我們還是會提到她，甚至很可能花一整個星期講她壞話或拿她的照片來射飛鏢（我還蠻期待的）；不過現在還不是時候。

「好。」我換個話題。「今天發生真多事。」

「我猜妳媽還是沒有找到雷蒙。」蘇西說。

「如果有，她會傳訊息給我。」

「我們在那守了一天，竟然什麼收穫都沒有？」

「也不是什麼收穫都沒有，」我說。「詹妮斯買了一把斑鳩琴。」

蘇西小聲噴笑，我忍不住跟著微笑。

「那……接下來該怎麼辦？要去哪？」蘇西咬唇。「坦白說，可能沒有必要再去找唐群了。」她語氣平靜，但嗓音還是微微地顫抖。

「可能吧。」我看了她一眼，然後又迅速移開。

「那妳爸媽怎麼辦？」

「天啊。」我消沉地說。「我不知道。」

「要不要再回雷蒙家？還是照妳爸說的回洛杉磯？他一開始就這麼說，也許他說的沒錯。」蘇西抬頭看著我，我看得出來，她下很大決心才這麼說，「也許走這一趟確實不是什麼好主意。

「怎麼會！」我馬上說。

「我們不能就這樣回去！」丹尼反駁。「我們有任務在身，必須完成。」

「你說得倒好。」蘇西對他說。「可是我們根本就不知道下一步要怎麼做？沒有找到雷蒙、也沒有其他線索，一個都沒有——」

「其實……」我插嘴。「我有一個想法。」

「真的嗎？」蘇西看著我。「什麼想法？」

「應該算是個想法吧？」我改口。「有點極端、有點瘋狂，可是這是最後的希望，如果還是不成功，也許我們就放棄，回洛杉磯吧！」丹尼和蘇西都好奇地看著我。

「那就說啊。」蘇西說。「這個最後一搏的瘋狂想法是什麼？」

「好。」我有些猶豫地從我皮包裡拿出《荒野文創節：藝術家簡介》手冊。「先看看這本再聽我說。」

我看著他們翻閱手冊，看著他們跟我之前一樣流露出驚訝的表情。

「我的天啊！」蘇西狐疑地看著我。「那……我們該怎麼……」

「我說了，我有一個想法。」

「妳一定有。」丹尼說。「親愛的貝卡，快說吧！妳每次都會想出最棒的主意。」

他露出讚許的微笑，坐好準備聽我說。我再次感受到腎上腺素上升、感覺到那股正面能量，就像是專程來擁抱我的老友。

12

話雖是這麼說，可是大家還是覺得我的想法太瘋狂。

就連認為這個點子還不錯的蘇西也覺得很瘋狂；盧克覺得這個主意很糟；媽無法判斷這個建議好不好，只是迫切希望可以奏效；詹妮斯一直在極度樂觀與極度悲觀間擺盪；丹尼非常贊同，但完全是因為他可以幫我做造型。

「好了。」我終於調好圍巾的角度。「剛剛好。」我轉身看向觀眾。「怎麼樣？像不像雙胞胎？」

「一點都不像。」盧克直接說。

「哪有，超像！」

「親愛的，妳該去檢查視力了。」

「不會，我看得出來。」丹尼說。「很像。」

「只有『很』嗎？」我有點洩氣。

「每個人跟在照片上看起來都會有一點落差。」丹尼說。「很好看，沒問題。」他拿出藝術家簡介手冊，翻開寶琳・奧黛特那一頁，放在我旁邊比對。不管盧克怎麼說，我覺得我很像她，尤其是現在打扮成她的模樣，更是像得驚人。

我穿了一件丹尼昨晚在園遊會買的藝術家工作服之類的襯衫，下面套了詹妮斯的寬褲，頭髮用札染布綁在腦後，因為奧黛特經常用波希米亞風之類的頭飾。丹尼整個早上都在弄我的衣服，沾上顏料和他在陶藝區買的黏土，增加藝術氣息。我覺得自己看起來十足就是個法國陶藝家。

「好，我練習看看。」我表示。「我的名字係[15]寶琳・奧黛特。」

還好YouTube上有很多奧黛特的影片可以參考，她專門做所謂的「微雕塑」，就是捏一把黏土，用不到五秒的時間捏塑成樹或鳥的形狀（我真的覺得她好厲害）。我反覆看了很多遍，大概有抓到她的口音。「我是陶藝家。」我繼續說。「我的靈感來自於大自蘭[15]」

「那是什麼？」詹妮斯困惑地問道。

「法國口音的『大自然』。」媽解釋。

「我來亞歷桑納州度假，想起收過雷蒙先生寫的信，我想：『OK！我去拜訪雷蒙先生。』」我停下來問大家。「怎麼樣？」

「不要說『OK！』」盧克說。

「妳聽起來好像大偵探波洛[16]。」蘇西說。「如果妳用這種口音講話，他絕對不會相信妳。」

「我們只有一次機會，不試怎麼行？」我反駁。其實我有一點不高興，因為我覺得自己口音模仿得很像。「好啦，我不講『OK！』來吧！助理，我們走。」

15 原文為麗貝卡刻意模仿法國口音。
16 波洛是比利時人。

蘇西扮演我的助理。她穿得一身黑、戴假眼鏡、頭髮梳成光潔的馬尾、搽色澤鮮豔的口紅，丹尼說這樣才像法國藝術家的助理。

我走到露營車門口，看著周圍充滿熱切期待的臉龐。「祝我們好運！」

亞里莎已經走了，原因很明顯。我不知道她昨天晚上怎麼離開的，大概是叫車來接她回洛杉磯吧。（她有東西留在露營車上，丹尼一直說要拿去架營火燒掉，可是我們決定送回去給她，並附上一張義正嚴詞的便條。）昨晚吃飯時，我向媽和詹妮斯解釋亞里莎和她先生如何計劃騙蘇西和唐群的錢、說她有多惡毒。結果她們馬上說早就打從心底懷疑她有什麼不良企圖，還好她們有提醒我！

拜託，最好是。

「貝卡，如果妳們被警察抓走怎麼辦？」詹妮斯突然慌張地說。「我們已經遇過一次警察了。」

「我不會被抓！」我反譏。「冒充別人又沒犯法。」

「有喔！」盧克伸手用力拍了自己的額頭一下。「天啊，貝卡，這算詐欺。」

盧克就是太實事求是了。

「好吧，也許有時候是，可是這次不算。」我堅定地說。「我這是在挖掘事情真相，即使是警察應該也可以理解；而且我都打扮好了，總不能臨陣脫逃。再見！」

「等等！」盧克說。「記住，萬一沒有管家或佣人、萬一妳的手機沒有訊號、萬一有什麼不對勁就馬上離開。」

「盧克，不會有事啦！」我說。「別忘了，這是我父親的朋友。」

「嗯，」盧克不為所動。「小心為上。」

「好。蘇西，走吧！」

我們快步走下露營車，朝雷蒙的豪宅走去。盧克把露營車開到下一個轉彎處，從房子的角度看過去剛好看不到。我快走到偌大的門口時，開始覺得好緊張，不過我不打算告訴蘇西，因為她只會說：「那就走吧，算了。」可是我真的、真的很想進去，這是我們最後的機會。

而且……不只是這樣，執行這個看似有點可笑的計劃，讓我覺得自己又活了過來、又充滿活力了，我覺得蘇西也是；她現在狀況還是很不好，唐群沒有再跟她聯絡、貓頭鷹瞭望塔的謎題也還沒解開，可是讓她把精力放到這上面，似乎心情有好轉一些。

「走吧！」快走到大門時，我緊握住蘇西的手又放開。「我們做得到！妳不是有唸過戲劇學校？如果我有狀況，妳就接手。」

豪宅的木製大門非常大，有三臺監視器直接對著我們，感覺有一點嚇人。不過，我提醒自己，我是寶琳‧奧黛特，然後就自信滿滿地朝對講機走去，按下對話鈕，等對方回覆。

「對了，蘇西！」我低聲說。「我們的暗號是什麼？」

「糟糕！」她瞪大眼睛看著我。「不知道。」

我們整個早上都在討論要有一個暗號，可是一直都沒想出來。

「馬鈴薯。」我連忙說。

「馬鈴薯？」她瞪我。「妳瘋了嗎？我要怎麼在對話中帶出『馬鈴薯』幾個字？」

「那妳想個更好的啊，快點！」我說。她一臉茫然。
「我想不出來。」她不高興地說。「妳害我現在滿腦子都是馬鈴薯。」
「喂？」對講機傳來一名女子微弱的聲音，我的胃緊張地糾結。
「妳好！」蘇西靠過去。「我是珍妮・狄布洛爾，寶琳・奧黛特的助理，我們要找雷蒙・厄爾先生。我再說一次，是寶琳・奧黛特。」
珍妮・狄布洛爾這個名字是蘇西想出來的；她說珍妮來自荷蘭海牙、定居巴黎、有個住在比利時安特衛普的男朋友、會講五種語言，現在在學梵文。（蘇西很強調角色的塑造，還做了筆記什麼的。）
對講機另一端沒有聲音，蘇西和我交換狐疑的眼神。我正準備叫蘇西再試一次時，突然傳出一名男子的聲音。
「喂？我是雷蒙・厄爾。」
天啊，我的胃開始翻滾了，可是我還是靠過去說話。
「您好，」我對著對講機說。「我是寶琳・奧黛特，我們通過信。」
「妳是寶琳・奧黛特？」他聽起來好驚訝。我一點都不意外。
「我在園遊會看到你的作品，想跟你聊，可是沒看到你人，所以過來拜訪。」
「妳看到我的作品？想跟我聊我的作品？」
他聽起來好興奮，害我非常愧疚。我怎麼可以對這個毫不知情的陶藝家這麼做？怎麼可以燃起他的希望？我真是個壞人！

可是，他不應該把媽和詹妮斯趕走，我只是一報還一報。

「我們可以去你家嗎？」我還沒講完，大門已經開啟。

成功了！

「珍妮。」我刻意在鏡頭面前說。「妳跟著我，做筆記。」

「好的。」蘇西這口音應該是荷蘭腔，我差點笑到跌倒。

他家距離門口還有大約八百公尺，路不好走。我猜他以為我們開車進來。可是我總不能把露營車開進來。我們步履蹣跚地沿著小徑前行，放眼望去，到處都是造型奇特的雕塑：有一頭牛，看起來像是用汽車零件拼湊而成；有一個鐵製男子吼叫的面孔；還有很多像是用廢棄的輪胎做成的抽象作品，看起來有點詭異。我正在慶幸終於走到他家時，卻聽到急促的狗吠聲。

「這地方好詭異。」我們按門鈴時，我對蘇西說。

這房子可能曾經輝煌一時，現在卻有點殘舊。建材使用了石材和木材，有斜屋頂和陽臺、宏偉的雕花前門，不過，有幾個木質圍欄有些腐朽，還有兩扇修補過的破窗戶。狗吠聲愈來愈高亢，我們嚇得往後退。

「妳手機還有訊號嗎？」我低聲問蘇西，她檢查手機。

「有，妳呢？」

「有，還好。」我提高音量，說給盧克聽。蘇西的手機放在口袋，正在錄音；我的手機則和盧克的連線，這樣露營車上的人都聽得到我們這邊在做什麼。

「坐下！」屋子裡傳出雷蒙的聲音。「進去。」

裡面傳出關門聲，接著大概有二十五道鎖一道道開啟的聲音，最後前門打開，雷蒙出來迎接我們。

看到他，我第一個念頭是「好灰」：他的鬍子像灰色的毛毯一樣一路延伸到胸口；頭上綁著藍白相間的大手帕；陳舊的牛仔褲上到處都是泥巴還是黏土還是什麼的；屋子裡充斥著狗、菸草、灰塵和過期食品的氣味，還微微散發出植物腐敗的臭味。

他真的應該要點幾支香氛蠟燭，好想給他Jo Malone的網址。

「奧黛特小姐，」他彎腰鞠躬，鬍子往下垂。「我很榮幸。」

天啊，進來之後，我覺得更內疚了，我們竟然騙他。我得趕快進他的工作室執行我的計劃。

「我很高興終於跟你見面。」我嚴肅地說。「我來荒野園遊會時，想到雷蒙先生寫過信給我。」

「很高興見到妳！」他用力握住我的手。「真是意外的驚喜！」

「我們去你的工作室，看你的作品。」我說。

「當然。」他似乎喜不自勝。「請稍等……請進、請進。」

他請我們走進一間有著挑高木質天花板和壁爐的寬闊廳堂，可惜有點亂，不然真的很美。地上散落著佈滿灰塵的靴子、外套、狗籃、一桶舊磚塊和捲成一捆的地毯。

「要不要喝點啤酒還是冰水？」雷蒙帶我們走進髒亂的廚房，空氣中散發出肉的氣味。牆面上的櫃子有靠著放置的畫作和素描，還有幾個怪異的雕塑。管家正在想辦法擦去上頭的灰塵，看起來並非易事。

「小心！」雷蒙突然對她厲聲說。「不要動任何東西！」然後又轉身對我說，「奧黛特小姐？」

「不，謝謝。我想看你的作品，你最珍愛的那一個。」我催他，但他看起來不像是可以被催的那種人。

「我有好多問題想問妳。」他說。

「我也是。」我回答。至少這是實話。

「妳應該有注意到我那個達林的作品。」他朝櫃子點頭示意。

達林？誰是達林？他是藝術家嗎？

「當然，」我點點頭。「走吧。」

「妳對我採用的形式有什麼看法？」他眨眼，熱切地看著我。

好，我就是不希望他問我這種問題，我得趕快想出什麼有藝術家風範的答案說服他，跟形式有關的。問題是我以前上美術課都很不專心。

「形已死。」我最後說，用我最法式的口音。「C'est morte。」

太好了，如果形已死，那就不用再討論了。

「我們去你的工作室。」我想催他離開廚房，可是他好像有點錯愕，並沒有移動腳步。

「形已死？」他最後說。

「是的，結束了。」我點頭。

「可是——」

「形已經不存在。」我攤開雙手，希望這樣看起來更有說服力。

「可是，奧黛特小姐，怎麼會這樣呢？」雷蒙結結巴巴地說。「妳的創作……妳的論述……妳的著作……都在寫『形』；難道妳要背棄妳這輩子所有的創作？不會吧！」

他驚愕地看著我。我顯然說錯話了，可是現在又不能改口。

「是，」我頓了一下。「就是這樣。」

「可是，為什麼？」

「因為我是藝術家。」我使出拖延戰術。「不是女性、不是人類，而是藝術家。」

「我不明白。」雷蒙還是一臉不開心。

「我追求的是真理，」我靈機一動。「必須勇敢。你明白嗎？藝術家一定要勇敢，這一點最重要，必須毀棄舊有的想法，才能成為真正的藝術家。」

我聽到蘇西憋笑，但我沒有理她。

「可是——」

「我不想再討論這個話題了。」我堅定地打斷他。

「可是——」

「去工作室！」我揮舞雙手。「走吧！」

我跟著雷蒙穿過房子到另一頭，心跳得好快。我只想知道我爸的事，沒辦法再應付任何跟藝術有關的對話了。

「妳是藝術家奧黛特還是星際大戰的尤達大師？」蘇西低聲在我耳邊說。

「閉嘴！」我低聲回應。

「我們動作要快一點！」

「我知道！」

我們走進一間大房間，有刷白的牆壁和玻璃屋頂；光線明亮、環境凌亂，正中間擺了一張厚重的木桌和兩個製作陶藝品的轉盤，上頭佈滿了黏土的痕跡。可是我的目光沒有落在這些物品上面，而是打量著房間另一頭的展示櫃，櫃子上擺滿了黏土雕像與各式雕塑，還有造型奇特的花瓶。*太好了，這就是我們要找的。*

我瞄了蘇西一眼，她微微點頭對我示意。

「雷蒙，告訴我。」我用命令的口吻說。「這房間裡，哪一件是你最珍愛的作品？」

「嗯，」他遲疑。「我想想看。當然是《雙》。」他指著一個雕塑說，看起來像有兩個頭的男人。「幾年前被提名史蒂芬斯中心獎，有幾個網站都有提到，妳可能有聽過……」他充滿期待地看了我一眼。

「不錯。」我微微點頭。「那在你心中，哪一件作品最有意義？」

「我不知道。」他尷尬地笑了笑。「我很喜歡這件。」他指著一個體積較大、塗上多種不同釉色的抽象作品。

「啊哈，」我點頭。「我來看看……」我拿起《雙》，蘇西拿起色彩繽紛那個。「在光線下看看……」我稍微走開，蘇西也跟著我走。「這個作品，讓我想到……馬鈴薯。」

蘇西說的沒錯，馬鈴薯真的是個很糟糕、很糟糕的暗號，可是很有效。暗號一出，我和蘇西同時把作品高舉過頭。

（蘇西的看起來重很多，我覺得有點不好意思，不過她手臂很有力。）

「好吧。」我用我最具威脅性的口氣說。「老實告訴你，我不是寶琳・奧黛特。我叫麗貝卡，我父親是葛雷恩・布盧姆伍德，我要知道你們當年的公路旅行到底發生了什麼事？如果你不說，我們就把你的作品摔破；如果你叫人來幫忙，我們一樣會摔了你的作品。所以你最好趕快從實招來。」我呼吸急促，正在考慮要不要加句「你這傢伙」，然後又決定放棄。

雷蒙顯然是那種思慮極為緩慢、什麼都要慢慢想的人。我們站了可能有半小時，手快瘦死了，心跳愈來愈快，他都還不回答。他看看我，又看看蘇西，眨眨眼、皺起臉，開口準備說什麼，然後又閉上嘴巴。

「我需要知道事情的真相。」我說，想要催他快點。「現在說，快點說！」

他再次皺眉，彷彿在思考人生的奧祕。天啊，他真的很煩。

「妳不是寶琳・奧黛特？」他最後說。

「不是。」

「謝天謝地。」他困惑地搖頭。「我還以為妳瘋了。」然後又仔細地瞧著我。「妳看起來好像她，簡直一模一樣。」

「我知道。」

「真的很像，妳們不是親戚吧？」

「據我所知不是。真的很像對不對？」我對他說話的口氣沒有剛才那麼嚴厲了，我就說我很像寶琳‧奧黛特。

「妳可以去查查看，」他雙眼發亮，興奮地說。「說不定妳們是同一個祖先，不是有那種電視節目……」

「廢話夠了沒！」蘇西的口氣好像納粹軍官。「我們需要知道真相！」她不滿地皺眉瞪我，因為我分心了。

「沒錯！」我連忙說，把《雙》舉得更高。「我們來是有目的的，你最好趕快說。」

「不要想要什麼花招。」蘇西恐嚇他。「你一報警，這兩件作品就會摔得粉身碎骨。」她聽起來一副迫不及待要摔東西的口氣。我不知道原來蘇西還有這麼暴力的一面。

等雷蒙消化這些訊息，又是一分鐘左右的沉默，但感覺更像半小時。

「妳是葛雷恩的女兒。」過了許久他才看著我說。「妳跟他不像。」

「反正我是，然後他失蹤了。我們一直在找他，想要幫他的忙，可是只知道他要撥亂反正什麼事。你知道是什麼嗎？」

「他有來過你這嗎？」

「有沒有跟你聯絡？」

「你可以告訴我們，這到底是怎麼一回事嗎？」

雷蒙面無表情地看著我們提問，中間一度和我眼神短暫交會，然後又把視線移開，我心一揪。他知道。

「到底是什麼事？」我質問。「發生了什麼事？」

「他要去做什麼？」蘇西跟著問。

雷蒙眼裡再次閃過一抹情緒，注視著畫室一角。

「你知道對不對？」我試著捕捉他的眼神。「你為什麼不說？為什麼把我媽趕走？」

「告訴我們！」蘇西大聲說。

「不管他要做什麼，那都是他的事。」雷蒙的視線完全沒有移動。

他知道。我們大老遠追來，他知道卻又不告訴我們。我的怒火瞬間爆發、氣得全身顫抖。

「我要把這摔到地上！」我抱著《雙》揮舞大喊。「全都摔到地上！我只要三十秒就能破壞很多東西！就算你報警我也不怕，因為事關我爸，我需要知道！」

「拜託！」雷蒙似乎被我嚇到了。「冷靜一點！妳真的是葛雷恩的女兒嗎？」他轉頭跟蘇西說：「葛雷恩以前外號叫冷靜先生。」

「現在也是。」蘇西說。

「我比較像我媽。」我承認。

「所以……妳真的是葛雷恩的女兒？」他說了第三次。天啊，他從以前反應就這麼慢嗎？

「對，我是麗貝卡。」我明確表示。「可是不知道為什麼，我爸不想幫我取這個名字，沒有人願意告訴我原因。」

「劉易和科瑞的女兒都叫麗貝卡。」蘇西接著說。

「劉易的女兒說：『我們都叫麗貝卡。』可是我不知道為什麼。不知道自己名字的由來，讓我很煩躁。」我顫抖地說完這句話之後，只留下一陣詭異的沉默。
雷蒙似乎在思考這一切。他看向我和蘇西，還有我們手上高舉的陶藝作品（蘇西現在手一定很痠了）。
最後他終於屈服。「好吧。」他說。
「好吧什麼？」我警惕地說。
「我告訴妳，妳父親在做什麼。」
「所以你確實知道？」
「他有來過。」他指著上面有顏料污漬的沙發說。「坐吧，我會告訴妳們我知道的部份。要喝點冰茶嗎？」
雖然雷蒙看似決定配合，但為了保險起見，我們還是沒有放下他的作品，而是抱著他的作品坐在沙發上。他倒了點冰茶，坐在我們對面的椅子上。
「跟錢有關。」他說，一副理所當然的態度，若有所思地喝了一口冰茶。
「什麼錢？」
「劉易放棄他的權利。那是很多年前的事，只是妳父親最近才發現，他覺得這樣不對，想設法解決。我說那是他們之間的事，可是妳父親不肯聽；他和科瑞以前就這樣……我不知道該怎麼說，有些不愉快吧？科瑞惹毛了妳父親；總之，這就是他最近在做的事。」

雷蒙往後靠，又喝了口冰茶，彷彿一切都解釋得很清楚了。我困惑地看著他。

「什麼？」我最後說。「你到底在說什麼？」

「妳知道啊，」雷蒙聳肩。「彈簧那筆錢。」他注視著我。「就是那筆錢。」

「什麼錢？」我惱怒地反駁。「你一直在講什麼錢，可是我根本就不知道你在說什麼。」

「妳不知道？」雷蒙驚呼。「他沒有告訴妳？」

「沒有！」

「哇！葛雷恩，沒那麼清高了吧！」他突然大笑。

「你到底在說什麼？」我氣得快爆炸了。

「好。」他對我微微一笑。「聽好了，我跟你講一個很精彩的故事。當年，我們四個是在紐約端盤子時認識；科瑞和劉易是學理工畢業的，我是設計碩士，妳父親是……我忘了他是唸什麼的。當時我們都還年輕、準備探索人生，後來我們決定去西部探險。」

「是。」我禮貌性地點頭，心卻一點點往下沉；每次有人說「我跟你講一個很精彩的故事」，意思其實就是「我要跟你分享我人生中的某個片段，你要裝作很有興趣的樣子。」事實上，這故事我已經聽爸說過幾百遍，接下來就要講夕陽和熱浪還有他們在沙漠裡過夜那一次。

「那這跟錢有什麼關係？」

「等一下會講到。」他舉手示意我聽他說。「我們到美西各處旅行、聊了很多。當年沒有手機、沒有無線網路，只有音樂和聊天；在酒吧裡聊、圍著營火聊、邊開車邊聊……到哪裡都能聊。科瑞和劉易提出很多的想法，常說以後要一起成立研究室，兩個人都很聰明。科瑞有錢、長得也好看，可以說是現在所謂的『高富帥』。」

「喔。」想到我們在拉斯維加斯看到的那個一身古銅色肌膚、五官有點奇怪的傢伙，我的口氣有些狐疑。

「後來，有一天晚上……」雷蒙刻意頓了一下。「他們提出彈簧這個點子。」他嘴角勾起一絲笑意。「妳有聽過氣球彈簧嗎？」

我突然想到一件事，整個人坐直。「等等，科瑞不是發明了一種彈簧嗎？」

「科瑞和劉易一起發明了一種彈簧。」雷蒙糾正我。

「可是……」我看著他。「我在網路上找到一些介紹那個彈簧的文章，都沒有提到劉易。」

「我猜科瑞把他的名字刪掉了。」雷蒙諷刺地笑了。「不過，劉易確實有協助研發。某個晚上，他們在營火旁一起提出這個念頭，當場畫出草圖。雖然實際的產品四年後才做出來，但一切都是從那個晚上開始。科瑞、劉易、妳父親和我都有一份。」

「等等，你說什麼？」我瞪著他。「我爸也有一份？」

「我說『一份』的意思不是他有投錢。」雷蒙又笑了。「而是說他有『出力』。」

「出力？出什麼力？」

我好希望聽到我爸是那個因為他的真知灼見而啟發整個發明的人。

「妳父親給了他們一疊紙。」

「紙。」我洩氣地說。「就這樣？」

「這就夠了！他們還開過這個玩笑，科瑞和劉易急著要找東西寫，妳父親有一大本素描本。他說：『如果我把素描本給你們，那我要一份。』科瑞說：『沒問題，葛雷恩，你有百分之一的股權。』當時我們只是在開玩笑。我幫他們把草圖畫出來，打發了幾個晚上的時間。」他又喝了一口冰茶。「後來彈簧做出來之後，錢開始大量湧進。據我所知，科瑞有遵守他的承諾，每年發股利給妳父親。」

我呆住了，我爸有彈簧的股份？我收回剛才說的話，這個故事真的很精彩。

「我那時候剛好繼承一筆遺產。」雷蒙又說。「所以我有投資一點錢，從此再也不用煩惱錢的問題。」

「可是一個彈簧怎麼可以賺這麼多錢？」蘇西質疑。「只不過是捲曲的鋼絲。」

我正這麼想，只是不好意思說出來。

「這種彈簧可以折疊，」雷蒙說。「很實用。槍枝、電腦鍵盤等都會用到。科瑞和劉易很聰明，科瑞有一把打獵用的長槍，晚上他們就把槍枝拆解，研究裡面的彈簧裝填機制，靈感就這麼來了，妳應該可以想像。」

不，我無法想像。我跟蘇西常在一起廝混，也拆解過很多東西，譬如化妝箱，可是我從來沒有發明過新的彈簧。

我突然瞭解為什麼爸總是那麼關心我的物理成績，為什麼他以前常說：「貝卡，親愛的，要不要考慮唸工程？」或「這位小姐，理工怎麼會無聊呢！」

嗯，也許他說的沒錯，早知道我就聽他的。

啊！不然我可以培養米妮對科學的興趣，然後她會發明一個更厲害的彈簧，我們就發財了（當然，這要趁她去奧運參加馬術比賽的空檔）。

「那趟旅行回來後，他們找了個實驗室，正式開始研發。」雷蒙說。「四年後產品上市，科瑞推出的。」

「只有科瑞嗎？為什麼劉易沒有？」

雷蒙的表情變得淡漠，「他在第三年退出了。」

「第三年？意思是他在產品上市之前退出？所以他沒有賺到錢？」

「沒有，他簽字放棄自己的權利。」

「可是他為什麼要這麼做？」我很驚訝。「他應該知道這很有潛力。」

「我猜科瑞跟他說——」雷蒙話只說到一半，突然又有些激動。「總之都過去了，那是他們之間的事。」

「科瑞跟他說了什麼？」我瞇起眼睛。「雷蒙，告訴我，他說了什麼？」

「對啊，他說了什麼？」蘇西附和。雷蒙憤怒地哼了聲。

「財務方面的事都是科瑞在處理，也許他故意誤導劉易，說找不到金主投資、沒有商業開發潛力、繼續研發會花很多錢，結果劉易就把股份賣掉，拿到……幾乎沒有拿到錢。」

我驚愕地看著雷蒙。「劉易被他騙了？他應該被抓起來關才對！」

我腦子裡閃過幾個畫面，包括科瑞在拉斯維加斯的豪宅和劉易住的拖車。太不公平！我受不了。

「據我瞭解，科瑞並沒有觸犯任何法律。」雷蒙冷冷地說。「他說的有一部份也是事實；產品研發有風險，也確實需要資金。劉易如果有做點功課、用點腦袋就不會這樣。」

「所以你知道劉易住拖車的事？」我語帶指責。「你知道他因為欠繳租金被趕出去嗎？」

「如果劉易自己不聰明，被科瑞的花言巧語騙了，那是他的問題。」雷蒙激動地反駁。

「我知道他有想過採取法律行動，可是證據不夠，雙方各執一詞。」

「可是這樣不對啊！劉易有參與研發！產品後來賺了好多錢！」

「那又怎樣。」雷蒙的表情更冷淡了，我突然對他感到很不屑。

「你根本不想管，對不對？」我尖銳地譴責他。「難怪你躲起來，不跟外界接觸。」

「如果劉易這麼厲害。」蘇西插進來說「為什麼他自己不發明些什麼？」

「劉易的個性比較軟弱。」雷蒙說。「我覺得科瑞的成就擊垮了他；他酗酒、離婚好幾次……再有錢也撐不下去。」

「也難怪他會崩潰！」我幾乎是用吼的。「換成誰都會被擊垮！所以你覺得這沒關係是嗎？你的朋友騙了另一個朋友，然後你袖手旁觀什麼都不做？」

「我不想插手，」雷蒙一臉木然。「後來就沒聯絡了。」

「可是你還是繼續收股利。」我尖銳地戳破。

「妳父親也有收！」雷蒙的語氣同樣尖銳。「據我所知，他也有分配到股利。」

我奔騰的思緒突然被打斷。我爸、那筆錢、他得到的股利，為什麼他從來沒提過這件事？那趟旅程的每一個細節他講了無數次，卻從來沒有提到最精彩的這一段。

我相信媽完全不知道這些事，因為如果她知道，她一定會講。這表示……他隱瞞了這件事這麼多年？

我有點生氣，我爸是世界上最坦率、最老實的人，他怎麼會隱瞞這麼重要的事？

「貝卡，妳完全不知道嗎？」蘇西低聲說。

「完全不知道。」

「妳爸為什麼要隱瞞這事？」

「我不知道，好奇怪。」

「妳爸會不會偷偷藏了上億的財富？」她睜大眼睛。

「不！不可能。他不可能這麼做！」

「我不認為科瑞有給妳父親很多錢。」雷蒙說。他正大光明地聽著我們的對話。「那比較像是好友之間的象徵性分配，可能幾千美元而已。」

每年……幾千美元……我突然想到了，爸的紅利獎金！

他領了一輩子的紅利獎金。他老是說那是他顧問工作給的獎金，每次都拿來請客，我們還舉杯慶祝。難道這些紅利獎金是……是科瑞給他的？

我看向蘇西。看得出來，她也有想到這件事。

「妳爸的紅利獎金。」她說。

有一年爸領獎金時，蘇西正好在我們家，他買了一個Lulu Guinness設計師包送她。她一直說不用，可是他還是送了。

「對，他的紅利獎金。」我點頭。「應該就是。不是顧問公司發的，是這個彈簧。」我的腦子好暈，我需要好好討論這件事；我爸隱瞞了這麼大的事，為什麼他沒有告訴我們？

「科瑞知道劉易欠繳房租的事嗎？」蘇西問雷蒙。

一陣沉默。他有些坐立不安，看著窗外。

「我知道妳父親有告訴他，我知道妳父親要科瑞給劉易一筆錢解決這件事。」

「所以他是要『撥亂反正』這件事。」我看向蘇西，這麼一說就合理了。「那科瑞怎麼說？」

「他拒絕了。」

「可是你還是沒有插手？」

他回望著我，不為所動。「當然不會。」

我真討厭這個人。他就這樣袖手旁觀、坐視不管，就這樣坐享其成、享受幸運的投資成果、做他的陶藝，住在佔地廣大的牧場和凌亂的房子裡。可是劉易呢？他說不定連住的地方都沒有。

眼淚模糊了我的眼睛。我爸為老友爭取權利、伸張正義的行為讓我深感驕傲。

「科瑞都不會內疚嗎？」蘇西追問。「你們不是好朋友嗎？」

「劉易和科瑞的關係比較複雜。」雷蒙搭起十指。「這要回溯到之前的事。」

「什麼事？」

「嗯，可以說跟麗貝卡有關吧。」
蘇西和我同時倒抽一口氣，我的雞皮疙瘩都起來了，麗貝卡。
「她……怎麼……」我連話都說不好了。
「我們需要知道麗貝卡是誰？」蘇西搶著說，態度堅決。「我們需要知道事情的真相；從頭開始講、不要遺漏任何細節。」
蘇西的口氣有一點太強勢，我看到雷蒙臉上閃過一絲不滿。
「我不想講。」他拒絕。「我不想一直重提舊事，如果妳們想知道麗貝卡的事，去問妳父親。」
「你非告訴我們不可！」蘇西反駁。
「我不需要。我已經告訴妳們夠多事了，訪談結束。」他起身，我還來不及反應，他已經抽走我手上的陶藝作品。「放下我的作品。」他怒瞪蘇西。「滾出我家，不然我要報警了！」
他看起來好兇惡，我有點害怕，也許我們真的該走了。不過，我站起來的時候，還是忍不住以藐視的眼神看他。
「謝謝你告訴我們事情的經過。希望你晚上睡得著，不會良心不安。」
「不客氣，再見。」他伸出大拇指指著門口，然後又對著外面大吼：「瑪麗亞！」
「等等！還有一件事，你知道我爸可能在哪嗎？」
一陣沉默。我從他的眼神看得出來，他腦子閃過許多念頭。
「妳們跟麗貝卡聯絡過了嗎？」他最後說。聽到自己的名字，我又有那種被激了一下的奇妙感覺。

「沒有！你還聽不出來嗎？我們對這個麗貝卡一無所知，不知道她姓什麼、住哪裡——」

「麗貝卡・米德斯。」他打斷我的話。「她住在塞多納，往北約兩百一十五英里，妳父親有說要跟她聯絡。那天晚上她也在場，她知道他們當初的靈感是怎麼來的。」

她也在場？那他之前為什麼不講？我正想多問幾句，可是還來不及開口管家就來了。

「瑪麗亞，送她們出去。」雷蒙說。「不要讓她們拿走任何東西。」

拜託，我們又不是小偷。

他不發一語，打開另一頭的門，大步走出工作室，站在院子裡。我看到他拿出菸斗點火。

我和蘇西交換眼神，看得出來我們都在想同一件事：這個人真是討厭。

這段時間，我的手機一直放在口袋裡。假設收訊沒有問題，媽應該至少有聽到一部份的對話。我現在還不想面對她，所以我們一走出雷蒙家的大門，看到一塊空地就坐了下來，傳簡訊給盧克說：「一切安好，準備回去。」然後就往後靠在雜草叢生的地上，抬頭看著藍天。

坦白說，我有一點不知所措。我爸想對老友伸出援手，我以他為榮，可是也有點困惑，為什麼他不告訴我們事情的真相？為什麼要拿什麼「紅利獎金」當藉口？為什麼要這麼神祕？

「感覺很奇怪，對不對？」蘇西知道我在想什麼。「現在非去塞多納不可了。」

「大概吧。」我頓了一下才說。其實我有點累了，不想再到處追著我爸跑。

突然很懷念在英國時平淡的家庭生活：看電視、稱讚老媽從瑪莎百貨買回來的即食餐點、爭論安妮公主是不是該剪個頭髮？

「我瞭解爸為什麼想幫劉易抱不平。」我靜靜望著天空。「可是他為什麼不告訴我們？」

「我也想不出原因。」蘇西頓了一下說。「這整件事就是很怪。」她聽起來也累壞了。我們吸著乾熱的空氣，感受著照在臉上的美國太陽；藍藍的天空有種魔力，感覺離所有的人都好遙遠，感覺腦子裡的思緒逐漸清晰。

「這件事造成嚴重的分裂。」我突然說。「這整件事影響了我們每一個人，我爸媽……妳和唐群……我和我爸……每個人被祕密、誤會和各種困惑劈開……太可怕了，我不想再分裂了，我想要團結、想要大家在一起！」我用一側的手肘撐起身體。「蘇西，我要去塞多納，我要找到我爸。我們是一家人，不管他在做什麼、不管他有什麼計劃，他都可以和我們一起完成。」

「也可以跟我一起。」蘇西立刻說。「我是妳最好的朋友，幾乎也是妳的家人，算我一份。」

「也算我一份。」盧克牽著米妮繞過馬路轉彎處，出現在我們眼前。「我們正在想妳跑去哪了？」他語氣溫和。「親愛的，妳怎麼可以沒說一聲就不見人影。」

「我們沒有不見人影，只是在計劃。」

「我有聽到。」盧克眼神溫柔地看著我。「我也說了，算我一份。」

「我也要。」詹妮斯熱切地說，腳步匆忙地跟在他後面。「親愛的，我也幾乎算家人了。妳說的沒錯，妳爸聽起來很需要精神支持。」

「也算我一份。」丹尼出現在詹妮斯身後。「我們從電話裡聽到整件事的前因後果。媽的，那個科瑞真是卑鄙！雷蒙也沒好到哪裡去。妳爸真是太了不起了，一定要去支援他。」

他好激動，我的心突然揪了一下，丹尼是做大事業的大人物，他不需要跟我們來這；沒有人需要跟我們來亞歷桑納州偏僻的一角，幫我爸平反多年前的老友受到的不公平待遇。說真的，他們應該都有更重要的事要做吧？可是，我轉頭一看，只見一群親切、熱心的面孔，讓我忍不住熱淚盈眶。

「好……謝謝。」我勉強說。「我爸一定會很感謝各位。」

「貝卡？」我們全循著聲音轉頭，我看到詹妮斯皺著臉，媽沿著馬路邊緩緩前行，腳步沉重，看得出來她心情很不好。可憐的媽，她臉好紅，頭髮也亂了。

「他為什麼要騙我？」她說。我聽得出來她很受傷。

「媽，我不知道。」我無助地說。「我相信他可以解釋……」

媽扯著脖子上的珍珠項鍊，爸用他的紅利獎金買給她的。不對，現在不能說那是他的獎金了。

「現在要去塞多納嗎？」她感覺已被擊垮，似乎希望由我來決定。

「對。」我點頭。「這是找到爸的最好方法。」

而且，這也是見到跟我同名的麗貝卡的好方法，只是我沒有把這一點說出來。坦白說，我快等不及了。

13

我的天啊，我怎麼都不知道有塞多納這種地方？怎麼都沒有人告訴我？簡直是……無法形容的美。

好啦，也不是真的無法形容，還是可以的，你可以說：「到處都是巨大的紅色砂岩矗立在沙漠裡，讓人覺得自己渺小而微不足道。」也可以說：「這種原始的景色讓人起雞皮疙瘩。」或「高空裡有隻猛禽正在盤旋，凸顯人類的卑微。」

這些都可以用來形容眼前的美景，可是這和置身當地還是不一樣。

「你看——」我一直指著，然後丹尼就會附和：「對啊！」

「我的天啊！你看——」

「對啊，好美！」

蘇西臉上的焦慮很難得地消散了；媽和詹妮斯看著另一邊的窗戶，相互表達驚嘆。大家的心情似乎都因美景而變好。

後來我們在荒野村多住了一晚，因為盧克說沒有必要當天就衝去塞多納，大家都需要好好睡一覺。蘇西花了兩個小時跟留在洛杉磯的小朋友Skype視訊，後來米妮跟我也加入，一起玩「視訊比手畫腳猜字遊戲」，其實蠻好玩的。我知道蘇西很想家，她現在心情極度低落，好像也沒什麼睡；唐群還是沒有消息，那棵樹的寓意仍是一個謎。我覺得她爸媽和園丁總管好差勁，我真的很替她生氣，怎麼都沒有人回她電話？

只是我追問她後，她才承認之前留言詢問時刻意輕描淡寫，深怕他們猜到這涉及她岌岌可危的婚姻，所以他們可能覺得等她回來再說也沒關係。她也真是的！

可是，現在她狀況真的很差，全身上下寫著憂慮。她需要盡快知道答案，一定有誰可以幫忙——

喔！等等，我突然想到了。

我把手機藏在一本雜誌下面，假裝看雜誌，以免蘇西問我在做什麼，同時偷偷寫了一封電子郵件。我知道成功的機率很低……可是誰知道，說不定有效。我按下「寄出」，收起手機，繼續欣賞壯麗的景色。

早上天一亮我們就上路了，已經開了差不多五個小時的車，中間有停下來吃早午餐。天空很藍、滿是日正當中的熱力，我好想喝杯茶。

我們的目的地是「高景度假中心」，網站上說這裡「觸目所及皆是紅岩景致」，而且「距離塞多納市區的精品店與藝廊不遠」。不過，這不是我們要去那裡的原因，我們之所以要去高景度假中心是因為——猜猜那裡的「新時代中心導師」和「靜坐導師」是誰？正是麗貝卡・米德斯。

網站上還有她的大頭照，我沒有秀給媽看；原來這個麗貝卡長得很漂亮，尤其是以她這個年紀的女人來說，一頭染成粉紅色的美麗長髮、眼神熱情又性感。

其實，她漂不漂亮不是很重要，我相信爸……他應該……

其實我也不知道該怎麼想，這麼說好了，我覺得媽不需要看到她的照片。每次看到她的照片，我心裡就會嚇一跳，之前還想說這個「麗貝卡」可能根本不存在，結果她人就在這，我終於可以發掘事情的真相。也該是時候了。老實說，不知道事情真相讓我覺得好疲憊，那些警探都是怎麼辦到的？他們怎麼有辦法保持理智？我一直在想如果……有沒有可能……可是……想到腦袋都快炸開了。

「到了！」盧克打斷我的思緒，我興奮地看著車外的景觀：道路兩旁種植棕櫚樹，飯店本身離馬路有一段距離，樓層數不多；建材使用某種砂岩，完全和景色融為一體。

「我來停車。」盧克說。「妳去登記，去找那個跟妳同名的人。」他對我挑眉，我微笑回應，我覺得他也很想見這個麗貝卡。

櫃臺花了點時間幫我們安排房間，後來由蘇西接手處理。丹尼看到身心療癒的美容療程海報，立刻決定他要去，顯然這樣到處奔波讓他的肌肉緊繃、精神耗盡。（原因當然是長途旅行，絕對不是在拉斯維加斯徹夜玩樂或在園遊會喝了一整天的威士忌冰茶。）我則找到一份介紹麗貝卡・米德斯的手冊，退到大廳一角，坐在一張大木椅上認真研讀。

高景度假中心很榮幸請到麗貝卡・米德斯小姐，擔任駐店身心靈諮商師。麗貝卡在印度唸書時跨入身心靈研究的領域，曾在阿羅邏神祕學院受訓。她很高興能夠在塞多納的靈性能量中心為各位服務。塞多納知名的紅岩底下有年代久遠的渦流與神祕能量，可以強化人的心靈、賦予靈性能量。

哇！我不知道塞多納地層底下有年代久遠的渦流，更不知道有神祕的力量。我看了看飯店大廳，心想會不會發現神祕力量的存在，卻只看到一名老太太在敲iPad。可能要去外面吧。

麗貝卡提供的諮商服務包括神聖渦流導覽團、直覺諮商、療癒、氣場能量判讀、天藝、與天使溝通……

與天使溝通？我眨眨眼，看著手冊。跟……真的天使嗎？這我從來沒聽過，也沒聽過「天藝」，那是畫星星的意思嗎？一陣清脆的聲響吸引了我的注意，我看到一名留長髮的年輕男子穿過珠簾，襯衫上的名牌寫著「顧客服務專員，塞斯．康諾力」。他笑容可掬，並注意到我手上拿著一份簡介。

「您對我們的新時代中心有興趣嗎？」他親切地問。「需不需要我帶您過去？」

「嗯，可以啊。」我說。「我正在看麗貝卡．米德斯的介紹。」

「喔，麗貝卡喔。」他臉上露出笑容。「在這個世界上，我最喜歡的人就是她。」

「真的嗎？」我沒想到他會這麼說。「呃……為什麼？她是個什麼樣的人？」

「她很甜美、人超好，妳知道我的意思吧？而且她的工作很神奇。」他認真地說。「她是合格的『天使療法治療師』，真的能幫患者達成靈性開悟。妳對這有興趣嗎？她也會做氣場能量判讀、算塔羅牌……」

「可以考慮，她長得好漂亮。」我試著從他嘴裡套出更多話。「好美的頭髮！」

「她的頭髮超美！」他點頭。「每年染成不同的顏色；藍色……紅色……綠色……我們都說她應該改名叫彩虹！」他孩子氣地大笑。

「所以我會見到她嗎？」我故做輕鬆地問。「可以跟她約個時間什麼的？」

「當然可以！」他說。「她都在新時代中心，只有前陣子不在，現在可能回來了。妳如果現在去，那邊會有靈性導師幫妳。穿過那裡就到了。」他指著珠簾說。「走到底，經過座位區，就會看到新時代中心在最後面。」

「好，那我去看看，謝謝。」

塞斯離開後，我迅速瞄了一下大廳。媽、米妮和詹妮斯正在看印第安人的捕夢網藝品展；蘇西還在跟櫃臺人員對話；丹尼跟著一名身穿白色美容沙龍制服的小姐朝芳療中心走去。

那我就溜去親自看一下這位麗貝卡吧！悄悄的、自己一個人去就好。我站了起來，心裡一陣緊張，連忙斥責自己為什麼要緊張，我只是要去看爸過去認識的一名女子，沒什麼大不了。

我推開珠簾，穿過一陣清脆的聲響，站在一個擺了沙發和椅子、寬敞通風的區域；有人坐在這裡看報紙和雜誌，一旁有幾棵種著棕櫚樹的盆栽、偌大的天窗和寫著「新時代中心」幾個字的指示牌。我正準備朝那個方向走去時，突然注意到有張籐椅上露出一雙鞋子，一雙有些磨損的麂皮男士便鞋——我認得這雙鞋，真的！椅子扶手上有一隻手肘，一隻我非常非常熟悉、比平常稍微曬黑了一點的手肘。

「爸？」我脫口而出。「爸？」

那隻曬黑的手肘急速離開扶手，鞋子動了、椅子被往後推，在紅磚地上發出刮地板的聲音，下一刻爸就出現在我面前，我失蹤的父親活生生地出現在我面前！

「爸！」我幾乎是用喊的。

「貝卡！親愛的！」他似乎和我一樣震驚。「妳怎麼——怎麼會——誰跟妳說我在這裡的？」

「沒有人！我們在找你！到處尋找你的蹤跡！我們——你不知道——」我思緒太亂、無法組織成句。「爸，你不知道——」

他閉上眼，彷彿不敢相信我竟然出現了。「貝卡，我不是叫妳不要來！不是叫妳回家——」

「我們很擔心你，你不知道嗎？」我大吼。「我們好擔心！」

各種情緒像爆發的火山熔岩一樣突然湧現，我不知道自己是鬆了一口氣，還是快樂或憤怒或只是想尖叫。我突然發現自己臉上爬滿淚水，卻不知道眼淚從何而來。「你一聲不吭就走了。」我呼吸急促。「你就這樣丟下我們走了！」

「貝卡。」他張開手。「親愛的，過來。」

「不要。」我憤怒地搖頭。「你不能就這樣……你知道媽有多難過嗎？媽！」我大喊。「媽！」

片刻後，珠簾傳出一陣震天的清脆撞擊聲。媽、詹妮斯和米妮，一個個都進來了。

「葛雷恩？！」

我從來沒有聽過比媽此刻的聲音更尖銳的聲響，好像火車鳴笛聲，嚇得我們全往後縮。我還聽到椅子的刮地聲，應該是旁邊有人轉過來看。

她眼裡噴著怒火、瞪大鼻孔，朝爸走去。

「你去哪裡了？」

「珍！」爸一臉驚慌。「我不是跟妳說我去辦點事情……」

「辦點事情？我以為你死了！」媽崩潰大哭，爸張開雙臂抱住她。

「珍，」他哄著。「我親愛的珍，不要擔心我。」

「我怎麼可能不擔心？」媽像眼鏡蛇一樣，脖子瞬間往後急縮，仰著頭說，「我怎麼可能不擔心？我是你太太！」她揮手用力甩了爸一巴掌。

天啊！我太震驚了！我從來沒看過媽對爸動手，還好米妮正在玩珠簾，應該什麼都沒看到。

「嗯，米妮。」我慌忙說。「爺爺和奶奶需要……呃……談點事情。」

「你再也不可以這樣消失。」媽緊抓著爸，眼淚直流。「我以為我成了寡婦！」

「真的！」詹妮斯附和。「她還去查保單。」

「寡婦？」爸大笑，不相信她們的話。

「葛雷恩．布盧姆伍德，你竟敢笑我！」媽一副又準備對爸動手的樣子。「你敢！」

「親愛的，走吧！」我抓起米妮的手，掀開珠簾離開，心還是跳得好快。片刻後，詹妮斯跟著我走出來，不可置信地看著彼此。

「怎麼了？」還在櫃臺的蘇西轉身問我。「妳媽在叫什麼？不是又在吵英式司康餅的正確發音吧？」

媽有一次帶蘇西和我去一家高級飯店，結果跟侍者為了「司康餅」的正確發音而起了口角，讓蘇西印象深刻。

「不是。」我情緒還是很激昂。「她不是。蘇西，妳絕對不會相信……」

我喝了兩大杯亞歷桑納特調（琴酒、蔓越莓汁加葡萄柚汁調製而成，好好喝）情緒才平復，天知道媽會需要幾杯調酒才能冷靜？爸在這，我們找到他了！找了那麼久、氣了那麼久……結果他竟然坐在沙發上看報紙，真的是……搞什麼？

我坐不住，一直想回去質問爸，問到我把所有的細節都搞清楚為止，可是蘇西不讓我去。

「妳爸媽需要空間。」她一直說。「讓他們兩個好好談、給他們時間，要有耐心。」

她甚至不讓我溜過去偷看鼎鼎大名的麗貝卡，也沒有衝去問唐群的消息。我們全出來坐在飯店前陽臺的藤椅上，每次一聽到聲音就迅速轉身。我說「我們」不包含盧克，他去商務中心回信了。其他人全坐在這，感覺等待的時間過得好慢，已經等至少半小時了——

突然間，他們掀開珠簾走出來；媽看起來好像剛跑完一場馬拉松，爸看到眾人似乎很震驚，聽到大家驚呼：「終於找到你了！」、「你跑哪去了？」和「你沒事吧？」更是嚇了他一跳。

「是。」他一直說。「對，我沒事、大家都沒事……我不知道……大家都來了，有人要吃點東西嗎？喝點什麼？那……要不要點些東西？」聽起來好慌亂，一點都不像爸。

等到大家都拿到飲料和餐點還有「輕食」菜單坐下來看之後，聊天的聲音才逐漸變小，隨後又一個個再次追著爸問。

「說吧！」我說，「你們為什麼匆匆忙忙就跑了？到底有什麼大祕密？」

「你為什麼就不能直接告訴我們到底發生什麼事？」蘇西顫抖。「我好擔心……」

「親愛的蘇西，」爸沮喪地皺著臉。「我知道，對不起，我真的沒想到……」他遲疑。

「只是我得知有這麼不公不義的事情，無法坐視不管，必須撥亂反正。」

「可是葛雷恩，為什麼要這樣神神祕祕的？」坐在媽旁邊的詹妮斯問。「珍好可憐，她都快瘋了，都不知道該怎麼想！」

「我知道，」爸抹臉。「我現在知道了。我太傻了，以為叫妳不要擔心，妳就不會擔心，至於一開始我沒有對妳全盤托出的原因……」他再次嘆氣。「我覺得自己很可笑。」

「跟那筆紅利獎金有關。」我說，爸點頭，卻沒有抬頭。

「在人生的這個時間點被發現撒謊是好事。」他口氣沉重地說。

「可是爸，為什麼？」我忍不住露出一絲惱怒。「為什麼跟我們說這是你當顧問賺的錢？你不需要這種藉口，為什麼不直接說是科瑞給的錢？又沒有關係！」

「親愛的，妳不明白，妳剛出生沒多久我就失業了，沒有什麼特別的原因，當時大家都在裁員；可是妳媽媽……」他遲疑。「她的反應很大。」

爸用他一貫的低調方式表達，實際上大概是：她拿碗盤丟我。

「我好擔心！」媽反駁。「誰都會擔心！家裡有個小的，收入卻大減……」

「我知道。」爸安撫她。「當時狀況真的很令人擔心。」

「妳處理得很好，親愛的。」詹妮斯握住媽的手以示支持。「我記得妳把肉醬發揮得淋漓盡致。」

「我有好幾個月沒工作，情況很不好。」爸繼續說。「突然間我收到來自科瑞的一封信，還有一張支票；他已經賺了一陣子的錢了，這筆錢突然暴增，他想起當年開的玩笑，竟然實現當時的承諾，寄給我五百英鎊，我簡直不敢相信。」

「妳不知道，當年五百英鎊有多大。」媽熱切地附和。「幾乎可以買……房子了！」

「還不至於。」爸說。「一臺二手車倒是沒有問題。」

「那筆錢救了我們。」媽用她一貫戲劇化的口氣說。「貝卡，那筆錢也救了妳！如果沒有那筆錢，妳說不定就餓死了！」

我看到蘇西張開嘴巴，正準備反駁說不是還有社會福利機構嗎？我搖頭，媽講得正高興，她不會想聽到社會福利機構這幾個字。

「可是我在這個時候犯了一個大錯。」爸沉默了許久，我們全屏息等待。「因為虛榮。」他最後說。「就為了我的虛榮心，我希望妳媽以我為榮，可是我們才剛結婚、剛為人父母，我就失業了。所以……我說了謊，藉口說有一份工作給我薪水。」他皺起臉。「蠢，真蠢。」

「珍，我還記得妳跑過來找我！」詹妮斯的臉一亮。「記得嗎？我正在曬衣服，妳衝進來說：『我老公好聰明，妳猜他做了什麼事！』大家聽到都替妳鬆了一口氣。」然後又看著在座的眾人說：「你們不知道當時壓力有多大，貝卡剛出生、生活費一直在漲……」她靠過去拍拍爸的手臂。「葛雷恩，不要自責，碰到這種情況誰不會說點小謊？」

「太可悲了！」爸嘆氣說。「我只是想解救大家。」

「你是救了大家。」詹妮斯肯定地說。「那筆錢是因為你才會流進你們家的，葛雷恩。什麼原因並不重要。」

「我回信給他說：『科瑞老友，你剛好解救了我的婚姻。』他回答：『那看看明年我還能不能再給！』事情就這麼開始了。」爸灌了一口酒，抬頭看媽和我。「我每年都很想把事情的真相告訴妳們，可是妳們都那麼以我為傲，一起花這筆獎金，已經成為我們家的習慣。」

媽撥弄頸間的珍珠，我回想過去的情景：為慶祝爸收到紅利獎金而享受過的美食、他送過我們的禮物、好多幸福快樂的時光和以他為榮的感受，難怪他從來不說，我完全可以理解。

我也可以理解，當他聽說劉易因積欠租金而被迫離開拖車區的驚愕；你看他們：爸過著舒適優渥的生活，劉易卻一貧如洗。可是他怎麼可以都不解釋就消失許多天，還不肯吐露他的祕密呢？

「爸，我要問清楚一件事。」我靠過去。「所以你的計劃是到拉斯維加斯找科瑞、解決劉易的問題，回家……然後你認為我們就不會再問你任何問題？」

爸想了一下才說。「差不多是這樣。」

「你覺得我們會乖乖坐在家裡耐心等你回來？」

「對。」
「然後我們以為你被布萊斯綁架、你和唐群都被他洗腦了。」
「呃……」
「你以為你回來之後，媽會說：『行程還順利嗎，親愛的？』然後你就說：『對。』然後這段對話就結束了？」
「嗯……」爸的表情有點呆滯。「我沒有想那麼多。」
男人，真是的。
「那劉易到底出了什麼事？」我背後傳來的低沉嗓音讓我回頭一看，原來是盧克站著那裡。
「葛雷恩，很高興見到你。」他微微一笑，伸出手握住爸。「很高興看到你安然無恙。」
「劉易啊，」爸的臉又痛苦地扭了起來。「狀況很糟，我盡力了。我去找了科瑞、也去找了雷蒙，可是……」他嘆氣。「他們兩人之間並不合。」
「可是這樣一點都不合理啊！」我不耐煩地說。「為什麼科瑞每年都寄錢給你，卻對劉易隱瞞了一切？他對劉易是有什麼不滿？」
「這要回溯到當年那趟旅途中的某個人……」他尷尬地瞄了老媽一眼。
「那個女人，」媽翻白眼。「我就知道，我早就知道了！我是不是早就說：『這一切都跟一個女人有關？』」
「有！」詹妮斯張大眼睛驚呼。「親愛的，妳有！所以這個女人是誰？」
「麗貝卡。」爸說，剛才還殘存的緊張情緒似乎已經消失。一陣沉默，大家都眨著眼睛急切地互望，可是沒有人敢吭聲。

「葛雷恩。」最後是盧克開口，他的語氣好冷靜、好舒坦，聽得我好想鼓掌表示欽佩。

「跟我們說說麗貝卡的事。」

我在這趟旅途中學到很多事：我發現穿夾腳拖不適合跳排舞、我發現南美玉米粥絕對不會成為我愛吃的東西。（我在荒野園遊會有點來吃，米妮也不喜歡。）現在又學到，當爸抖出一件多年前錯綜複雜的三角戀內幕時，我應該要記筆記，或至少請他做個投影片簡報和發講義。

我整個糊塗了，必須私下再整理一次相關的資料，把夕陽、青春熱血、炎熱的天氣和其他爸丟進來的詩情畫意情節排除在外。

我都能看完全套連續殺人犯的DVD影集了，怎麼會聽不懂這個故事呢？一定可以，不然我就把它想成一部影集好了！分成不同的集數，嗯，好主意！

第一集：爸、科瑞、劉易和雷蒙正在公路旅行，遇到一名名叫麗貝卡・米德斯的美麗女孩。科瑞瘋狂愛上麗貝卡，她卻跟劉易在一起。

（到目前為止還可以。）

第二集：科瑞對麗貝卡難以忘情（快轉幾年：他把第一個女兒命名為麗貝卡，被他第一任妻子發現，說他太偏執且離開他）。後來劉易和麗貝卡分手了，科瑞重新追求麗貝卡，她玩弄了他一番後，又回到劉易身邊。

（到這邊我還跟得上……）

第三集：劉易和麗貝卡分分合合了幾年，生了一個小孩，也叫麗貝卡。

（我見過她！就是那個站在拖車階梯，說我是「公主大小姐」的女人。我現在大概知道她為什麼那麼不友善了，可是她也不用批評我的聲音「嬌滴滴」啊。）

第四集：爸知道麗貝卡玩弄了科瑞的感情，認為她很糟糕。所以當媽說要把我取名為麗貝卡時，他很不願意。

第五集：然後他們彼此失去聯絡，因為當年沒有臉書，打電話又很貴什麼的。

（老一輩的人真可憐，當年只有「付費電話」、「電報」和「航空郵件」，他們到底是怎麼辦到的？）

第六集：科瑞開始賺大錢。爸收到第一張支票，以為劉易也賺了大錢，卻不知道科瑞因為嫉妒他和麗貝卡交往，騙了他，害他一無所有。

（我還是要說，如果當年他們有臉書或打個電話給對方就不會這樣了。）

第七集：多年後，爸驚訝地發現劉易一貧如洗。他馬上飛來美國找劉易，可是不歡而散，劉易消失。所以他找了唐群和布萊斯一起去找科瑞，可是科瑞連他的電話都不接，更不可能跟他見面。

（我聽了更討厭那傢伙，怎麼會有人不肯見我爸？）

第八集，季終：劉易很可能無家可歸，可是科瑞不在乎；雷蒙躲在家裡不出面、沒有人知道劉易在哪，然後——

「等等！」我突然大喊。「麗貝卡！」

我怎麼忘了麗貝卡呢？

「爸，你知道她在這裡工作嗎？」我激動得語無倫次。「跟我名字無關的那個麗貝卡就在這家度假中心工作！她人在這！」我揮舞雙手。「麗貝卡就在這裡！」

「親愛的，我知道。」爸一臉為難。「我就是為了這個來這裡，來塞多納。」

「喔，」我覺得自己好蠢。「難怪。」

「她之前不在，預計今天回來。」爸指著他原本的位置說。「所以我才在這裡等。」

「我明白了。」

我真的很需要一份書面講義說明一切。

「那劉易有機會嗎？」盧克問爸，剛好服務生端來我們加點的飲料。「你的策略是？」

「一開始我以為年紀大了，科瑞會比較成熟一點。」爸苦著臉說。「我錯了，我現在找了一名律師來處理、重新檢視這個案子。可是那麼久以前的事……又沒有書面記錄、沒有劉易本人的參與很不好處理。我想也許麗貝卡幫得上忙。」他停下來，嘆口氣。「可是我不確定能理出什麼頭緒來。」

「那唐群在做什麼？」

可憐的蘇西一直在等著提這個問題；她雙手緊握、坐得不安穩。「他還好嗎？我已經……好久都沒有他的消息。」

「蘇西，親愛的！」爸迅速轉過去對她說。「不用擔心，唐群只是有事要忙；他隱瞞和我的關係，去拉斯維加斯打聽科瑞的事。妳先生人脈很廣闊。」

蘇西眉間的皺痕並沒有消失。

「是。」她的聲音在顫抖。「嗯，葛來恩，他有沒有提到……樹？」

「樹？」爸聽起來很驚訝。

「算了。」蘇西表情有些沮喪。「沒關係。」她拿起一塊麵包撕了起來，卻沒有吃。

「這個劉易害我們經歷那麼多事，我只希望他會感激你為他做的！」媽脹紅著臉說。

「他大概不會。」爸笑了笑。「不過，我還是希望有機會介紹你們認識。他是個豬頭，很會跟自己過不去，可是他也很睿智；我記得他以前常說：『要嘛省一點，要嘛賺多點。』」看到詹妮斯困惑的表情，他解釋：「意思就是節儉一點或多賺一點錢。」

「說的真好！」詹妮斯高興地說。「『省一點或賺多點』，這句我喜歡，我要記下來。」

我驚訝地看著爸。「要嘛省一點，要嘛賺多點？這句是劉易想出來的？」

「可是那也是貝卡的名言！」蘇西跟我一樣不可置信。「這句根本就是她的最高指導原則。」

「我以為這句是你想出來的！」我幾乎是用指責的口吻對爸說。「我每次都跟別人說：『我爸說，要嘛省一點，要嘛賺多點。』」

「我也會這麼說。」他微笑，「可是我是從劉易那學來的。其實，我從他身上學到很多。」

「譬如？」

「我想想。」爸端著玻璃杯，靠坐在椅子上，眼神迷茫。「他很擅長傾聽，說的話一向很有哲理。當時我正在煩惱生涯規劃的問題，是他幫我想清楚。他另一句名言是『旁觀者清』。每次雷蒙和科瑞起爭執時，他就會講這句。只要他們喝了幾瓶啤酒就很容易吵起來。」想到往事他笑了出來。「他們在那邊爭論不休；劉易則躺著，腳翹在石頭上、邊抽菸邊說：『旁觀者清，聽聽看對方怎麼說，別人說的話，一定都有他的道理。』每次都把大家氣得半死。」他頓了一下，沉浸在回憶裡。

好，下次耶誕節，爸又開始講這趟旅程給我們聽時，我一定會專心聽。

「如果他真的這麼睿智？為什麼把自己的人生過得那麼糟？」我試探。

爸臉上閃過一抹悲傷的神色。

「當局者迷。當時他就知道自己有酗酒的問題，只是不願面對。我有試過跟他談這個問題……」他雙手垂在膝上。「當年我們都年輕，我對酒癮又懂多少？好可惜。」爸的神情好沮喪。

一陣沉默、氣氛嚴肅。這故事好哀傷，我現在跟爸的心情一樣，非常氣憤、好想幫劉易伸張正義，打垮那個邪惡的科瑞。

「可是我不確定接下來該怎麼做？」爸疲憊地揉眼。「我見不到科瑞……」

「他竟然不肯見你。」我激動地說。「你是老朋友。」

「他為自己築起一座堡壘。」爸聳肩。「鐵欄杆、警衛、看門狗……」

「我們是因為他們剛好在辦小孩的生日派對才進去的，警衛以為我們是受邀的賓客。」我告訴他。

「親愛的，妳做得很好。」爸自嘲，「我連打電話都打不進去。」

「我們有見到他現在的太太，她其實很親切。」

「我聽說她個性不錯。」爸點頭。「本來以為可以透過她找到科瑞，可是科瑞管她管得很緊，隨時都要掌握她的行蹤、查看她和別人的往來訊息……」他喝了點東西。「我沒找到科瑞之後，有嘗試跟她聯絡，她回我信說沒辦法，以後請不要再來找她。我覺得那封信其實是科瑞寫的。」

「爸。」我同情地說。

「這還不是最慘的！我甚至站在他家門外，等他們開豪華跑車出門時揮手大喊……還是沒用。」

我心裡再次湧起一股憤怒，*他怎麼可以這樣藐視我爸？*

「如果劉易知道你為他做了這麼多就好了。」我說。「你覺得他知道嗎？」

「可能不知道。」爸苦笑。「他知道我想幫忙，可是我猜他沒想到我會搞出這麼一場——」

聽到珠簾撞擊的聲音，他停了下來，臉上浮現一抹奇異的表情、眼睛眨了幾下。我馬上轉頭看到底怎麼了，卻整個僵住。

不可能，怎麼會這樣？

這真的發生了！影集的情節在我面前上演，就像開啟了全新的一季。

第二季

第一集：四十多年後，在美國亞歷桑納州塞多納的一間度假中心內，葛雷恩・布盧姆伍德與麗貝卡・米德斯終於再次見面。

她站在珠簾前，手指捲著一撮染成粉紅色的長髮正在把玩；綠眼睛塗上濃厚的淺咖啡色眼影和過於粗黑的眼線；身穿深紅色的飄逸長裙，搭配露不少乳溝的低胸上衣；手指搽上黑色指甲油；手臂上有蜿蜒的植物彩繪。她看著爸，沒有說話，緩緩露出微笑表示已經認出他，眼睛像貓一般瞇起。

「天啊！」過了一會兒爸說，聲音有些微弱。「麗貝卡。」

「天啊！」麗貝卡身後也傳出一個刺耳的聲音。「公主大小姐。」

寄信人：dsmeath@locostinternet.com
收信人：麗貝卡・布蘭登
主旨：回覆：極需協助

親愛的布蘭登太太，

我在一個小時前收到您的來信，信中「急切」的語氣讓我嚇了一跳。我不太明白，這件事為什麼會導致「有些人的人生岌岌可危」，但是我可以感受到您的焦慮。並且如您所提醒，我確實曾經表示「願意提供協助」。

因此，我已帶著便當和保溫杯，即刻出發。此刻我正在A27公路上的休息站發信。

希望很快就能抵達目的地，向您報告最新情況。

祝好。

德瑞克・史密斯

14

OK，這場聚會有太多個「麗貝卡」了。

首先是我，貝卡。

還有麗貝卡。

然後還有一個「貝可」——劉易和麗貝卡的女兒，也就是我在拖車區遇到、說我是「公主大小姐」的那個女人，我很不喜歡她叫我「公主大小姐」。

距離剛才已經過了半個小時，爸又點了更多的餐點和飲料（其實大家沒有很想吃，只是為了找點事情做），一邊設法認識兩位新加入的成員。可是，我必須說，聚會的氣氛並沒有很好。媽一直用極度質疑的眼神打量著麗貝卡，尤其是她的穿著；我媽認為女人到了一定的年齡之後就應該要怎麼穿，其中不包括露乳溝或用植物顏料做身體彩繪，也不包含穿鼻環。（我剛才發現的，很小一個。）

貝可坐在我旁邊，身上T恤發出的衣物柔軟精氣味好濃；她穿著抽鬚牛仔短褲、雙腿張開，跟麗貝卡很不一樣；她媽媽看起來像騎在掃帚上的優雅女巫。

原來，貝可在聖塔菲的一家旅館找到新工作，準備去就職，剛好路過這裡住一晚。上次我在拖車區有看到她養的狗史可達，我問她史可達好不好，她說新工作不能養狗，只好把狗送人，然後就瞪著我，好像這都是我害的。

我真的完全搞不懂，她怎麼那麼不友善？你以為她們會對爸幫助劉易的計劃感到讚嘆然後說要幫忙，結果卻不是；貝可對每個問題都以單音節的字回答、充滿戒心；不，她不知道她爸現在人在哪裡、他想好就會跟你聯絡、她看不出來我爸要怎麼幫劉易伸張正義？沒，她沒有任何想法；不，她不要幫忙想。

另一方面，麗貝卡只想跟我們講附近有很棒的「身心靈淨化」步道。爸把話題轉回劉易，她就開始回憶當年，說起他們在印第安人保留區遇到巫醫的事。

「麗貝卡，妳可以幫個忙嗎？」爸最後終於忍不住了。「我只是想幫劉易主持正義！」

「喔，葛雷恩！」麗貝卡露出她招牌的神祕笑容。「你真是個好人，一直都是。你有很棒的能量。」

「正義。」貝可翻白眼咕噥，我一陣惱怒。

「妳到底有什麼問題？」我質問。「我們是為了幫妳爸才來的，妳為什麼這麼消極？」

「是又怎麼樣？」她怒瞪回我。「已經太遲了，二〇〇二年時你們在哪？」

「什麼？」我茫然地看著她。

「二〇〇二年，我爸最低潮的時候曾經請科瑞幫忙，還穿上西裝去拉斯維加斯找他，當時他就很需要妳爸。」

「可是我爸在英國！」我困惑。「他不知道這件事。」

「怎麼會不知道，」貝可不屑地說。「我爸有寫信給他。」

我受不了了。

「爸！」我打斷爸和麗貝卡的對話。「你知道劉易曾經在二〇〇二年請科瑞幫忙嗎？」

「我不知道。」爸一臉茫然。「我沒有聽說這件事。」

「你沒收到信嗎？」我比著貝可示意。「她說，你收到一封劉易寫給你的信。」

「當然沒有！」爸氣憤地說。「妳認為，如果我有收到劉易的信，知道發生了這麼過份的事情，我會坐視不管嗎？」

貝可似乎被他的回應嚇了一跳。「科瑞告訴我爸說你知道。科瑞說你有跟他聯絡，說你認為……他說——」她沒把話說完，我好想知道科瑞說了什麼。

「貝可，我猜科瑞說了謊。」爸語氣比剛才溫和多了。

好吧，這麼說就合理了。科瑞誣陷我爸，所以貝卡才這麼討厭我們。

「那妳現在明白了嗎？」我轉問貝可。「我爸沒有說過什麼科瑞說他有講的惡毒話。」

所以妳不用這麼仇視我們，我在心裡默想，也不用說公主大小姐，妳可以滾了這種話。

原以為貝可會回應說什麼喔天啊我現在明白了，我誤會你們了，請接受我的道歉之類的話。結果她只是聳肩，看她的手機自言自語。「反正你們是不可能跟科瑞要到什麼東西的，絕對不可能。」

天啊，本人真令人失望！如果這是電視實境節目，她應該會表現得更好。一兩分鐘後，她說她要先走的時候，我一點也不覺得可惜。

「公主大小姐，拜拜。」她揹起背包時說。

我很想說，沒禮貌又不積極的小姐，拜拜，可是我只是微笑說：「保持聯絡！」

才怪，我在心裡加上一句。

她和麗貝卡離開後，氣氛稍微放鬆了些；蘇西回房間跟小孩聯絡；媽正在想要不要再點些什麼點心，又怕吃太多晚餐吃不下；詹妮斯正在朗誦一份「身心靈指引」手冊的內容，此時麗貝卡又出現了。

「我覺得你會想看。」她眼神閃亮地看著爸，拿出一張褪色的黑白照片。

「天啊！」爸拿出老花眼鏡。「我看看。」他好好地研究一番後，把照片放在桌上，我靠過去看，照片上的他們正坐在沙漠裡的岩石上。

爸很明顯還是爸；科瑞跟我們在拉斯維加斯遇到的那個臉部僵硬的怪人完全不一樣；雷蒙看起來好像沒什麼變，除了他現在留著灰白的大鬍子，看不太出來有什麼差別。不過，我最關注的人還是劉易，我仔細瞧，想多看看這個我們正在努力幫他伸張正義的人長什麼樣？

他有張寬臉、額頭方正，光看照片就覺得他看起來很固執；不過，也有爸說的睿智和親切。我的視線接著轉到年輕時的麗貝卡，看到她當年的模樣，我驚訝地眨眼。天啊！她當年好美！照片上的她獨自坐在一旁，頭微微後仰，長髮如瀑布般垂下，穿著低胸的鄉村風洋裝，露出大半個胸部。很明顯看得出來科瑞為什麼會喜歡她，劉易也是。坦白說，誰會不喜歡她？

雷蒙也是嗎？爸呢？我的胃不安地翻滾了一下。

「我看！」媽把照片拿過去看，她看著照片中的麗貝卡，雙唇緊抿；抬頭看眼前的麗貝卡，表情不變。

「對了，我自作主張幫你們全部預約了明天的按摩。」麗貝卡用她溫柔迷人的聲音說。

「中午請飯店幫你們安排野餐？既然來了，一定要看看這裡的杜松樹。」

「我們不是來玩的。」爸說。「按摩要麻煩妳取消了。」

「放幾天假沒關係，」她對他露出一貫的神祕微笑。「總不能累壞了大家。」

「恐怕沒辦法。」爸搖頭。「我們要趕快完成任務。」

「葛雷恩，你們都來塞多納了，這裡是療癒中心，你就放輕鬆好好享受！」

「不需要。」爸直說。「現在最重要的事是幫劉易，他是受害者。」

「受害者。」麗貝卡翻了個大白眼。她語氣好輕，我都不太確定自己有沒有聽到，但爸顯然聽到了。

「麗貝卡，」爸轉頭問她。「妳這話是什麼意思？」

「拜託！」她大聲說。「我沒辦法再忍，你們以為自己在做什麼？你們要做的事太瘋狂了。」

「我們只是想幫爸的老朋友伸張正義！」我激動地說。「這哪裡瘋狂？」

「伸張正義？」她眼裡閃過憤怒。「你們根本什麼都不知道！如果劉易被騙，那也是他自己的錯。大家都知道科瑞會騙人，如果劉易不是那麼愛喝酒，也許就會有所警覺。」

「這話太苛刻了。」爸震驚地說。

「這是事實！他就是個失敗者，一直都是。你們想幫他重建他的人生，」她的口氣接近狂怒。「他的人生哪裡值得重建？」

大家交換驚愕的眼神，我猜麗貝卡和劉易分手時場面並不好看。

「可是他都要無家可歸了！」我指出。「而且他還是妳女兒的父親！」

「那對我有什麼意義？」麗貝卡厲聲說。「如果他無家可歸，那也是他活該。」

我從來沒看過有人變臉速度這麼快，剛才甜美迷人的魅力完全消失，連帶消失的還有她表面上的魅力。才過十秒，她看起來就老了好幾歲、變得好刻薄，嘴角還有點輕撇。我好想在她耳邊悄悄說：妳知道嗎，心地不好對外表真的很傷。

爸看她的眼神充滿打量。不知道她以前是不是就這樣？說不定比現在更嚴重。

總之，我有一種感覺：媽沒什麼好擔心的。

「好吧。」爸語氣溫和地說。「妳做妳的、我們做我們的。很高興再見到妳，麗貝卡。」

他起身，意有所指地等著。過了片刻，麗貝卡也站了起來，拎起她的流蘇皮革包。

「反正你是不可能成功的。」她尖銳地說。「貝可說的沒錯，絕對不可能。」

我氣得火冒三丈，這女人太惡毒了。

「麗貝卡，請妳等等。」她走到門口時我叫住她。「妳以為我跟貝可還有科瑞的女兒一樣，都是因為妳才叫麗貝卡，對不對？」

麗貝卡沒有說話，只是甩甩她的長髮，轉身再次面對我們，從頭到尾都自以為是地微笑看著我爸。她顯然認為每個男人都會愛她愛到用她的名字來幫小孩命名。噁，真是噁心！

「我就知道！」我生氣地瞪著她。「我第一次在拖車區遇到妳女兒，她就是這麼想的；妳一定是上網搜尋我爸，發現我叫麗貝卡，就自以為他是為了妳才幫我取這個名字。」我驕傲地抬起頭。「告訴妳，並不是！我的名字來自那本書。」

「說的好！」媽狂熱地大聲附和。「就是那本書！」

「還有，妳想知道一件更有趣的事嗎？」我用我最刻薄的口氣說。「爸不想幫我取名為麗貝卡，他說什麼名字都可以，就是不要麗貝卡，我很好奇為什麼呢？」

她沒有說話，可是我看到她臉頰上浮現兩塊紅暈。哼！活該！片刻後，珠簾跟著在她身後發出嘩啦啦的聲響，大家面面相覷。

「哇！」媽大口喘氣。「真是……」

「真是糟糕。」爸搖搖頭，維持他一貫輕描淡寫的方式表達他的不滿。

「她讓我想到以前在教會辦抽獎活動的安琪拉。」詹妮斯若有所思。「珍，妳記得她嗎？就是那個戴手鍊、開藍色日系本田車的？」

只有詹妮斯會在這種時候提教會抽獎活動。我湧起一陣笑意，本來只是偷笑，後來變成放聲大笑，感覺好久好久沒有這樣笑了。

爸也在微笑，就連媽也覺得好笑；我瞄了盧克一眼，他也在笑；然後米妮也決定她覺得這一切太好笑了。

「好好笑！」她捧著肚子大笑表示。「好好笑的阿姨！」

「那個阿姨確實很好笑。」詹妮斯附和，逗得我們再次大笑。蘇西回來時，還是有人不時爆出笑聲，她驚訝地看著我們大家。

「不好意思，」我揉鼻子。「我待會再解釋。家裡還好嗎？」

「很好。」蘇西。「我剛在想，下午天氣很好，要不要去散散步？」

15

塞多納是個很適合散步的地方；宏偉的紅岩構成的全景宛若電影的場景，大家時不時就抬頭欣賞一下，好像確認它是否會一直都在。我們散步經過那些精品店和藝廊，爸媽手挽著手，感覺好甜蜜；蘇西和詹妮斯牽著米妮的手，指著窗戶裡的陳設給她看；盧克正在用手機回信；我走著走著有點出神，還在生麗貝卡（還有她女兒）的氣，人家愈說我不可能成功，我就愈要做給他們看！我們一定會伸張公平正義，一定會，她等著看吧！

我腦子裡有好多想法、好多念頭和不成熟的計劃……我一直拿出筆在廢紙上隨手寫下幾個字——我們應該有辦法完成吧？

「親愛的，妳在做什麼？」媽注意到我，我寫到一半停下來。

「我在想擊垮科瑞的辦法，還不是很確定……」我低頭瞥了一眼。「只是有個想法……」我們等一下要開會討論，我可能會提出這個計劃，可能。

「太好了，親愛的！」媽說。我聳肩。

「還不確定，目前只有幾個想法，還需要研究。」

「你們看！」蘇西說。我們全停下來看著一間名叫「我的畫總有一天會來」的小店；櫥窗擺滿了精緻的書籍、文件收納盒、箱子和坐墊，上頭蓋滿了手工印刷的版畫，都是鳥、樹和其他取自大自然的圖樣。

「真美！」媽附和。「貝卡，妳看那些行李箱多可愛！我們進去看看！」

我們留盧克在外面回他的信，他說如果不是有急事，不然他一定會跟我們進去看用仙人掌做成的相框（才怪，他並不會）。我們一進去，收銀機旁一名穿著羽毛圖案洋裝的女士馬上微笑起身。

「歡迎光臨。」她輕聲說。

我在一旁閒逛，蘇西則問了很多版畫印刷的問題。蘇西很有美感，很適合開一家像這樣的店；說不定她可以在萊瑟比堡開一間，就叫「萊瑟比版畫集」，一定會很棒！我正想記下這個念頭，之後再告訴她時，卻發現一組鉛筆，停下腳步。哇！我從來沒看過這麼漂亮的鉛筆！

筆身比一般鉛筆厚實一點，每一枝花紋都不一樣；不只是這樣，筆身也都不同顏色：有薰衣草紫搭橘色花紋……大紅色搭藍綠色花紋……真是太美了！我拿起一枝起來聞，只覺有一股檀木香飄散出來，好好聞。

「貝卡，妳要買一枝嗎？」媽問。我轉頭一看，她、爸和詹妮斯都朝我走過來。媽手上拿著三個樹木花紋的文件收納盒，詹妮斯有十幾條南瓜圖案的茶巾。

「沒有。」我不假思索地回答，把鉛筆放回去。「不過真的很好看。」

「一枝才二・四九美元。」媽拿起一枝琥珀色的筆身搭綠色樹葉圖案的鉛筆。「買一枝啊！」

「沒關係。」我連忙說。「妳要買什麼？」

「我要整理我的人生。」媽揮手說。「我要改變一切！」她依序指著手上的收納盒說，

「不然那些信、保證書、列印出來的電子郵件，弄得廚房到處都是，搞得我亂七八糟。」

「妳為什麼要把電子郵件印出來？」我困惑。

「我沒辦法在螢幕上看信。」媽皺起鼻子，彷彿這種作法很奇怪。「親愛的，我不知道妳怎麼辦到的？還有盧克！他用那個小手機工作！他到底是怎麼辦到的？」

「妳可以放大字體？」我提議。媽則一副聽到「妳可以去火星旅行」的表情。

「所以我就買了一組文件收納盒。」她開心地拍拍手上的東西。「這樣就方便多了。」

好，我知道下次媽生日要送她什麼了。電腦家教課。

「妳要買什麼？」媽看著展示的商品說。「買支鉛筆如何？好漂亮。」

「我沒有要買。」我微笑。「我們拿妳的收納盒去付錢吧！」

「貝卡現在都不買東西了。」蘇西加入我們的行列。「就算買得起，她也不買。」她牽著米妮的手，兩人手上拿著一條看起來像是兔子圖案的圍裙。

「她現在都不買東西了是什麼意思？」媽一臉疑惑。

「我說要買牛仔靴送她，她不讓我買。」

「我不需要牛仔靴。」

「那妳總需要鉛筆吧！」媽愉快地說。「親愛的，妳可以拿來寫妳的計劃啊！」

「我不需要。」我突然轉身。「走吧。」

「一枝才二・四九美元。」蘇西邊說邊拿起一枝鉛筆。「哇！真好聞。」

我再次看著那些鉛筆，心裡覺得扭曲而難過；是真的很好看，我當然也買得起，只是心裡那股聲音在阻止我，我又聽見那個聲音了。

「我們去其他地方逛逛。」我說，想辦法脫身、催大家離開。可是媽不為所動地對我皺眉。

「貝卡，親愛的……」她輕聲說。「這不像妳。妳怎麼了，親愛的？妳在想什麼？」

媽親切的聲音觸動了我，我還沒出生就開始聽她的聲音了；她的聲音穿破我所有防衛、壓過所有其他的聲音，直擊我內心深處。我沒辦法不聽她的話，可是我也沒辦法不回答，畢竟她是我媽。

「我只是……」我最後說。「我覺得自己搞砸了，這一切的問題都是我造成的，所以……」我哽咽，不敢看其他人。「我覺得，我不值得——」我停下來揉鼻子。「總之，沒關係，沒事，我本來就不可以再買東西，算了。」

「那也不是這樣！」媽驚恐地說。「不是這樣懲罰妳自己！我從來沒聽過這種事！那個中心是這樣教妳的嗎？『妳不值得擁有一枝鉛筆』？」

「不完全是這樣。」我頓了一下才說。

事實上，靜安中心是說要「適度的購物」和「冷靜而有意識的消費」，目標是要「尋找平衡」。好吧，也許「尋找平衡」不是我的強項。

媽正在看蘇西和爸，尋求支持。「我才不管在洛杉磯發生什麼事！」她氣沖沖地說。「我只知道眼前有一位小姐，放下一切只為了幫助她的好友……」她開始一樣一樣算。「她找到科瑞的地址、想到進雷蒙家的辦法……還有什麼？」

「看清亞里莎的真面目。」蘇西補充。

「沒錯！」媽說。「沒錯！貝卡，妳是救星！不需要覺得內疚！」

「貝卡，為什麼妳會覺得這趟行程都是妳的錯？」爸問。

「你知道啊！」我沮喪地說。「因為我應該早一點去找劉易，那他就不會被趕出來，也就不會失蹤了……」

「貝卡，」爸握住我的肩膀，用他一貫睿智的眼神看著我。「我從來沒有怪過你；劉易的失蹤其實有很多原因；其實他不需要離開，我已經付了他積欠的租金，也預付了明年的租金。」

他……做了什麼？

我目瞪口呆看著爸，幾乎又在瞬間明白，這確實是爸會做的事。

「可是他女兒沒有提……」

「他女兒可能不知道。」爸嘆氣。「貝卡，這些事情很複雜，不是誰的錯，妳怎麼會把這一切都怪到自己身上呢……我太驚訝了。」

「喔。」我語氣微弱，不知道還能說什麼，感覺像身上的大石頭滾開了。

「所以……」爸往前一步。「親愛的，讓我買一枝鉛筆送妳吧！妳絕對值得。」

「不！」爸還來不及挑鉛筆，媽已經搶先一步擋住他，大家都驚訝地看著她。「這件事不只是這樣。這和貝卡內心的想法有關。」她停了一下，彷彿在整理思緒，眾人交換疑惑的眼神。「我沒有一個認為自己不值得，所以不肯買一枝鉛筆給自己的女兒。」她最後說。「貝卡，不買東西有不買的好理由，也有不好的理由，可是這兩件事不一樣。」她大口喘氣、眼神銳利。「沒有人希望妳回到以前那個樣子，把信用卡帳單藏在床底下……對不起，親愛的，」她微微脹紅了臉。「我不是故意要提這件事的。」

「沒關係。」我回答，我的臉頰也紅了。「我們都是朋友，大家都知道。」我發現一名身穿藍衣的女子在旁邊偷聽，一看到我在看她，她連忙走開。

「可是，這樣不是辦法，這不是我女兒貝卡。」她關切地看著我。「妳是不是沒錢了？」

「沒有啦……我有錢。」我說。「之前在洛杉磯的造型工作才剛付給我錢，非常夠我用。」

「那妳想要一枝鉛筆嗎？」

「嗯……」我嚥了嚥口水，遲疑地說。「好，也是可以。」

「親愛的，這要由妳來決定、妳自己選擇，也許妳最後什麼都不想買。」媽後退一步擤鼻涕。「可是不要再說什麼『不值得』了，妳怎麼會這樣想呢！」

眾人紛紛後退幾步，假裝沒有在看，周遭頓時安靜了下來。我覺得好怪，許多的想法在重新洗牌，感覺一些已經黏滯好久的東西掙脫了——不是我的錯，至少……不完全是我的錯，也許……

也許我可以買枝鉛筆給自己、當作紀念品，也許可以選那枝美麗的紫色木頭筆身搭灰鳥和淺橘樹枝圖案的鉛筆，反正才二・四九美元，而且鉛筆很實用，對不對？

我，貝卡・布蘭登，決定買一枝鉛筆給自己。

我伸出手，手指夾起那枝鉛筆，一股愉悅的笑容緩緩在我臉上展開，我胃裡有某種溫熱感，*我好懷念這種感覺……*

等等，我這算是「冷靜而有意識」的消費嗎？這個突然浮現的念頭讓我停下來檢視自己的行為。糟糕，我也不知道？算冷靜吧！至於有沒有「意識」……坦白說，這枝小小的鉛筆似乎承擔了極其重大的意義。

重點是，這枝鉛筆真的很美，不是只有我這麼說，蘇西也這麼認為。

「貝卡，妳手上的鉛筆好看。」蘇西微笑說，彷彿知道我在想什麼。爸點頭，詹妮斯則鼓勵我：「親愛的，妳會很喜歡用這枝筆的！」基本上，我覺得自己好像回到五歲那年，尤其是爸媽交換眼神後，媽說：「妳記得以前每年九月都要採買開學用品嗎？」我突然有種回到從前的感覺：我們在看鉛筆盒，我拜託爸媽買一個粉紅色毛茸茸的鉛筆盒給我，然後他們問我真的有需要買一組新的三角什麼板的嗎？

（事實上，我每年都買一組新的三角什麼東西，可是從來沒拿來算過數學，不過我當然不會告訴我爸媽這一點。）

「等大家買完東西，我們就去拍幾張大自然的照片。」媽堅定地說。「貝卡，做點藝術創作，妳的頭腦就會清醒一點。妳可以幫我和米妮拍張我們在紅色大石頭上面的照片然後寄給依蓮娜。」

把米妮放上那些紅色巨岩？她是認真的嗎？

「好啊！」我說。「或站在旁邊也可以。」

我們齊往櫃臺結帳，身穿羽毛圖案洋裝的小姐似乎很高興。剛好輪到我，我正準備遞給她一張五元美鈔時，卻看到一盒一模一樣的手繪鉛筆，上面寫著「特惠價：買五枝送五枝」，我停了下來。

買五枝送五枝，好划算。我想想看……我很快算了一下，也就是說，只要十二·四五美元就可以買十枝鉛筆。哇，還不賴，雖然還要加稅，不過還是很便宜。我的外套口袋剛好有一張放了很久的二十元美鈔……一人送一枝鉛筆當禮物！作為吉祥物。

「貝卡？」蘇西看到我在猶豫。「妳有要買鉛筆嗎？」

「有。」我心不在焉地回答。「我有要買，只是我剛在想，這個價錢好像很不錯？」我指著那盒鉛筆說。「妳不覺得嗎？買五枝送五枝？我剛想說要送大家一個小小的紀念品，然後鉛筆每個人都用得到……」

我身旁傳來類似爆笑的聲音，好像是蘇西，她怎麼會發出這樣的聲音？

「怎麼了？」我轉頭看她。「怎麼了啦？」

她沒有直接回答，只是用我不懂的表情看著我，然後又突然緊緊抱住我，害我幾乎無法呼吸。

「沒事，貝卡。」她在我耳邊說。「沒事。」

我們走出商店時，我的心情是許久未見的滿足：原來不全是我的錯！我沒發現原來我有多責怪自己，現在感覺好自由。

最後我買了十枝鉛筆，不過大家都幫我出了一點，每人一、兩塊美元；媽和詹妮斯各挑了一枝，蘇西則在藍綠色與淺粉紅之間猶豫不決。

「藍綠色襯妳的眼睛。」她舉起筆比較時我說。「可是粉紅色什麼都搭。對了，妳有看到淺藍色這枝嗎？這枝真的很漂亮——」我停了下來。「蘇西？」她根本沒有在聽我說話，原本握著鉛筆的手也放開，眼神緊鎖著我左肩後。我轉頭看發生什麼事，卻聽到她發出一聲嗚咽。

「唐群？」

唐群？我的天啊，是唐群？

他站在那，背對著午後的陽光，因為逆光所以看不清楚他的臉。即使如此，他看起來還是跟以前不一樣，真的很奇怪，好像長高了幾公分，還是他站的方式變了？他是不是換了一套西裝？

「唐群？」蘇西再次悄聲說。我回頭一看，她臉頰滑下兩滴淚，下一刻已經衝向唐群，速度快到我擔心唐群會被她撞倒。

陽光太刺眼，導致我現在也只能看到她的剪影、看到他們融合為一個緊緊的擁抱。我不知道他們抱在一起之後發生什麼事、到底說了什麼，還是什麼都沒說，或是怎樣……就像飛機上的黑盒子，只能之後再問了。

那是如果蘇西肯告訴我的話；她也可能不想說，有些事情還是不會講，畢竟我們現在都是成年人了，不會什麼都告訴對方。（只是我真的、真的很希望她跟我說。）

我摀著嘴巴、目不轉睛地看著，其他人的目光也都被他們吸引住，有幾名路人停下來看，我還聽到一聲欣羨的讚嘆。

「貝卡，妳看。」盧克過來找我。「看到沒？唐群來了。」他擺頭示意。

「當然有！」我不滿地低聲說。「可是他原諒她了嗎？他們之間沒事了嗎？他在跟她說什麼？」

「我認為，那是他們之間的事。」盧克淡淡地說，我生氣地瞪他；這些我都知道，可是這事跟蘇西有關，我怎麼能不關心？

此時我手機嗶了一聲，我低頭一看，心跳漏了一拍。天啊！這一定要給蘇西看，馬上就要！我偷偷朝他們靠過去，想聽唐群都說了些什麼，也想看他們在做什麼？

「我們都有一點脫離正軌，只是脫軌的方式不一樣。」唐群專注地看著蘇西說。「可是那不是真正的我，也不是真正的妳。」

「不，」蘇西哽咽。「那不是我，我不知道我怎麼了。」

「真正的妳不是那個在洛杉磯做接髮的女人；真正的妳喜愛……大自然。」他突然伸手揮舞。「真正的妳很愛……樹。」

一陣長長的沉默，我看得出來蘇西非常緊張。

「嗯，對。」她最後說。「我愛樹，對了……說到樹……」她的聲音變得好尖銳，一直伸手抹臉。「我在想……不知道……」她擠出勇氣。「『貓頭鷹瞭望塔』還好嗎？」

「老樣子。」唐群說。「蘇西，它還是老樣子。」他眼神沉靜，聽不出來是什麼口氣。可憐的蘇西焦急地看著他，嘴角顫抖。

「所以……沒有變好？」她試探。「也沒有變壞？」

「蘇西，妳知道它長什麼模樣。」唐群眼神一閃，彷彿想到貓頭鷹瞭望塔的模樣。「應該不需要我形容給妳聽。」

天啊，這太折磨人了。

「蘇西！」我盡量壓低音量呼喚她。「快點來看！」蘇西驚訝地轉頭，生氣地揮手示意。

「貝卡，妳沒看到嗎？現在不行啦！」

「就是現在！蘇西，我是認真的……唐群，不好意思，一下就好……」我趁蘇西還來不及拒絕，衝上去給她看我的手機。

德瑞克・史密斯滿是皺紋的臉正對著螢幕微笑，他站在漆黑的森林裡，拿著手電筒照著一棵樹，樹身上有個釘子；放大一看，可以看到上頭的金屬牌寫著「貓頭鷹瞭望塔」幾個字。

「這不是……」蘇西驚訝地瞪大眼睛。「不會吧！」

「他人現在就在那裡。蘇西，那棵樹非常地健康。」我悄聲說，一邊往下滑看著一張又一張的照片，照片上的樹枝葉繁茂、綠意盎然。「充滿生命力、宏偉雄壯，一定會長長久久、不會有任何變故，就像妳和唐群一樣。」

蘇西眼裡湧出淚水，她微微地啜泣了一聲，接著又緊緊摀住嘴。我伸手抱住她肩膀，這過程太難熬了。

「可是——」最後她終於困惑地指著手機螢幕勉強說。「他怎麼會——」

「晚點再告訴妳。呃……嗨，唐群！」我揮揮手，尷尬地說。「還好嗎？那……我就不打擾你們了……」我後退準備離開。「不好意思打斷……」

「唐群！」蘇西突然放聲大哭，彷彿卸下所有的心防。「唐群，真的、真的很對不起……」

唐群伸出強有力的手，堅定地抱著她，帶她走到附近咖啡廳的花園裡一個僻靜之處。盧克和我交換眼神，我心裡一陣顫慄，希望他們沒事；我想他們應該會沒事，唐群來了，他們會把話談開。

可是這也顯示婚姻有多脆弱，只要犯一次錯……

「盧克，我們都不要有外遇。」我突然抓住他的手尋求安慰，盧克的臉扭曲，好像很想笑。

「好。」他一臉嚴肅地附和。「我們都不要有外遇。」

「你在逗我！」我捏他的手臂。「不要鬧了！我是說真的！」

「我沒有在逗妳，真的。」他再次看我，這次我從他的眼神裡看到更深的意涵，彷彿他明白我的意思。「我們都不要有外遇、也不要用樹當什麼白癡的密語。」他眼裡閃過一抹亮光。

（盧克覺得什麼「貓頭鷹瞭望塔」就是個鬧劇，跟他的風格很不合。）

「同意。」我點頭，盧克低頭吻我，我緊緊抱住他，不管這是不是會讓他無法呼吸，我不管。我需要好好抱著他。

這有點像在等人家生小孩。我們去咖啡廳的花園裡，遠離蘇西和唐群的地方坐下，點了飲料聊天。花園很大，有岩石和樹叢。我拍了一張媽站在大石頭旁、米妮坐在石頭上的照片，還有一隻躺在陰影處的蜥蜴也入鏡了；媽愉快地說：「貝卡親愛的，妳看，只要妳想，有很多工作妳都可以做，譬如野生動物攝影師啊！」

野生動物攝影師？

我立刻明白，她已經跟蘇西聊過，也可能是跟盧克聊過，或兩人都聊過我因為沒有工作正在煩惱；雖然我大概會成為史上最差的野生動物攝影師，我心裡還是很感動，媽從來不會放棄我，她的人生觀就是我什麼都辦得到。所以我只是微笑說：「這個點子不錯！說不定可以！」然後拍了大概九十五張樹叢的照片，待會再刪。

飲料送來，我們回座，不時偷瞄還在說話的蘇西和唐群。好消息是唐群握著她的手，她講話又急又快、眼淚滑落臉龐，他一直用自己的手帕擦去她的眼淚，這應該是好現象？

關於蘇西和唐群，我覺得他們都很想跟對方在一起，維持婚姻關係。這對任何婚姻來說都是個好的開始。

兩人突然站起來朝我們走來，害我們一陣慌亂、假裝正常地聊天，而不是全神貫注地觀察他們的一舉一動並加以猜測。

「所以這就是紅岩峽谷啊！」媽大聲說，剛好此時詹妮斯也開口：「這檸檬汁真好喝。」

「嗨，大家。」蘇西走近，聲音有些發抖，我們全露出一副「驚訝」的表情。

「蘇西，原來妳在這啊！」媽一副她正在想蘇西去哪的口氣。「唐群也是。對了，唐群，氣色不錯喔！」

這句話其實很貼切，唐群確實看起來格外英挺；頭髮稍微留長了，比在洛杉磯時那個難看的髮型好多了，身上穿著合身的深藍色麻質西裝，下巴線條似乎比以前更堅毅。

「珍，看到妳真好。」他俯身親她打招呼。「詹妮斯，妳也是。聽說你們跑了不少地方？」

他的嗓音是不是也變低沉了？而且完全沒有結巴。他只說了幾個字，可是我還是有注意到；以前那個講話會口吃、害羞膽怯、易受驚嚇又有點呆的英國貴族去哪了？

我又看了蘇西一眼。她躲在後面，似乎不太想被發現。

「蘇西。」我拍拍隔壁的空椅。「喝點檸檬汁。」然後又趁她入座時低聲問：「妳還好嗎？」

「還好。」蘇西看起來心緒很亂，但還是擠出微笑。「我們需要好好談談。唐群很包容我……」她緊閉雙眼片刻。「他想改善整個情況，所以他盡量不讓自己覺得受傷，想把重心放在妳爸的事情上；可是他應該要覺得很受傷、應該要很生我的氣，不是嗎？」

我看向唐群，他容光煥發，正用力握著爸的手。

「葛雷恩，再見你真好。」他說，聽得出來他真的很開心。

「他會自己想清楚的。」我說。「蘇西，讓他照自己的方式慢慢來；最重要的是你們復合了！」我突然愕然地看著她。「應該有吧？」

「有！」蘇西半哭半笑地說。「有，我們復合了。對。」
「妳有提『貓頭鷹瞭望塔』的事嗎？」
「還沒。」蘇西咬唇，有些不好意思地說。「等我們回家我就告訴他，從頭到尾全都講，可是現在還不行，他……不是很想知道。他現在狀況正好。」
「沒錯。」我好奇地看著他。「整個人都變了！」
「葛雷恩。」唐群坐了下來。「你有收到我的簡訊嗎？」
「當然有。」爸說。「可是我有點不懂，你說你跟科瑞『聯絡上』。意思是你有寫信給他？電子郵件嗎？」
「不是。」唐群說。「我跟他見了面。」
「見面？」爸驚訝地張大嘴巴。「跟他本人？」
「共進午餐。」
大家都大吃一驚，唐群跟科瑞吃過飯了？
「唐群，你……太強了！」蘇西結結巴巴地說。
「一點也不。」唐群謙虛地說。「我的頭銜幫了點忙。」
「可是你們見面談了什麼？」爸質疑。
「討論我新成立的創投公司，我們想跟他合作。」唐群頓了一下。「其實並不存在的創投公司。」
爸仰頭大笑。「唐群，你太神了。」

「唐群，你好厲害！」我由衷地說。

「不會。」唐群一臉尷尬。「一點也不。好消息是我已經跟他聯絡上；問題是，我們要怎麼善用這條線？不過，總是個開始。」

我眨眨眼，佩服地看著他；他看起來好成熟、好有決心，跟以前都不一樣。

「好。」爸似乎也很震驚。「唐群，這遠比我預期的好太多、太多。」

我正在消化這則新訊息；情況整個改變了，這表示……我拿出我的小筆記本，開始劃掉原本的幾個想法，加入新的想法。

「我們正在計劃開會討論這件事。」爸說。「可能晚一點，等大家情緒都平復一點再說。」他慈祥地看了蘇西一眼。

「太好了。」唐群說。「我把我知道的都告訴你。現在先喝杯酒慶祝，如何？」

我們又坐了一會兒，靜靜地喝酒聊天、欣賞紅岩構成的景觀。也許塞多納的空氣確實對身心靈有什麼神奇的效果，因為我終於、終於有種大家都平靜下來的感覺。

我們散步回飯店時，蘇西和唐群不時手碰手，彷彿要讓自己安心。每次看到他們碰手，我心裡就一陣高興，我可不想見證他們離婚，這會留下一輩子的心理陰影。

「妳爸真的很棒。」我們等過馬路時，唐群對我說。

「我知道。」我驕傲地說。

「他是唐群的恩人。」蘇西充滿愛意地捏捏他的手。

「你們在路上那麼長時間都在聊什麼？」我是真的很好奇，我知道爸和唐群關係不錯，可是除了高爾夫球之外，我想不出來他們有什麼共同點？

「他好好訓了我一番。」唐群說。「話說得很重。」

「哎呀！」我驚訝地說。「抱歉。」

「不用，我很需要。」唐群皺眉。「他說我們每個人都有應該扮演的人生角色，我卻想逃離我的角色；他說的沒錯，我生來就肩負重任，這不是我自己的選擇……可是我必須承擔、不能逃避。」他頓了一下。「我也會承擔。不管我父母怎麼想，我都會繼續完成我對萊瑟比堡的規劃。」

「他的規劃很棒。」蘇西表示支持。「到時就是下一個查茨沃思莊園[17]。」

「不完全是。」唐群說。「不過，那些計劃很合理，也一定會成功。」他聽起來好像在跟腦子裡的其他聲音對抗。「一定會。」

我側瞄了他一眼，不知道爸對他做了什麼？可是他長大了，聽起來變得更成熟、更有自信，像個可以掌管龐大的帝國、不會被壓垮的男人。

過馬路時，蘇西跟我並肩而行，大家稍微散開變成兩人一組（或說兩個半人，因為我牽著米妮。）

「貝卡……」蘇西輕聲說。「妳知道嗎？」

17 Chatsworth House，英國貴族莊園，電影《傲慢與偏見》也在此取景。

「什麼？」

「我……」她以她一貫的風格揮揮手。

「什麼？」我呆望著她。「妳該不會……」

「對。」她雙頰的紅暈更深了。

「妳……妳該不會……」

「對！」

好，我要先確定我們講的是同一件事。因為我可能是這個意思，她的意思卻是「等我回英國要去報名藍帶廚藝課」。

「懷孕了嗎？」我悄悄問，她急忙點頭。「妳多久以前知道的？」

「唐群走的那一天，我做了驗孕測試，然後我就崩潰了。」回想當時的情況，她面色緊繃。「天啊！貝卡，那陣子好糟、非常糟，我以為……我不知道該怎麼辦……好怕……」她說到一半就停了下來，然後才又悄聲說：「簡直是一場惡夢。」

好吧，這就說明了很多事，非常多事。首先，難怪她最近情緒這麼暴躁；她每次剛懷孕都特別浮躁，也難怪布萊斯的事情讓她這麼崩潰，她以為自己的婚姻快完蛋了，可是唐群卻不知道他又要當爸爸了……一想到這件事我就苦著臉，她竟然誰也沒說，自己承受這一切。

還是……她有跟誰說？

「亞里莎知道嗎？」我本來沒打算這麼直接問。

「不知道！」蘇西似乎很驚訝。「當然不知道！我絕對不會先告訴她，卻沒有告訴妳。」

她伸手抱住我。「貝卡，我不會這麼做。」

我轉頭正眼看她。當然，我現在看得出來她懷孕的徵兆了，這只有最要好的朋友才看得出來——她鼻子旁邊有點紅腫，她每次懷孕皮膚都會紅腫。還有……

其實，這是我唯一看得出來的徵兆，除此之外——

「喂！」我後退一步。「妳喝了酒！龍舌蘭、冰茶……」

「假的。」蘇西直說。「趁沒人看到時偷偷倒掉，我知道如果我做得太明顯妳會猜到。」

「有道理。」我點頭。「天啊，蘇西，四個小孩！」我疑惑地瞪著她看。「四個。」

「我知道。」她吞了吞口水。

「如果妳生雙胞胎，那就是五個；如果三胞胎，那就是六個……」

「不要再講了！」蘇西一副快崩潰的樣子。「不會發生這種事！貝卡……」她的表情轉為苦惱。「我很希望……希望妳……很希望妳……」

「我知道。」我輕輕打斷她。「我知道妳是這麼想的。」

「感覺不太公平。」她不自在地說。「這根本不在我們的計劃中，很意外。」

她指著自己肚子說。我心底有一點嫉妒——我也很想要有這樣的意外。淚水刺痛我的眼睛，驚得我立刻別開臉。

算了，沒關係，我們已經有米妮了；她很完美，比完美還完美，有她就夠了。我俯身親吻她兩歲的柔嫩臉頰，我愛她愛到心裡好痛。我直起身子，蘇西泛著淚光看我。

「不要這樣。」我哽咽。「不要這樣，沒關係，人生不可能什麼都有，對不對？」

「對。」蘇西頓了一下才說。「是不太可能。」

「人生不可能什麼都有。」我們繼續往前走。我很喜歡這句話，我有一個冰箱磁鐵就是在講這句：「人生不可能什麼都有。」我強調。「不然那麼多東西要擺哪裡？」

蘇西噴笑，我也忍不住笑開。她用肩膀頂我，我伸手打回去。她牽起米妮另一隻手，我們邊走邊拉起米妮，讓她雙腳離地前後甩動。米妮開心尖叫：「還要！還要！」所有的焦慮與急切在那短短的幾分鐘內消失無蹤。我們只是兩個在陽光普照的馬路上行走的好友，一起牽起一名小女孩，讓她在我們中間擺動。

16

唐群租了一間會議室開會，而且還拿到特惠價，他真是我們的大功臣。我們全都帶了筆記紙、幸運物鉛筆和水杯，我還在筆記本上寫下「為劉易伸張正義」幾個字，在底下劃了三條線，我覺得這可以賦予這件事更多意義。

蘇西坐在我旁邊，我和她一直用手肘輕推彼此，欣賞彼此新買的牛仔靴。牛仔靴是蘇西買的，她幾乎是用架的把我架進鞋店，直接對老闆說：「我們要買靴子。」口氣好堅定，簡直可以用兇狠來形容。我們幾乎每雙靴子都試穿了，真的好好玩。

我不知道自己之前到底是怎麼了，怎麼會不想買牛仔靴？怎麼會有人不想買牛仔靴？感覺好像遮蓋在腦袋上的那片霧消失了，我終於回復原來的自己。

我的靴子是煙灰色配銀色鉚釘，米妮愛死了。我一從鞋盒拿出來就被她搶去穿上，踩了一整晚，又說要穿上床。我說：「親愛的，不可以穿靴子上床睡覺。」她又想把鞋子當成泰迪熊抱著睡；最後我終於大喊：「不行！媽媽今晚要穿！」她說：「可是靴子愛米妮。」然後用帶著譴責的悲傷眼神看了我一眼，讓我覺得很對不起她。真是的，那明明是我的靴子。

總之，她現在睡著了。我們找到一位口碑極佳的好保姆茱蒂，請她待在旅館房間顧米妮，直到會議結束。我是可以抱著米妮去開會，可是第一，現在已經過了她的睡覺時間；第二，這是正事，我看了看，大家都表情緊繃、一臉堅決。（除了丹尼，他表情緊繃是因為去做臉時擦了「緊膚精華液」，聽說他下午在美容沙龍過得非常愉快，以致於他一點都不在意錯過熱鬧，反正我會幫他補進度。）

「大家都知道，科瑞就像一座堡壘。」爸的聲音把我的思緒拉回現場。「不過，唐群還是成功地打進他們的核心。」

「科瑞請我跟他的董事會成員見面。」唐群點頭表示確認。「我有他的手機號碼，他說隨時都可以打給他。」

「太了不起了！」我說。「幹得好！」我拍手歡呼，其他人也跟著鼓掌，唐群一臉謙遜。

「不過，事情有點棘手。」他繼續說。「第一，因為科瑞已經不在第一線處理公司的業務，他現在的生活重心是他女兒和第二任妻子，他只關心她們的事；第二，他不喜歡提過去的事。」

「因為他太太以為他只有五十幾歲。」我表示，爸嘲諷地一笑。

「不只是這樣。」唐群說。「他幾乎是病態般的反應，任何跟過去有關的問題他都拒絕回答。我直接問他，年輕時有沒有到美國各地旅行？他馬上退縮，開始講最近去夏威夷度假的事。」

「所以不能訴諸他的良心。」爸說。「也不用期待他會念舊。」

「不可能，」唐群附和。「只能想辦法強迫他做該做的事。我剛才提到，正在請律師重新檢視當初劉易簽的協議。可惜沒有確切的證據顯示科瑞騙他或誤導他；事情都過去那麼久了，雙方又各執一詞，不好處理。」

「可是雷蒙有跟我們說！」蘇西插話。

「即使如此，妳覺得雷蒙會願意出庭幫劉易說話嗎？」唐群搖頭。「科瑞只會說劉易做了錯誤的判斷之後懷恨在心。」

「就像EMI唱片當年拒絕了披頭四一樣。」詹妮斯熱心幫忙解釋。「劉易就是EMI唱片。」

「不是啦，劉易應該是那個鼓手。」媽說。「另外一個鼓手。」

「妳是說林哥・史達嗎？」詹妮斯一臉困惑。

「不是，親愛的，另一個，皮特[18]什麼的？」

「有趣的小故事，珍。不過我們先回歸正題……」唐群迅速打斷她們的對話。「現在的困境是，我們是要在還沒有法律依據的情況下就先聯絡科瑞，還是再等等？」

「如果現在跟他聯絡要說什麼？」媽問。

「給他施壓。」唐群說。「動用影響力，或加以威脅。」

「威脅？」詹妮斯驚慌地問。

「我有個客戶可以幫忙。」丹尼表示。「她是俄羅斯人，每年都花好多錢。相信我，要做什麼威脅恐嚇的事，找她先生就對了。」

「你指的是俄羅斯黑手黨嗎？」爸驚恐地看著丹尼。

「我當然不是指他們。」丹尼在嘴巴前比了個噤口的動作。「關於黑手黨的第一守則：絕

18 鼓手皮特・貝斯特是「披頭四」的創始團員，後來被林哥・史達取代。

不提黑手黨幾個字。」

「那是電影《鬥陣俱樂部》說的。」蘇西反駁。

「《鬥陣俱樂部》就是黑手黨。」丹尼聳肩。「我在卡達的高級時裝秀也是。」

「我怎麼不知道你在卡達辦過高級時裝秀！」我熱切地說。

「沒錯，」丹尼莫測高深地對我挑眉，「因為我不能說。」

他什麼時候在卡達辦不能告訴我的祕密高級時裝秀？我好想繼續追問，只是現在時機不對。

「我們不能跟黑手黨扯上關係！」詹妮斯一副快喘不過來的樣子。「葛雷恩，你沒有說這事會扯到黑手黨！」

「我們當然不會跟黑手黨扯上關係。」爸不耐煩地說。

「不過，我覺得威脅科瑞並不是好辦法。」我說。「像他那樣的人，愈想威脅他，他就愈可能反擊，最好用哄的說服他；就像那個穿著外套的傢伙，北風怎麼吹，他都不肯脫外套，可是太陽一曬，他就自己脫了[19]。媽，妳記得以前常唸那個故事給我聽嗎？」我問她。「插圖很漂亮的那個？」

我想把媽拉到我這邊，可是她看起來有點不安。「貝卡，親愛的，這時候參考童話故事好像不太適合。」

「為什麼？說服絕對是最好的方式。」我看著眾人。「不用請律師、也不用請黑手黨，反

19 此指伊索寓言《北風與太陽》的故事。

正他也不會理他們。」

「可是，親愛的，要怎麼說服他？」爸輕聲問。

「其實我有個提議。」我招認。

「什麼提議？」蘇西立刻問。

「有點複雜，」我承認。「必須動用我們所有的力量、回拉斯維加斯、租幾間會議室，好好地仔細規劃、設局困住他，把他騙進來。」我說。「還要說服依蓮娜，我們需要她幫忙。」

「我母親？」盧克狐疑地問道。「貝卡，妳到底做了什麼計劃？」

「妳要騙科瑞？」爸一臉擔憂。

「妳剛說的是說服！」媽說。「騙他那種人很危險！」

「親愛的，這樣好嗎？」爸再次問道。

「只是稍微騙一下。」我自信地說。「只要我們齊心協力一定做得到！我相信我們可以。」我看著大家，希望可以激起眾人的士氣。「都進行到這一步了，我們一定可以齊心協力完成這件事！每個人都有任務，重點就在時機的掌握與事前的規劃。」

「我們一共有幾個人？」蘇西開始伸手指數。「妳、我、盧克、唐群、珍、葛恩、詹妮斯、丹尼、依蓮娜……」

「烏拉可以借我們用嗎？」我問丹尼。「她可能幫得上忙。」

「當然可以。」丹尼點頭。「只要妳有需要。」

「那就十個人了。」蘇西數完。「十個人一起在拉斯維加斯騙一個生意人，妳聽出來了嗎？」她對我邪惡地一笑。「這是貝卡的十大王牌。」

「哇！貝卡，親愛的！」詹妮斯驚呼。「妳好棒！」

「貝卡的十大王牌？」爸表情疑惑。

「就是《瞞天過海》那部電影。」蘇西解釋。「有布萊德・彼特？還有喬治・克隆尼演的那部[20]？」

「原來如此！」爸恍然大悟。「那部電影很好看。」

「這太酷了。」丹尼語氣帶著讚許。「那我就是那個億萬富翁！我超像的。『各位下屬，大家好。』」他操著中歐口音說。「『我要在你們高安全性的金庫裡放核子武器。』」

「我們沒有要在什麼高安全性的金庫裡放東西啦。」我翻白眼。「而且到時會是貝卡的十一王牌。」我跟蘇西說。「我們還需要另外一個人的加入，是很重要的人。」

「誰？」

我沒有回答。我現在滿腦子都是計劃，需要完整地寫下來、好好檢查，看會不會有效。只是，其實我不需要寫下來，因為我已經知道一定會成功。

好吧，這樣說也不對；我不確定這個計劃會不會成功……可是我知道這個計劃有可能成功，應該會成功。

我一開始寫，心情就逐漸放輕鬆，還有點興奮；我正在做一件事、正在完成一件事。德瑞克・史密斯說的沒錯，積極的行動確實可以振奮人的精神。

20 **電影英文原名**《Ocean's Eleven》，**意為十一王牌**。

「我們需要一大把氣球。」丹尼愈說愈狂熱。「每個人都要戴墨鏡，就算在賭場裡面也要戴。然後我要幫你們每個人做造型！」他熱烈宣佈。「既然要當貝卡的十一王牌，就要拿出樣子。對了貝卡，妳的計劃到底是什麼？開車去拉斯維加斯、住進百樂宮酒店、騙完人之後去聽音樂看噴泉水舞嗎？」

「差不多。」我點頭。

「酷。」丹尼看看大家。「我跟了。蘇西，妳跟不跟？」

「跟。」蘇西果斷地回答。

「跟。」唐群附和。

「跟。」詹妮斯跟著出聲。

大家都點頭表示加入，不過爸看起來還是很擔心。「貝卡，親愛的，妳的計劃內容到底是什麼？」

「等我詳細規劃好就告訴你。」我邊寫邊說。「要回拉斯維加斯訂一些東西、處理一些事情。不過，在這之前……」我眼神閃亮地看著他。「我們還有一件很重要的事情要先做。」

17

「親愛的各位。」打扮成貓王的牧師吟誦。「嗯哼，我們齊聚一堂，嗯哼。」

糟糕，他每句話講完都會加個「嗯哼」嗎？我可能會忍不住一直想笑。

他扮貓王扮得很像：黑色亮片西裝、超寬喇叭褲和厚底鞋，還有一頂很好的假髮（完全看不到他原本的頭髮）。他已經唱完《情不自禁愛上你》[21]，搭配貓王的扭臀和搖腿等招牌動作。

我們兩天前離開塞多納，現在在拉斯維加斯的「銀燭貓王婚禮教堂」，大家都非常興奮；尤其是米妮，雖然沒有當戒童，我們還是把她打扮成花童；蘇西穿著飄逸的白色洋裝、頭戴花圈，整個人變得更美了；媽坐在前排，活動還沒開始，她已經對蘇西撒了好幾把碎彩紙。（我早上發現爸和媽在飯店的酒吧大口喝香檳，從帳單金額看來，兩個人顯然不只喝了一杯。）

「讓我們再次見證這兩位之間愛的承諾，嗯哼。」貓王看看蘇西。「您自己寫了誓言是嗎？」

「沒錯。」蘇西輕咳清喉嚨，瞥了唐群一眼，唐群滿臉驕傲地站在一旁。「貝卡，我——蘇西，發誓永遠做妳的好友。」她認真地看著我的眼。「不論貧富、不論白天或凌晨三點，我以我新買的牛仔靴發誓，永遠做妳的好友。」

21 《Can't Help Falling in Love》，貓王招牌名曲。

「嗯哼。」貓王點頭。

「萬歲！」媽歡呼，又撒了些碎彩紙。

「我——貝卡，也發誓永遠做蘇西的好朋友。」我說，聲音微微顫抖。「不論貧富、不論白天或凌晨三點，沒有人可以將我們分離。」

尤其是亞里莎長腿賤人。我沒有說出來，不過大家都知道我指的是誰。

「我也以我新買的牛仔靴發誓。」我刻意說，還順便轉了個圈，我好喜歡我的牛仔靴，以後再也不穿別的鞋了！而且我們昨晚剛好去一家跳排舞的酒吧，我發現牛仔靴好適合跳排舞；酒吧是蘇西堅持要去的，超好玩。接下來我還要幫盧克買一雙牛仔靴，才能配一對。

（不過我知道這絕對不可能發生。）

「蘇西，我發誓絕對不會離開妳。」輪到唐群了，他緊緊握住蘇西的手。「我發誓愛護妳、保護妳、守護妳，與『貓頭鷹瞭望塔』一樣長久。」看到蘇西開口準備要說什麼，他又連忙補上一句：「若它倒下，我會比它更長久，永遠不變。」

「唐群，我發誓永遠做妳的妻子。」蘇西的聲音好輕。「我親愛的丈夫，我發誓永遠對你忠貞。」

她穿著輕飄飄的洋裝，宛如天使，臉上洋溢著希望、愛與欣慰。我看著他們，有些淚眼模糊，正在想不知道有沒有面紙時，盧克站了起來。

「貝卡，我也想對妳承諾。」他低沉的嗓音響徹禮堂，嚇了我一跳，這不在我們原先的規劃內；之前有討論要不要一起，後來又大笑覺得我們不需要更新什麼誓言，可是現在他卻站了起來，似乎也很意外自己會做這樣的事。

我看著他，大概猜到他為什麼會這麼做，因為……最近發生了很多事：我們之間的事、在洛杉磯發生的事；看到蘇西和唐群的婚姻出問題，回頭看我們倆的婚姻，也許，最重要的是聽到蘇西的好消息之後又想到我們自己；昨晚我們在床上聊了好久，直到半夜……

我可以對盧克完全地坦白，有些甚至連對蘇西都無法說的話都可以告訴他，他明白。

「我發誓……」他停了一下，似乎在思考怎麼說比較好。我幾乎可以看到他在腦海中翻找可能的字詞然後又加以否決的模樣。老實說，我覺得他找不到；老實說，我也不覺得他有需要去找。

「我懂。」我對他說，我的喉嚨突然好緊。「我知道，我也發誓。」

盧克的眼神緊緊鎖著我的，我頭有點暈，真希望接下來幾個小時內，教堂只有我們沒有別人，可惜不是。我只能設法恢復鎮定，頭點了幾下，悄聲說「阿門」——說「阿門」好像不怎麼合適，可是在拉斯維加斯，又有多少事情是正常的？

「好啦！」盧克這一插嘴讓貓王露出有些困惑的表情。「各位先生、各位女士，我們要好好地愛護彼此、永遠不懷疑彼此，嗯哼。我以教會所賦予的權力，宣佈——」

「等等，我還沒說完。」盧克打斷他。「母親，」他轉身看向坐在後排的依蓮娜，她穿著黑白絲質套裝，優雅完美到我想哭。我們今天早上在拉斯維加斯跟她聯絡上，聽到我們的計劃，她果然沒有流露出絲毫的意外。她挺直身子、冷靜地坐在那，斜戴著一只小圓帽，遮住一邊的眼睛。

（我後來才知道原來她出門時行李一定會有帽子，她甚至很意外我們沒有人帶帽子出門。）

「我也想對妳承諾。」盧克繼續說。「我保證，我們之間的關係會變好。」他深呼吸，「一起聚會、一起度假、一起玩樂，就像一家人。如果……」他遲疑。「如果妳有興趣的話。」

此時此刻，盧克和他母親好像，我從來沒看過他們這麼像過；兩對極為相似的黑眸默默地望著彼此，他的表情有點緊張又帶了點嚮往，她也是。

「我有。」她點頭。

「我也是！」媽大喊，她很明顯喝了太多香檳。「依蓮娜當然是家人！」她跳起來揮舞手中的彩色碎紙。「我——珍・布盧姆伍德，發誓會尊敬與尊重我的親家母依蓮娜，還有我偉大的鄰居詹妮斯。」她突然眼眶含淚轉頭對詹妮斯說，「詹妮斯，如果沒有妳我該怎麼辦？妳總是陪伴著我，不論生病或是健康……我腳踝受傷的時候……還有那次跳電，妳過來解救了我們……」

「各位，我們要快點，」貓王看了看錶。「嗯哼。」他又看蘇西。「跟著我唸：『我不會踩你的藍色麂皮鞋。』[22]」

可是蘇西正專心看著媽和詹妮斯，沒有聽到他說話。

「親愛的，」詹妮斯不太自在地說，「那沒什麼啦。」

22 貓王《Blue Suede Shoes》的歌詞。

「妳把妳的牧羊人派都給我們了，詹妮斯！那可是妳的牧羊人派！」

「妳不是說我們沒有要發誓？」爸拉了下媽的衣服。

「是啊！」媽回他。

「那妳自己還到處亂發誓！」爸生氣地說。「那我也要來發個誓。」他站了起來，正對著媽說，「我——葛來恩，發誓再也不會離開妳，我親愛的珍。再也不會。」他把媽抓過去緊緊抱住。「再也不會了。」

「夠了！」貓王牧師的口氣明顯很不滿。「各位，你們不可以發那麼多誓，這些沒有包含在費用內。」

「我發誓，我會永遠信任你。」媽用顫抖的聲音對爸說。「我以你為榮，我不在乎你的紅利獎金怎麼來的。」

「不可以再發誓了！」貓王簡直是用吼的。丹尼馬上站了起來，眼神賊亮。

「我也要發誓。」他爽朗地說。「依蓮娜，只要妳穿我設計的衣服去紐約大都會博物館的慈善晚宴，我保證幫妳設計一系列令人驚艷的新造型。」

「我以教會所賦予的權力——」貓王再次開口。

「太陽眼鏡？」米妮手裡拿著詹妮斯的白色墨鏡朝貓王走去，渴望地指著他臉上亮晶晶的墨鏡。「喜歡你太陽眼鏡？拜託？」

「天啊！」貓王爆炸。「我以教會所賦予的權力，宣佈你們情誼堅固、至死不渝。」他揮手示意。「你們全部都是天作之合！嗯哼。」

18

別的不提，光是我們的穿著打扮就絕對令人驚嘆，真的。

丹尼幫盧克、爸和唐群挑了寬版絲質領帶配亮面襯衫；淡紫色與米黃色相間的西裝，是他們平常絕對不會挑的色系。盧克穿好之後驚愕地看著鏡中的自己說：「我看起來好像下了班的黑幫老大。」好像這是什麼壞事一樣，真是的，他到底有沒有看過《瞞天過海》啊？

蘇西和依蓮娜一身光鮮亮麗，尤其是依蓮娜，身穿價值數千美元的高級服飾，只為了強調她是重要人物的身份；蘇西穿上鑲著珍珠的毛呢針織洋裝扮演女貴族。（可是她不想當貴族，她想當展現縮骨功躲進餐車、還會後空翻的日本忍者，可是我一直跟她說，貝卡版的《瞞天過海》裡沒有忍者這個角色。）

丹尼穿破T恤和牛仔褲，不過因為他演的角色是他本人，所以沒關係。媽、詹妮斯和我則換上拉斯維加斯會議中心工作人員的制服，也是這次行動進行的場地。

我不知道丹尼怎麼幫我們弄到制服的，他只說是透過「認識的人」。我穿著清潔人員的制服，名牌上寫著「瑪莉金・史普茲」；詹妮斯穿黑色洋裝和小圍裙，不太確定這是什麼員工的制服，可能是送餐的？媽穿兩件式套裝裙，看起來職位頗高，大概是什麼主管或經理之類的。

最重要的是我們有借到我要的會議室，完全照我的要求：用活動拉門隔開、可分割為兩間的會議室；一間被我取名為「班」，另一間則叫「傑瑞」。隔間門暫時拉起，將會議室一分為二。

「好。」我正在對團隊進行第一百萬次的檢查。「大家都清楚自己要做什麼？」

《瞞天過海》的主題曲正在我腦海中流轉，為了更融入整個情景，我們昨晚一起看了DVD，還有打牌、喝啤酒，彼此互問：「你跟不跟？」

「杯子蛋糕都準備好了嗎？」蘇西問，我從旁邊的櫃子拿出一個盒子，在盤子上擺了十個杯子蛋糕，我們默默地看著盤子裡的蛋糕。

「要再加一個蛋糕嗎？」我問。

蘇西沒有動，可是我看得出來她眉間微微皺起。

「妳認為我們需要再加一個杯子蛋糕。」我說。

她還是沒有動，我知道為什麼；她在演布萊德・彼特，我是喬治・克隆尼。

「好。」我面無表情地說。「那就再加一個杯子蛋糕。」我把最後一個蛋糕堆上去，拍拍手。「都準備好了。」

「科瑞來了。」盧克看著手機說，我突然一陣緊張。天啊！他來了，真的要開始了。有一瞬間，我覺得自己被恐懼淹沒——我們真的要這麼做嗎？

還好米妮留在飯店房間，由溫柔的保母茱蒂照顧。（我們特地把茱蒂從塞多納帶過來，請她當臨時保母。這是盧克的主意，超聰明的！）

「辛蒂還要十分鐘。」丹尼查手機說。「要開始了，大家加油。」

我的手因為緊張而流汗、心跳好快；我有點想溜掉，假裝我們從來沒策劃過這場行動，可是大家都在等我指示，我只能堅定地告訴自己：這是我的場、我必須想辦法完成任務。心裡既恐懼又興奮。

「好。」我明快地說，「行動開始。爸，你先離開；盧克，你去大廳接科瑞。」盧克點頭大步離開，走之前還親了我一下。

「好樣的。」他在我耳邊低語，我握住他的手以示回應。

「唐群和依蓮娜進『班』會議室。」我下令。「丹尼，跟辛蒂保持電話聯絡；烏拉和蘇西進『傑瑞』會議室；大家都知道該怎麼做，媽和詹妮斯……」我看著她們倆。「我們走吧。」

我端起那盤杯子蛋糕，快速掃視了一遍才走出會議室，站在走廊上。這整個計劃最糟糕的一點是——我現在只能等，可是等待向來不是我的強項，我要怎麼等才不會急到爆炸？

「我帶了一本數獨遊戲來打發時間。」詹妮斯說，我們正窩在之前安排好的小房間裡。

「還有我的iPad和幾部好看的電影。」她開心地對我和媽笑著問：「要不要看《真善美》？」

有時候我真的好愛詹妮斯。

二十分鐘後，儘管有《真善美》的音樂分散我的注意力，我還是緊張到快爆開了。裡面情況到底怎麼樣？最後約定的時間終於到了，我拎著一桶清潔用品衝過去（我們特地去五金行買的）。

我敲「傑瑞」會議室的門，等丹尼開口說「請進」，才低著頭走進去。

辛蒂上次在小朋友的生日派對上見過我，但我猜她不會認出我，因為清潔人員的制服是非常好的偽裝。不過我還是低垂著眼，大概看到辛蒂坐在窗邊的矮椅上，蘇西、丹尼和烏拉像隨從人員般圍繞著她；茶几上有好幾杯香檳，地上有一疊印了丹尼・可維茲幾個大字的紙箱。

辛蒂和蘇西也見過面，但她顯然沒有認出蘇西，這並不令人意外；蘇西從頭髮扁塌、臉色陰鬱、神情焦慮的女孩，蛻變成化著完整妝容的美女；頭髮盤成髻、穿著米白色針織洋裝搭配碩大的珍珠頸鏈；烏拉則跟我在拉斯維加斯第一次見到她的時候一樣，拿著炭筆正在畫辛蒂。

辛蒂滿面紅光、眼神發亮。我猜我大概錯過了丹尼說曾經在雜誌的名媛頁面上看過她、很欣賞她的造型那段。

「請問需要客房打掃嗎？」我低聲說，音量小到幾聽不到。

「喔，」丹尼的口氣充滿不耐。「現在不太方便。」

「抱歉，」我小聲說，「還是我晚點再來？」

「不然妳擦擦那個螢幕好了。」他指著牆壁上的寬螢幕電視說。「好髒。」

那螢幕會髒是因為我們之前用油把它弄髒，我連忙過去噴上玻璃清潔劑，一邊擦一邊努力偷聽在我後方進行的對話。

「辛蒂，就像我剛才說的，」丹尼繼續說，「我很想送妳這件外套，我覺得這充分呈現出妳的風格。」

「哇！」辛蒂似乎很激動。「送我？真的嗎？」她外套還沒完全穿上。「你知道嗎？我收到你助理寫來的信時，幾乎不敢相信。設計大師丹尼・可維茲竟然想見我？」她看向烏拉的素描。「哇！妳把我畫得太美了。」

「一點也不。」丹尼說。「我的繆思女神都是烏拉畫的。」

「繆思女神？」辛蒂似乎更激動了。「我是你的繆思女神？」

「當然！」丹尼點頭。「繼續，把外套穿上。」

辛蒂穿上外套，蘇西在一旁發出讚嘆聲。

「好看！」丹尼說。「非常好看。」

「你剛說正在策劃一場慈善時裝秀是嗎？」辛蒂站在全身鏡前欣賞鏡中的自己，鏡子是跟會議中心租的。

「沒錯。」丹尼說。「由丹尼・可維茲設計、英國貴族克利斯—斯圖亞特夫人主持，所以我們才會來找妳。」他對辛蒂微笑說，「我們認為身為知名慈善家與社交名媛，妳一定會想參與這個活動。」

辛蒂一聽到「克利斯—斯圖亞特夫人」的名號，眼睛就瞪得好大，更不用說還有丹尼本人了。這也不能怪她！這樣的名單聽起來確實很閃亮，為了吸引她來這裡非得這麼做不可。

我一邊擦電視螢幕一邊偷看她：她真的好漂亮！看得出來科瑞為什麼會對她神魂顛倒；像水蜜桃一樣粉嫩的肌膚、豐潤的雙唇和無辜的大眼睛，她又很愛咬唇。如果我是男人，可能也會愛上她，也難怪科瑞對她如此著迷。

我們就是打算用這種方式誘他入局。不強迫或威脅他，而是讓他在世界上最在乎的人面前蒙羞。

「我先生認識克利斯—斯圖亞特勳爵。」辛蒂邊調整外套袖子邊說。

「當然！」丹尼順著說下去。「這也是另外一個我們考慮找妳的原因。妳先生知道妳今天來這裡嗎？」他隨口補上一句。

「我沒有很明確地說我要來做什麼，」辛蒂臉微微一紅。「只說要來找朋友。不過他聽了一定會很高興。」

「太好了！」蘇西微笑。「丹尼，再拿下一件衣服給辛蒂看好嗎？」

聽到這裡差不多了。我擦完最後一下，把抹布丟回桶子，回到走廊上，往隔壁間會議室走去，敲門進去。

「客房打掃。」我低聲說，可是沒有人回應，我隨手擦起電視螢幕。盧克、唐群、科瑞和依蓮娜正圍著會議桌坐著；科瑞正在講拿槍獵熊的故事，剛好講到一半，他說完之後盧克和唐群很配合地大笑，依蓮娜則微微撇頭。

「克利斯—斯圖亞特勳爵，你的槍法應該也不差！」科瑞脹紅著臉說，「你們不是有什麼獵松雞之類的活動。」

「當然。」唐群說，「說不定有一天您可以親自見證。」

「好！」科瑞的臉更紅了。「那就太榮幸了。」

「您夫人呢？」唐群親切問道，「她會想來英格蘭嗎？」

「她會高興到瘋掉！」科瑞說。「對了，雪曼太太……」他轉向依蓮娜，「謝謝妳邀請我們去漢普頓度假。」

「也許你太太會想受邀參加紐約大都會博物館的慈善晚宴？」依蓮娜露出冰冷的微笑。

「我一向樂於邀請商業夥伴出席社交圈的活動。」

「這個嘛……」科瑞一時說不出話來。「她一定非常樂意。」

我和盧克交換眼神，他對我微微眨眼。好，到目前為止都很順利。

我退出會議室，停了一下，大口喘氣。好，下一步。如果我們跟《瞞天過海》一樣有攝影鏡頭可以監控就好了，可惜沒有。

我匆忙趕回小房間，敲了五下才開門進去。這是之前約定的暗號。

「一切順利。」我呼吸急促地說。「詹妮斯，該妳上場了。」

我拿起之前訂的花，放在客房服務推車上。（盧克在另一條走廊上發現這臺推車，我們把桌巾翻過來鋪。）我的任務是確認每間會議室的對話朝正確方向進行；詹妮斯的任務則是發出訊號：準備進行下一階段。

我發現她握住推車的手正在顫抖，於是驚訝地看著她。

「詹妮斯，妳還好嗎？」

「貝卡，」她焦慮地說，「我不適合做這個。」

「做什麼？」

「這個！」她激動地提高音量。「高級犯罪行為。」

我心一沉。早知道就不要放電影給詹妮斯看，她應該是真的以為我們要去搶賭城的金庫。

「詹妮斯，這不是什麼高級犯罪行為！」

「只是小搶劫而已，親愛的。」媽安撫她。

「這不是小搶劫！」我握拳敲自己的頭。真是的，媽到底知不知道什麼是搶劫？「詹妮斯，不會有事。」我儘量安撫她。「只要把花送進去、放下來，妳就出來，好嗎？」我握住她的手，她卻害怕地往後縮。「不然我陪妳去？沒關係，沒事的。」

我幫她開門，她推著客房服務推車走出去，我們沿著走廊緩緩前行，詹妮斯沿路都在發抖。我不知道她這麼容易緊張，不然就不讓她加入十一王牌，可是現在計劃已經不能改了。

「看到沒？」我們剛過轉角。「很簡單吧！就快到了……」

「那個東西要送去哪？」我身後傳來一個很重的鼻音。

搞什麼？

我轉身一看，是一名跟媽一樣穿編織修邊套裝的婦女，頂著一頭染得很差的黑髮，剛好從走廊另一邊的房間走出來。她朝我們走來，瞇起眼睛瞪著花瓶質問：「這是哪裡的插花？我怎麼看不出來？」

拜託，因為這花是我插的，我只花了大概五秒。

「呃……我不太確定。」看到詹妮斯似乎愣住說不出話來，我只好代她回答。

「妳叫什麼名字？」她看著我的名牌問。

「瑪莉金。」我信心滿滿地說。

「瑪莉金？」她的眼睛更瞇了。「妳不是離職了嗎？」

真是的，這女人到底有什麼問題？怎麼這麼多疑？這樣對她的健康很不好。

「嗯。」我聳肩，那女人立即轉身問詹妮斯。

「妳叫什麼名字？」

糟了，可憐的詹妮斯，我看向她，正準備表示精神支持時，卻驚愕地發現她整個呆住、動彈不得。我從來沒看過她臉上出現這麼驚恐的表情，我還來不及開口，她就昏倒在地。

天啊！

「詹妮斯！」我驚呼，跪在她身旁。「妳怎麼了？妳還好嗎？」

她動也不動，這下糟了。

「詹妮斯！」我拉開她的衣服，想聽她的心跳。

「她還有呼吸嗎？」那名黑髮女主管問道。

「不知道！」我氣沖沖地回。「讓我聽好嗎？」

我把耳朵貼在她胸口，可是我聽不出是她的心跳還是我自己的脈搏？只好把臉貼到她嘴巴上，這樣總能感覺到她還有沒有呼吸吧？

下一刻就聽到耳邊傳來她微弱的耳語：「親愛的，我學電影，裝的。」

她……

啊？

怎麼會這樣？

這不在我們的計劃內！我之後要好好訓詹妮斯一頓，可是現在我只能順著演下去。

「她昏過去了！」我跪坐在地，誇張地說。「我覺得有必讓醫生看，那個……妳先陪著她，我趕快把這送過去。」

我起身抓住推車，必須盡快把這把可惡的花送進會議室；丹尼和蘇西還在等我們的暗號，不然他們會一直等，不知道該怎麼辦……

「等等。」黑髮女人說。

「快去找醫生！」我急切地重複剛才那句話；她狠狠瞪了我一眼，卻還是拿出手機撥電話。「喂，茱莉安娜？我是羅莉，麻煩幫我接到健康中心。」

「嘿！貝卡！」有個男聲愉快地叫住我。「貝卡，是妳嗎？我在這！」

啊？又怎麼了？我還來不及思考，已經本能地轉頭看過去；原來是之前賭輪盤時認識的那個傢伙，那個不希望我離開賭桌的麥克——他穿著藍色西裝，站在二十公尺外在等電梯，臉上掛著燦爛的微笑。「最近賭運怎麼樣？」他大喊。「妳真的在這裡上班嗎？」

我渾身發麻。拜託你閉嘴，我在心裡默唸。拜託你閉嘴！

「貝卡？」羅莉兇惡地看了我一眼，幸好她還來不及問麥克，電梯門就關上了。

「真奇怪！」我尖聲笑道，「他是誰啊？是不是認錯人了，以為我是……是誰呢……天啊！她是不是還有呼吸？」

羅莉再次低頭看詹妮斯的同時，我立即用最快速度推著餐車離開，敲「傑瑞」會議室的門，不等裡面的人回應就推門入內；辛蒂正穿著大衣在鏡子前面轉來轉去。

「他天性慷慨。」她正認真地說著。「他真的很大方，去年帶我們全家去度假，費用全部他出，包括我爸媽和我妹妹雪莉……」

「他聽起來真是個很棒的人。」蘇西說。

「送花。」我說，這句話其實沒必要。我把花擺在旁邊的小桌子上，看向蘇西，對她微微眨眼，她眨眼回應，接著繼續跟辛蒂聊。

「對了，我曾經聽別人提到妳先生有多大方。」她若無其事地說著。「妳有沒有聽過一位叫……布蘭特‧劉易的人？」

一陣沉默。我靜止不動，等著聽她的回答。

「布蘭特‧劉易？」過了一會兒，辛蒂才皺眉說，「沒有，好像沒聽過。」

「這故事很精彩。」蘇西熱心地說。「非常棒的故事！最棒的是科瑞得到很豐厚的回報。我沒想到他竟然沒有告訴妳這件事！」

「一定是他太謙虛了。」丹尼說。

「他真的很謙虛！」辛蒂熱切地點頭說，「我老是跟他說，親愛的，多表現你的優點！所以事情經過到底是怎樣？」

「故事從那個彈簧開始。」蘇西微笑。「妳知道那個很有名的氣球彈簧，多年前科瑞創業的那個？」

「我有聽說過……」辛蒂的口氣有些疑惑。

好了，開始了，一切都在掌握之中。

我轉身離開，悄悄關上門，鬆了一口氣，到目前為止一切順利。接下來換媽上場。

可是詹妮斯怎麼不見了？我有些困惑地看著空蕩蕩的地板，她剛才還躺在這裡的。羅莉呢？醫生已經來了嗎？他們把詹妮斯帶走了嗎？到底發生——

原來她們在那裡。

羅莉站在十公尺外，詹妮斯靠在她身上，兩人在走廊上非常緩慢地前進。羅莉似乎感覺到我的目光，轉身皺眉。

「喂，妳！」她大喊。「我有事要找妳！」

「不要停下來！」詹妮斯馬上哀嚎。「我很不舒服！我需要去洗手間！」她緊緊抓住羅莉的手臂。「拜託妳不要走！我只能倚靠妳了！」

我好想大笑，詹妮斯真是太厲害了！

「妳！」羅莉再次大吼，可是我假裝聽不到，匆忙往其他方向離開。

「媽！」我氣喘吁吁地走回小房間，直接開門（懶得再用暗號了）。「一切照計劃進行，只是詹妮斯那邊有點小問題。妳準備好了嗎？」

「親愛的，我有點不安。」媽一臉焦慮。

「拜託，不要連妳也這樣！」我惱怒地說。

我交代給媽和詹妮斯的都是最簡單的任務，結果她們竟然都怯場！

「貝卡，陪我一起去。」媽拜託我。「我自己一個人辦不到。」

「可是我已經進去過一次了！科瑞會發現的！」

這就是我排了我們幾個當服務人員的原因，以免科瑞起疑心。

「他不會啦！」媽說。「妳進去的時候他有看妳嗎？」

我想了一下。其實他可能根本沒有注意到我；像科瑞這樣的人不會去注意底下的人。

「好啦。」我翻白眼。「我陪妳進去，我先傳簡訊給爸。」

我很怕科瑞看到爸，刻意讓爸在不同樓層等；現在很安全，換他上場了。

我和媽站在「班」會議室門外就定位，沒多久爸沿著走廊大步走來。

「都準備好了？」他問我。

「一切就緒。」我朝門口點頭。「他在裡面。」

「我們竟然真的這麼做。」爸對著媽苦笑，似乎不太敢相信。他指著緊閉的門口說：「妳相信我們真的要這麼做了嗎？這麼多年來，貝卡說服我們做過很多瘋狂的事……」

「我已經不朝那個方向想了。」媽回答。「她現在要我做什麼，我就做什麼。這樣簡單多了。」

真是的，他們這話是什麼意思？我從來不會說服別人去做什麼事。

「可是如果真的成功了……」爸突然握住我的手。「貝卡，妳這輩子有過不少成就，可是這會是妳做過最了不起的一件事。親愛的，我是真的這麼認為。」

「嗯，如果成功的話。」我尷尬地說。

「一定會成功的！」媽表示。

爸媽驕傲地看著我，彷彿又回到我十歲那年，幫學校募資建新的籃球場，結果我在義賣會上籌募到最多錢。（對了，我當年的作法：幫班上每一位同學都寫一則故事和做紙娃娃，還畫上衣服。結果所有的媽媽都捐了好多錢。）

「別說了！免得破壞好運氣。」我說。「媽，我們該進去了。」

媽整理衣服時，我轉頭好奇地問爸：「你等一下要跟科瑞說什麼？你要怎麼開頭？他不是不接你電話、也不跟你說話嗎……我好想賞他一巴掌！」

爸搖頭。「重點不是科瑞和我，而是科瑞和劉易。妳們去吧。」他讓開，我敲門，然後就和媽進去了。

科瑞、盧克、唐群和依蓮娜圍著桌子坐著，唐群正在說什麼「股權」的事，大家抬起頭，流露出的意外表情還挺有說服力。

「有什麼事嗎？」依蓮娜說。

「不好意思。」媽煞有其事地走進去，十足飯店經理的模樣。「你們是不是訂了雙併的會議室？」

她的美國口音好可怕，可是科瑞似乎沒有發現，或者他有注意到，只是沒有加以評論。

「沒錯！」盧克皺眉。「我正準備投訴這件事。」

「不好意思，我現在就把拉門打開。」

媽表現得好好！我不知道她為什麼要精神支持？她朝右手邊的牆壁，也就是「班」和「傑瑞」兩間會議室的隔間走去，我激動得心跳加速。就要開始了，就是現在。

所有會議室都有神奇的拉門，這也是我特別挑這間商務中心的原因：拉門一打開就變成一間打通的大會議室；拉門關起來，你想在裡面做什麼都可以。

媽表情冷漠地拉開兩間會議室的隔間門，十足飯店經理的模樣。過了片刻才有人意識到發生什麼事，突然間——

「科瑞？」隔壁間冒出辛蒂興奮的聲音。她跳起來朝開口走去。「科瑞，是你嗎？天啊，寶貝！真巧！」

我一直在看科瑞，聽到辛蒂的聲音讓他嚇了一大跳，不過馬上又恢復冷靜。他起身，眼神警戒充滿懷疑。

「嗨，親愛的。」他目光掃向四周，輪流注視著每一張面孔，彷彿立刻就要找出答案。「妳怎麼會在這裡？跟誰在一起？」

「這位是丹尼‧可維茲！」辛蒂一開口就滔滔不絕，「他是很有名的時裝設計師！他要辦一場時裝秀，想請我當模特兒。這位是克利斯—斯圖亞特夫人……」

「你太太。」科瑞立即對唐群說。

「是的！是我太太沒錯。」唐群驚訝的口氣害我好想笑。「親愛的，嗨！」

「佩登和我負責幫時裝秀開場！」辛蒂非常雀躍。「我們要穿母女裝！怎麼樣，是不是很棒？」

「太好了。」科瑞簡短地說，他的視線仍在我們之間遊走，彷彿在思考現在是什麼情況？他並不笨，應該也想得到這不可能是巧合。

現在只要辛蒂扮演好她的角色。她自己並不知道，其實她是這場秀的主角，就像顆掛在樹上的水蜜桃，成熟欲滴、搖搖欲墜，隨時都會從樹上掉下來……來吧……來吧……

「對了，科瑞！」辛蒂高聲說。「我聽說劉易的事了，你真的好貼心好貼心。」

咚！水蜜桃墜落了。不過，從現場氣氛看來，更像是炸彈引爆了。我冒險偷瞄了科瑞一眼，胃馬上翻騰，他看起來氣炸了。

「什麼事，寶貝？」他過了一會兒才用幾乎可說是親切的口氣問道，「妳在說什麼？」

「劉易啊！」她說。「你跟他和解了。」

「什麼和解？」科瑞聽起來很像發不出這兩個字的音。

「對了，我們正準備提這件事。」盧克愉快地說，「劉易是我們另一位重要的合作伙伴，據說也是貴公司『火光創新』草創初期的得力助手。」

「我不知道你在說什麼。」科瑞不肯鬆口。

「科瑞！」盧克輕鬆地笑了笑。「不用這麼謙虛！」他轉向辛蒂。「我有好消息要跟您報告，您先生非常慷慨；為了表達對劉易的肯定、感謝他當初對『火光創新』的貢獻，您先生將撥一筆款項給劉易。他心地真好，是不是？律師已經帶著文件在樓下等候，這件事馬上就可以處理好。」

「科瑞，你真是個天使。」辛蒂眨眼，一臉認真地看著他。「我是不是常說，好心一定會有好報的？」

「的確是。」盧克說。

「因果。」丹尼睿智地補上。

「當然，在法律上，科瑞並沒有欠劉易什麼。」盧克繼續說。「他只是絕對不會讓老朋友淪落街頭挨餓。」他拍拍科瑞的肩膀。「是吧，科瑞？」

「當然不會！」辛蒂似乎很驚訝會有人這麼說。「科瑞一向很照顧朋友，是不是啊，寶貝？」

「而且這筆金額並不大……」盧克意有所指地看了科瑞一眼。「你幾乎不會有任何感覺。」

盧克和律師團決定的和解金額剛剛好——足以整個改變劉易的人生，卻不足以讓科瑞覺得痛；就像盧克說的，他幾乎不會有任何感覺。

（我原本主張要科瑞損失一大筆錢，可是盧克說不行，我們要務實。他說的沒錯。）

科瑞的眼神閃著怒火、鼻孔張大；這段對話過程中，他幾度開口想說什麼，結果又閉上，什麼話都沒說。他的困難很明顯：辛蒂充滿愛意看著他，他被困住了、動彈不得。

「親愛的，我們應該請這位劉易先生來家裡用晚餐。」辛蒂誠摯地說。「你從來沒跟我提過他。」

「晚餐？」科瑞嗓音沙啞，彷彿被人勒住脖子。

「乾脆大家全都一起來我們家吃飯吧！」辛蒂眼神閃亮地看著眾人。「不如就今晚吧？在游泳池旁烤肉、放點音樂……」

「我不認為——」科瑞開口。

「拜託！」她打斷他的話。「我們都沒請人來過家裡！」她開始數人頭。「你們有小朋友嗎？一起帶來！還有沒有要約誰？」

可是沒有人回答，因為她身後的門開了，爸走進來。他走了幾步就停下來，用審視的目光看著科瑞，平常親切的眼神裡帶著一絲揶揄。我好想把此刻凍結、裱框起來。過了這麼多年，爸和科瑞終於見面了。

我看著他們，滿腦子都是當年那張照片：四個大男孩一起旅行、不知未來的人生會是如何？

科瑞或許最有錢，可是不管從哪一方面來說，我爸都贏他。不管從哪一方面都一樣。

「科瑞，很高興再次見到你。」他簡短地說。

「你是誰？」辛蒂疑惑地問。

「我跟律師一起來的。」爸對她親切地微笑，「我只是來跟科瑞說句話：我很高興你沒有拋棄老友。」

我好奇地盯著科瑞看，想從他臉上找到任何後悔、遺憾、痛苦或羞愧的神色，什麼都好。可是他面無表情。我猜可能是因為他有拉皮，臉太緊繃了。

「好吧！」爸和藹地說。「那就來簽了這份文件吧。」

他微笑看著科瑞，指向門口，可是科瑞沒有動。

「科瑞？」爸催促他。「只需要你五分鐘的時間，不會超過五分鐘。」

科瑞依然沒有動作，只是我看得出來他正在思考、眼神好忙，他在想……他在想……

「克利斯—斯圖亞特勳爵，我對你說的慈善基金會很有興趣。」他大聲說，刻意坐回唐群旁邊的位置。「你剛才提到，你們專門贊助地方上的創業家？」

「嗯……是。」唐群一臉困惑。「我有提過嗎？」

「我想捐五十萬美元。」科瑞大聲說，「五十萬美元。詳細資料給我，我今天就安排轉帳。」

「寶貝！」辛蒂的聲音穿透整間會議室。她容光滿面，似乎驕傲到不行。「你真是太棒了！太了不起了！」

「有錢就應該多做好事，不是嗎？」科瑞語氣僵硬，彷彿在背誦熟悉的語句。他瞄了爸一眼，若無其事地說：「那件事就改天吧？」

改天？

我愕然看向盧克，不行，不行。

科瑞好奸詐！剛才明明已經套住他了，現在他卻想鑽出我們設下的局。

辛蒂就是他的弱點，這整個計劃的用意就是讓他為了辛蒂簽下和解書；結果她現在被這個超級慷慨的捐款方案吸引住，對劉易的事就沒那麼關心，到時科瑞就會一直拖一直拖，最後置之不理……

我突然好討厭科瑞，比之前更討厭了。這個人心理怎麼這麼扭曲？就只為了一些過去的不愉快、因為他們曾經搶過一個女人；他寧可捐五十萬給一個才剛聽過的陌生慈善機構，也不願意糾正他曾經犯下的不公不義。真是太討厭、太悲慘、太卑劣了。

幸好。

不是我要自誇，只是……

我早就料到他會這麼做。

了。

好啦，我沒有真的預料到他會這麼做，只是我有備案，然後現在看來我的備案將派上用場以備不時之需。

我偷偷摸摸地朝「傑瑞」會議室另一端的隔間牆走去——其實我訂了三間會議室（我稱之為「哈根達斯」）；然後我們還有第十一名成員，她正在「哈根達斯」耐心等待、隨時待命，以備不時之需。

我緩緩地、默默地推開拉門，對她招手示意。

我花了一整個晚上才說服麗貝卡參與這次的行動；她對劉易沒什麼好感，就算他餓死她也不在乎；她對爸也沒什麼太大的好感（我的推論是他曾經傷了她的心，只不過我絕對、絕對不會告訴我爸媽這件事）。可是她更不喜歡科瑞；關鍵就在這，有時候，真的要訴諸於人性的黑暗面，是有點令人沮喪，可是那也沒辦法。

麗貝卡走向「哈根達斯」與「傑瑞」的隔間門時，我可以感覺到其他團隊成員就定位，大家都知道有這個備案；我們都有排演、練習過。我稍微瞄了一下，看到蘇西站好位置，烏拉和丹尼警覺地站在她旁邊，大家都知道該怎麼做。其實每個人的任務都一樣：不要讓辛蒂轉身，不要讓她看到麗貝卡。

「對了，辛蒂！」蘇西激動地高聲問道，「妳剛才說妳有幾個小孩？」

「妳可以挑幾張素描帶回去。」烏拉舉起素描本說，「妳挑挑看。」

「對啊！」丹尼在一旁鼓舞。「妳有看到這張嗎？妳穿我設計的大衣超美！」

「哇！」辛蒂開心地說。「真的可以嗎？我看起來好優雅……我只有一個小孩。」她繼續回答蘇西的問題。「唯一的心肝寶貝。妳呢？妳有小孩嗎？」

麗貝卡站在最遠處的入口，原地不動；不揮手、也不說話，只是站著，等著被看見。

我看著科瑞，他正在聽唐群說話……心不在焉地看著天花板，有點不耐煩地皺眉……接著，他的目光飄到唐群身後、辛蒂身後，整個臉因為驚恐而抽搐。

好，他看到她了。

他的反應沒有讓我失望：他的眼神整個失焦、臉色蒼白，彷彿置身一場惡夢，看起來糟透了。雖然他很討厭，可是看到他這樣，我幾乎都要同情他了。這傢伙那麼努力想要抹去自己的過往；他去拉皮、謊報年齡、拒絕見老友，不願面對自己的過往。可是，他的過往卻畫著粗黑的眼線、穿著飄逸的紫色洋裝，站在他面前。

麗貝卡默默地站著，以她貓一般、女巫般的眼神審視他，接著默默地舉起手上的標示牌——那些都是我們一起用厚紙板和麥克筆做的，做完還有檢查是否清晰易讀。

（這是我看《愛是您愛是我》學的，不是《瞞天過海》。蘇西說應該特地改名為《愛是貝卡》，可是我覺得不合理。總之，這不是我現在要講的重點。）

第一個標牌只寫著：

嗨，科瑞。

她舉了幾秒，然後又換第二個標牌：

好久不見。

不知道為什麼，她看向科瑞的輕蔑眼神，為這四個字增加了力道。她的目光牢牢地盯著他，舉起下一個標牌：

真想認識你太太。

她的眼神瞥向辛蒂，科瑞跟著看了過去，臉上流露出憤怒的表情，只是他不敢出聲音，以免被辛蒂發現。他又被困住了。

跟她聊聊以前的事。

還是，最好不要？

科瑞表情緊繃，一副正在遭受虐待的模樣，從某個角度來說也算是；麗貝卡對他的反應很滿意。

「對了，那幼兒園呢？啊，你們這邊都叫『幼稚園』，對嗎？」蘇西正在問辛蒂。「英國的好難申請。」

「美國也是！」辛蒂驚呼，對她周遭正在上演的情景絲毫無感。「可是佩登又很優秀，所以……」

科瑞，劉易的和解金呢？

麗貝卡對著他用力揮舞手中的標牌，然後又換下一個。

這是你欠他的。

你欠他的，科瑞。

「好吧！」科瑞突然大吼，好像一頭爆怒的公牛。「好！那就來簽這份他媽的和解書。給我筆，我簽了就是！」

天啊，他剛才是不是說——

我不敢呼吸，和麗貝卡交換眼神。我們真的辦到了嗎？我們贏了嗎？

好像是。

麗貝卡緩緩地、默默地關上拉門……似乎她從來不曾出現過。

「太好了！」盧克圓滑地說。「您真是太好心了！那就馬上把這事解決了吧？」

「寶貝，你還好嗎？」辛蒂驚愕地移開目光，從蘇西、丹尼和烏拉轉向科瑞。「親愛的，怎麼了？你好像快燒起來了！」

「沒事。」科瑞勉強微笑對她說。「只是想趕快把這些事情處理完。」

「你是好人。」爸愉快地說。「走吧！我們去找我的法務同仁。」

爸立刻帶著科瑞朝門口走去，經過時還跟我交換眼神，我心裡浮現一種奇怪的感覺，不知道是……鬆了一口氣？興奮？還是不敢相信我們真的辦到了？

辛蒂喋喋不休地描述佩登的芭蕾天賦，我和蘇西對望……又看向媽……看大家；唐群……丹尼……烏拉……依蓮娜……最後看向盧克，他對我微微一笑，舉起手上的咖啡，彷彿向我舉杯慶賀，我忍不住露出微笑；經過這麼多的努力，終於成功了。

我們終於成功了！

19

百樂宮酒店的噴泉有神奇的魔力；對，我知道這裡很觀光、我知道這裡很俗、我知道旁邊還有很多觀光客，可是此時此刻，我覺得這幾個噴泉只為了我們而噴、為我們十人不斷地上湧——因為這是給我們的獎勵。

我們排成一排，靠在噴泉的欄杆上，就像電影《瞞天過海》最後演的一樣；我腦海中奏起電影裡流動起伏的鋼琴樂聲，大家都不說話，只是彼此微笑互望。我已經很久沒有這麼美好的感覺了，很久。我們辦到了！我們實現了公平正義，可笑的是，劉易到現在還不知道……可是這並不重要。

我好像從來沒有這麼滿足過，從來沒有覺得人生這麼完美過。

計劃很成功！每個人都無懈可擊地扮演好自己的角色；從唐群到詹妮斯都一樣……尤其是詹妮斯（據說她把自己反鎖在女廁內不停地哀嚎，直到羅莉去找人幫忙，詹妮斯趁機溜走）。我們乾杯慶祝時，我告訴大家詹妮斯有多棒，害她很不好意思，多喝了幾杯香檳。後來大家都重述自己的經歷，爸說想再聽十遍，因為他等了好久才等到這一刻。媽說：「如果有錄影就好了。」盧克說：「錄了我們可能就會因為恐嚇罪被關進牢裡。」

我到現在還是不確定他是開玩笑還是說真的，不過我也不在乎。文件都簽了，劉易一定會拿到錢；到時他就能買房子，這才是重點。

麗貝卡沒有和我們在一起，她連再見都沒說就走了；這一點不能怪她，這是她的選擇。坦白說我很高興，很開心再也不會見到她；我已經挖夠往事了，接下來要往前看、向前行。盧克、我和米妮回家的時間到了，不是回洛杉磯的家、而是回我們自己家。

蘇西和唐群也要回家了，我猜他們會用最快速度去接小孩就搭機回家，回英格蘭、回萊瑟比堡、回歸現實人生。唐群等不及回去全心投入他那些開發計劃，蘇西等不及回去找「貓頭鷹瞭望塔」了，她說為了保險起見，她要每天施肥。

（其實最好不要，這可能會害死那棵樹。）

盧克和我要打包收拾洛杉磯的家、通知米妮的幼稚園、做所有收尾時該做的事；一定會有點難過……可是沒關係，我微笑看著盧克；噴泉的光線照亮他的臉，他伸手攬著我的肩膀。接下來，依照電影《瞞天過海》的情節，我們將各自帶著百萬美金默默地離開、各過各的生活；不過那是電影，現實人生不是這樣。我們沒有默默地走開，而是在一家別人推薦給盧克、據說很棒的牛排餐廳訂了位。（我們當然也沒有百萬美金。）

我看了媽一眼，她點點頭，戳戳爸。原本在看手機的詹妮斯抬頭說：「馬丁正在希斯羅機場登機！很快就到了！」

馬丁是詹妮斯的先生，他要來玩幾天，和爸媽一起去加州幾家酒莊；我相信他們會玩得很開心，也是我爸媽感謝詹妮斯的一種方式，她值得。

「要走了嗎？」媽說。

「我先拍張照！」詹妮斯說。「大家排好站在噴泉前面。」

好吧，到這裡我們已經偏離《瞞天過海》太多了。我無法想像布萊德・彼特隨便抓個遊客請對方幫「我們這群人」拍照；然後媽想要她和爸的合照，然後他們又要和詹妮斯一起合照；我正在想要不要請蘇西幫我和盧克照一張時，發現旁邊有一名身材壯碩的男子在看我們，因為他看著我爸的眼神太專注，吸引了我的注意。男子轉頭時，燈光照到他臉上，我倒抽一口氣，聲音太大，嚇得盧克迅速轉身。

「你看！」我用力揮舞手臂。「是他嗎？是劉易嗎？」

對方後退一步，看到他驚慌的神情，我知道是他沒錯，他本人跟照片很像，只是比較邋遢一些、憂鬱一些。從他表情判斷，他似乎想改變主意，不來了。

「拜託，不要走。」我連忙說。我跑過去拉拉爸的袖子。「爸，你看誰來了！」

爸轉身，眼睛驚訝地亮了起來。

「劉易！你來了！我還以為你……」

「我收到麗貝卡的語音留言。」劉易說。「她說……」他揉了揉眉毛。「她說你會在這，還說了一些其他事，我不知道該不該相信她。」

蘇西、唐群和其他人逐漸靠攏過來，看著劉易，不敢相信他真的來了。這麼長時間以來，我們一直在找他、討論他、關注他。現在，他終於出現了。

他看起來過得並不好；年輕時的方正濃眉依然在，但頭髮灰白且稀疏、臉部肌膚鬆弛、眼窩凹陷、眼神空洞沮喪，似乎飽經風霜。他穿著一件老舊的廉價外套，背包掛在肩上。

他狐疑地看著我們每個人，似乎擔心會被耍。

「麗貝卡有沒有告訴你——」爸改口。「她有沒有提和解金的事？」他小心翼翼地說。「她有沒有提到有一筆錢？」

劉易的表情馬上變得更警惕，眉頭皺得更緊、肩膀僵硬。我可以理解，如果我是他，我也不願意相信；除非有證據，否則我不希望白白抱著希望，最後卻破滅。

「沒道理。」他說。「我在二〇〇二年就試過，沒有成功。為什麼科瑞現在會願意這麼做？」

「我知道。」爸急說。「我之前就跟你說過，我當時並不知道你有去找科瑞，真的。你一定要知道……我絕對不會——」他有些激動地看著劉易。「這給你看。」他從口袋裡拿出協議書副本。「這是你應得的，就這樣。」

劉易看著協議書的字句，周遭都是湧過來要看噴泉的遊客，我們十個人卻全神貫注地看著劉易的表情。

他從頭到尾看了三遍才有反應，結果卻只是抬起頭，微微點頭說：「我明白了，這份可以給我嗎？」

乍看之下好像很無情、不懂感恩，其實他的手抖得很厲害；而且一滴眼淚掉了下來，落在紙上，我們全都假裝沒看到。

「當然可以。」爸點頭。「我們還有。」

劉易小心地把協議書摺好，放進後背包，再次看著我們大家。

「我應該要謝的人是……你，是嗎？葛雷恩？」

「全部的人。」爸馬上說。「大家都有份。」

「可是你們是誰？」劉易茫然地看著眾人的面孔。

「葛雷恩的朋友。」詹妮斯說。

「貝卡的朋友。」丹尼說，烏拉點點頭。

「我是麗貝卡的婆婆。」依蓮娜表示。

「是貝卡策劃讓科瑞屈服的。」蘇西說。

「我們是貝卡的《瞞天過海》十一王牌。」媽開心地說。「你有看過那部電影嗎？」

「貝卡是哪一位？」劉易問，我不自在地朝他走去。

「你好，我是貝卡。我去拖車區找你時，有見到你女兒貝可，不知道她有沒有跟你說……是我告訴爸你欠繳租金被趕出來……後來才會有這整件事。」

「我們想為你伸張正義。」詹妮斯插話。「那個科瑞真是個卑鄙的傢伙！不好意思，我這句說得有點粗魯。」

「妳是英國來的。」劉易的表情愈來愈驚訝。

「沒錯，我飛過來幫忙。」詹妮斯繼續愉快地說。「為了珍和葛雷恩，怎麼說都要幫！」

「我是為了貝卡。」蘇西說。「是她帶領我們。」

「是大家一起合作。」我連忙說。「大家都很棒。」

「可是……」他又抹抹臉。「為什麼？為什麼要幫我？你們對我很陌生，大部份的人都不認識我。」

「我們來幫貝卡的父親。」丹尼直言。

「你要感謝我女兒。」爸說。「她是這件事背後的主要動力。」

「對了，謝謝你那句：『要嘛省一點，要嘛賺多點。』」我突然想到。「那是我的人生金句。」

可是他沒有回應，只是若有所思地看著我們十個人，最後才看著我說話。

「妳很幸運有這些朋友。」他說。「或者，是他們很幸運有妳這個朋友。」

「我很幸運有這些朋友。」我立刻回。「真的，他們真的很棒。」

「彼此彼此。」烏拉說，我們全都驚訝地看著她（烏拉不是話多的人，不過之前她倒是很成功地轉移了辛蒂的注意力）。

「說得好！」蘇西附和。

「總之，重點是，我們辦到了。」我有點不好意思地說。「既然你來了！一定要一起吃個飯……」我轉身準備繼續跟劉易聊，卻發現他人不見了。怎麼了？他人呢？

大家都困惑地在人潮中搜尋他的身影，盧克還在四周找了一下。但是，我們很快就意識到，他不會回來了。

他已經走了。

有人推薦一家當地的牛排館給盧克，超好吃！我們全點了牛排和薯條，菜單上幾乎每一道副餐也都點了。爸媽並肩坐在我和詹妮斯對面，一邊看爸手機上紅岩峽谷的照片，一邊策劃他們的葡萄酒莊之旅。媽歇斯底里和緊張不安的情緒已經完全消失，她一直輕撫爸的手臂，他則緊摟著她，彷彿永遠都不會再離開她。

依蓮娜看起來也好放鬆，她和盧克正在聊規劃中的漢普頓家族之旅；丹尼三不五時插進一些當地的八卦消息，逗得依蓮娜大笑。

如果真要老實說，你也可以說丹尼跟依蓮娜交好的主要原因是她打算花不少錢買他設計的衣服、幫他打開新的熟女市場，讓他賺大錢……可是其實不只是這樣，我真的覺得他們處得很好。譬如，他們剛就在討論紐約大都會博物館的慈善晚宴上要好好招待辛蒂，因為那些事又不是她的錯（我也要想辦法去）。

至於蘇西和唐群，兩個人都跟之前截然不同：蘇西很放鬆、變回以前的蘇西，聽到無聊的事也會笑，眉宇間的皺痕舒緩；唐群則是煥然一新！我一直在觀察他，想看出他到底有哪裡不一樣，可是好像不是只有一點不一樣，而是很多點。聽說爸在路上給過他一個建議：「裝久了就會是真的。」我不知道什麼是裝的、什麼是真的，也不知道他自已有沒有察覺到，但真的有效。等他回英格蘭，他一定會成為了不起的莊園主人。

「我們明年計劃種植超過一千棵樹。」他告訴爸。「當然，蘇西一棵都不會發現。」

蘇西馬上脹紅了臉，急忙說，「我會！我會幫你種，還會照顧什麼的，我最愛樹了！」

唐群戲謔地朝她微微一笑，她的臉脹得更紅；顯然她已經把不知道「貓頭鷹瞭望塔」是哪棵樹的事全招了。這樣也好，我都覺得壓力很大了，更何況是她。

她彷彿知道我在想什麼，在桌底下輕輕踹了我一腳；我們倆都穿牛仔靴，感覺好適合我，我以後都不想再穿別的鞋子了。西部狂野的精神，從服飾、陽光、沙漠風光到音樂，都已經滲入我的肌膚、進入我的靈魂。

啊！我突然想到一件事。

「對了，盧克！」我興奮地說。「我忘了跟你說，我下午跟蘇西出去的時候，試彈了墨西哥斑鳩琴，我想買！」

「什麼？」正在和依蓮娜聊的盧克驚愕地轉過來。

「我就說他不會同意。」蘇西叉起一口牛排說。

「不要這種表情好不好！」我不滿。「學樂器對米妮有好處，學斑鳩琴有什麼不好？全家都可以學、一起組鄉村音樂團，這可是很棒的投資……」

白金漢宮

致：麗貝卡・布蘭登太太

松屋

艾爾頓路43號

奧克肖特

薩里郡

親愛的布蘭登太太，

女王陛下請我提筆，感謝您給她的誠摯祝福。

我很高興聽到東霍司利（原名法爾罕姆）的德瑞克・史密斯先生原來是這麼寶貴的朋友，不僅對您如此，更是「愛與公義」之友。我相信因爲有他，世界確實變得更美好。

儘管如此，我必須很遺憾地告訴您，授予爵士頭銜並沒有任何「快速通道」可循。女王陛下也沒有「多餘的大英帝國勳章」可以「隨手放進信封裡寄給他」。

我謹代表女王陛下感謝您的來信。

祝好。

拉芙妮雅—庫特斯—何瑞斯—柏克萊

英國女王女侍從

倫敦市
哈默史密斯及法爾罕姆區
市政廳
倫敦國王街W6 9JU

致：麗貝卡・布蘭登太太

松屋

艾爾頓路43號

奧克肖特

薩里郡

親愛的布蘭登太太，

感謝您的來信。收到前法爾罕姆居民的來信，總是讓我非常開心。

我很高興聽到您的朋友、曾在愛德威奇銀行法爾罕姆分行任職多年的德瑞克・史密斯經理的消息，聽起來他幫了您很大的忙。我相信您所言屬實，許多法爾罕姆的居民都曾經因他的睿智而受益。

儘管如此，我必須很遺憾地告訴您，身為市議員，我並沒有權利對他「加以表揚」或授予他「榮譽市民獎章」。

感謝您對市政的關心。謹附上一本手冊，說明市政廳在廢棄物綠能管理方面的最新進展。

誠摯祝福。

市政委員伊蓮恩・派吉特－葛蘭特

哈默史密斯及法爾罕姆市政廳

東霍司利園藝學會
「花草低語」
老橡樹巷55號
東霍司利
薩里郡

親愛的布蘭登太太，

非常感謝您的來信，您所述說的故事還真是精彩！！！

身為德瑞克的園藝同好，我非常認同您的看法，認為他確實是個各方面都非常好的人。我很高興聽到克利斯－斯圖亞特爵爺與夫人有意使用他的名字，將莊園裡一排新種的樹命名為「史密斯林道」。他絕對值得！！！

我非常樂意召集社團成員舉辦一日遊，前往萊瑟比堡出席開幕典禮。您附上的支票完全足以支付我們的旅費。我可以向您保證，德瑞克事前絕對不會知情，到時您一定能給他一個驚喜。相信他會大吃一驚！！！我會保密的。

期待當天見到您。在這之前，謹祝您順心如意，不再有任何冒險之旅！！！

誠摯祝福您。

崔佛・法羅納根
東霍司利園藝學會會長

PS：對了，您是德瑞克告訴我提到那個常被打的髖骨卡嗎？請放心，我一定會三緘其口！！！

國家圖書館出版品預行編目（CIP）資料

購物狂沙漠大冒險／蘇菲・金索拉（Sophie Kinsella）著；羅雅萱譯. –初版.–臺北市：泰電電業，2016.10 面；公分.–（City Chic；70）譯自：Shopaholic to the rescue ISBN 978-986-405-031-4（平裝）
873.57 105015954

City Chic 70

購物狂沙漠大冒險

作者——蘇菲・金索拉（Sophie Kinsella）
譯者——羅雅萱
系列主編——井楷涵
執行編輯——Emmy
行銷企劃——李思萱
封面設計——周家瑤
版面設計——張凱翔

出版——泰電電業股份有限公司
地址——台北市中正區博愛路七十六號八樓
電話——(02)2381-1180
傳真——(02)2314-3621
劃撥帳號——1942-3543 泰電電業股份有限公司
馥林官網——www.fullon.com.tw
總經銷——時報文化出版企業股份有限公司
電話——(02)2306-6842
地址——桃園縣龜山鄉萬壽路二段三五一號
印刷——普林特斯資訊股份有限公司
ISBN——978-986-405-031-4
二〇一六年十月初版一刷
定價——三六〇元

廣 告 回 郵
台 北（ 免 ）
字第13382號
免 貼 郵 票

100台北市博愛路76號6樓

泰電電業股份有限公司

請沿虛線對摺，謝謝！

馥林文化

購物狂沙漠大冒險

謝您購買本書，請將回函卡填好寄回（免附回郵），即可不定期收到最新出版資訊及優惠通知。

. 姓名 2. 性別 ○男 ○女

. 生日 年 月 日

. 地址

. E-mail

. 職業 ○製造業 ○銷售業 ○金融業 ○資訊業 ○學生
○大眾傳播 ○服務業 ○軍警○公務員 ○教職 ○其他

. 您從何處得知本書消息？
○實體書店文宣立牌：○金石堂 ○誠品 ○其他
○網路活動 ○報章雜誌 ○試讀本 ○文宣品 ○廣播電視 ○親友推薦
○公車廣告 ○其他

. 購書方式
實體書店：○金石堂 ○誠品 ○墊腳石 ○FNAC ○其他_____
網路書店：○金石堂 ○誠品 ○博客來 ○其他__________
○傳真訂購 ○郵政劃撥 ○其他_____________

9. 您對本書的評價 （請填代號1.非常滿意 2.滿意 3.普通 4.再改進）
書名___ 封面設計___ 版面編排___ 內容___ 文／譯筆___ 價格___

10. 您對馥林文化出版的書籍 ○經常購買 ○視主題或作者選購 ○初次購買

11. 您對我們的建議

馥林文化官網www.fullon.com.tw
服務專線（02）2381-1180轉391